Das Buch

Das Jahr 1138, das mit Belagerungen und Gemetzeln begonnen hatte, neigt sich einem ruhigen Ende zu, nachdem die Wogen des Bürgerkriegs sich in den Südwesten des Landes verlagert haben. In der Abtei von Shrewsbury werden die ersten Vorbereitungen für ein friedliches Weihnachtsfest getroffen. Die festliche Stimmung ist jedoch getrübt durch die Tatsache, daß der altehrwürdige Abt aufgrund der poltitischen Situation sein Amt nicht länger ausüben darf. Bis zur Klärung der Verhältnisse und zur Ernennung eines Nachfolgers muß deshalb die Siegelung einiger Dokumente warten, so auch die offizielle Übertragung lebenslangen Wohnrechts im Kloster auf den betagten Master Bonel, der den Benediktinern im Gegenzug sein riesiges Landgut vermacht. Der Abtei ist das großzügige Arrangement sehr willkommen, und man hofft auf große Erträge aus den neuen Ländereien. Doch noch bevor die Abmachung rechtsgültig wird, fällt Bonel einem heimtückischen Giftanschlag zum Opfer. Der Verdacht wird auf seinen Stiefsohn Edwin gelenkt. Doch Bruder Cadfael läßt sich nicht täuschen …

Die Autorin

Ellis Peters, geboren 1913 in Shropshire, England, wollte von Kindesbeinen an Schriftstellerin werden. Nachdem sie bis zum Ende des zweiten Weltkrieges bereits zahlreiche zeitgenössische und historische Romane unter ihrem richtigen Namen, Edith Pargeter, veröffentlichen konnte, widmete sie sich nach 1945 ganz dem Schreiben und legte sich ihr heute weltberühmtes Pseudonym Ellis Petes zu.
1977 erschien mit »Im Namen der Heiligen« der erste Band der mittelalterlichen Kriminalserie und den gewitzten Mönch und Detektiv Bruder Cadfael, der nicht nur Ellis Peters, sondern auch die Abtei von Shrewsbury weltberühmt machen sollte.
Die für ihre Romane und ihre Übersetzungen von Lyrik ins Tschechische mehrfach ausgezeichnete Ellis Peters starb im Oktober 1995.
Im Wilhelm Heyne Verlag sind folgende Bände der Bruder Cadfael-Serie erschienen: »Im Namen der Heiligen«, »Bruder Cadfael und ein Leichnam zuviel«, »Bruder Cadfael und das Mönchskraut«, »Der Aufstand auf dem Jahrmarkt«, »Bruder Cadfael und der Hochzeitsmord«, »Die Jungfrau im Eis«, »Bruder Cadfael – Zuflucht im Kloster«, »Des Teufels Novize«, »Lösegeld für einen Toten«, »Pilger des Hasses«, »Ein ganz besonderer Fall«, »Mörderische Weihnacht«, »Der Rosenmord«, »Der geheimnisvolle Eremit«, »Bruder Cadfael und das fremde Mädchen«, »Bruder Cadfael und der Ketzerlehrling«, »Bruder Cadfael und das Geheimnis der schönen Toten« und »Bruder Cadfael und die schwarze Keltin«.

ELLIS PETERS

BRUDER CADFAEL UND DAS MÖNCHSKRAUT

Ein mittelalterlicher Kriminalroman

Aus dem Englischen
von Eva Malsch

Deutsche Erstausgabe

WILHELM HEYNE VERLAG
MÜNCHEN

HEYNE ALLGEMEINE REIHE
Nr. 01/9973

Titel der Originalausgabe
MONK'S HOOD

Umwelthinweis:
Dieses Buch wurde auf
chlor- und säurefreiem Papier gedruckt.

Der Band erschien bereits in der Allgemeinen Reihe
unter dem Titel »Das Mönchskraut« (01/6702).

13. Auflage
1. Auflage dieser Ausgabe

Printed in Germany 1996
Umschlagillustration: Andreas Reiner, Fischbachau
Umschlaggestaltung: Atelier Ingrid Schütz, München
Gesamtherstellung: Elsnerdruck, Berlin

ISBN 3-453-09842-0

1.

An jenem besonderen Morgen Anfang Dezember im Jahre 1138 ging Bruder Cadfael in friedfertiger Stimmung ins Domkapitel, fest entschlossen, den langweiligen, prosaischen Vortrag von Bruder Francis ebenso zu erdulden wie das umständliche juristische Geschwätz Bruder Benedicts, des Sakristans. Die Menschen waren unbeständig und fehlbar, und man mußte Nachsicht mit ihnen üben. Immerhin neigte sich das Jahr, das mit Belagerungen und Gemetzeln begonnen hatte, einem ruhigen, vergleichsweise glücklichen Ende entgegen. Die Wogen des Bürgerkriegs zwischen König Stephen und den Partisanen der Kaiserin Maud hatten sich zu den Südwestgrenzen verlagert, und Shrewsbury konnte sich allmählich erholen, nachdem es die schwächere Seite unterstützt und dafür einen blutigen Preis bezahlt hatte. Trotz aller Hindernisse, die der landwirtschaftlichen Arbeit im Wege gestanden hatten, war die Ernte nach einem wunderbaren Sommer erfolgreich eingebracht worden. Die Scheunen waren voll, die Mühlenräder kreisten, Schafe und Rinder gediehen prächtig auf den immer noch üppig grünen Weiden. Das Wetter blieb erstaunlich mild, nur am frühen Morgen ahnte man den nahen Frost. Vorerst mußte niemand frieren oder hungern. Diese schöne Zeit würde nicht mehr lange dauern, aber zunächst war jeder neue Tag ein Segen.

In seinem eigenen kleinen Königreich war die Ernte reich und mannigfaltig gewesen. An den Dachrinnen seines Gartenschuppens hingen Leinenbeutel mit getrockneten Kräutern, Weinkrüge standen in Reih und Glied, auf den Regalen drängten sich Flaschen und Töpfe mit Arzneien, die alle Winterkrankheiten, vom Schnupfen über Gelenkentzündungen bis zu Keuchhusten kurieren würden. Die Welt sah viel erfreulicher aus als im Frühling, und ein Ende, das den Anfang übertraf, war stets zu begrüßen.

Und so begab sich Bruder Cadfael frohen Mutes zu seinem Sitz im Kapitelsaal in einer angenehm dunklen Ecke, versteckt hinter einer Säule, und beobachtete mit schläfrigem Wohlwollen, wie seine Brüder hereinkamen und ihre Plätze einnahmen: Abt Heribert, alt und sanftmütig und voller Sorge, gequält von dem schlimmen Jahr, das nun zu Ende ging; Prior Robert Pennant, hochgewachsen und aristokratisch, mit elfenbeinweißem Gesicht, silbernen Haaren und Brauen, stattlich und stolz aufgerichtet, als hätte er bereits die Mitra errungen, nach der er strebte. Er war weder alt noch gebrechlich, sondern ein scheinbar altersloser, sehniger einundfünfzigjähriger Mann, wenn er sich auch bemühte, wie ein Patriarch zu wirken, der sich einem heiligen Leben geweiht hatte. Vor zehn Jahren hatte er schon genauso ausgesehen, und in den nächsten zwanzig Jahren würde er sich ganz sicher nicht ändern. Bruder Jerome, sein Schreiber, folgte ihm getreulich auf den Fersen und reflektierte Prior Roberts Vergnügen oder Mißvergnügen wie ein kleiner Zerrspiegel. Danach erschienen die anderen Amtsträger, der Subprior, der Sakristan, der Hospitalvorstand, der Almosenpfleger, der Krankenpfleger, der Wächter des Marienaltars, der Kellermeister, der Kantor und der Novizenmeister. Mit Würde und Anstand bereiteten sie sich auf eine Sitzung vor, die sich wohl kaum vom normalen Alltag unterscheiden würde.

Der junge Bruder Francis, mit einer nasalen Sprechweise und spärlichen Lateinkenntnissen ausgestattet, nahm seine Aufgabe, die Liste der Heiligen und Märtyrer vorzulesen, deren man während der nächsten Tage im Gebet gedenken wollte, sehr ernst. Dann erging er sich in einem frommen Kommentar über die Verdienste des Apostels Andreas, dessen Ehrentag soeben verstrichen war. Bruder Benedict, der Sakristan, bezeichnete es als recht und billig, daß er, der für die Instandhaltung der Kirche und der Enklave verantwortlich war, den größeren Anspruch auf eine Summe geltend machte, die man dem Kloster erstens zu dem genannten Zweck und zweitens zur Anschaffung von Kerzen für die Marienkapelle vermacht hatte. Für letztere war Bruder Maurice zuständig. Der Kantor nahm das Geschenk eines neu vertonten ›Sanctus‹ zur Kenntnis, das der Gönner des Komponisten gestiftet hatte. Aber seine mangelnde Begeisterung für die großzügige Gabe ließ ahnen, daß er ihre Qualitäten nicht sonderlich schätzte und daß man sie nur selten zu hören bekommen würde. Bruder Paul, der Novizenmeister, brachte eine Klage gegen einen seiner Schüler vor, dessen Leichtsinn man weder seiner Jugend noch seiner Unerfahrenheit zugute halten konnte. Man hatte den Burschen im Kreuzgang singen hören, wo er ein Gebet des Heiligen Augustus abschreiben sollte, und zwar ein weltliches Lied von skandalösem Inhalt. Es handelte sich hierbei um die Klage eines christlichen Pilgers, der von den Sarazenen gefangengehalten wurde und sich tröstete, indem er das Hemd, das ihm seine Liebste zum Abschied geschenkt hatte, an die Brust drückte.

Bruder Cadfaels Müdigkeit verflog. Er erinnerte sich gut an dieses schöne, ergreifende Lied, denn auch er hatte an jenem Kreuzzug teilgenommen. Er kannte das Land der Sarazenen, das peinigende Licht und Dunkel der Gefängnisse – und auch die Sehnsucht, die man dort verspürte. Nun sah er, wie Bruder Jerome in heiliger Entrüstung die Augen schloß, nachdem ein so intimes weibliches Kleidungsstück erwähnt worden war, und von krampfhaften Zuckungen geschüttelt wurde. Wahrscheinlich, weil er einer Frau noch nie nahe genug gekommen ist, um ihr Hemd zu berühren, dachte Bruder Cadfael, der eher zur Milde gegenüber dem jungen Sünder neigte. Entsetzen bebte durch die Reihen einiger alter unschuldiger Brüder, die ihr ganzes Leben im Kloster verbracht hatten und einen Teil der Schöpfungsgeschichte als verbotenes Buch betrachteten. Cadfael meldete sich zu

Wort, was im Kapitelsaal nur selten vorkam, und fragte sanft, wie sich der Bursche verteidigt hätte.

»Er sagte«, berichtete Bruder Paul, »er hätte das Lied von seinem Großvater gelernt, der bei der Eroberung Jerusalems für das Kreuz gekämpft hatte. Und er fände das Lied so schön, daß es ihm heilig erschien. Denn der Pilger, der es gesungen hätte, wäre weder ein Mönch noch ein Soldat gewesen, sondern ein ganz gewöhnlicher Mensch, der die lange Reise aus Liebe unternommen hätte.«

»Aus guter, heiliger Liebe«, betonte Bruder Cadfael und gebrauchte Worte, die ihm ganz natürlich erschienen, denn er hielt die Liebe für eine Kraft, die sich selbst heiligte und keiner Entschuldigung bedurfte. »Läßt das Lied erkennen, daß die Liebste, von der er sich getrennt hatte, nicht seine Gattin gewesen wäre? Ich denke nicht. Und die Melodie ist bemerkenswert schön. Sicher ist es nicht die Aufgabe unseres Ordens, das Sakrament der Ehe zu verurteilen und jene zu verachten, die nicht unter dem Zwang des Zölibats stehen. Ich glaube nicht, daß dieser junge Mann etwas Schlimmes verbrochen hat. Vielleicht sollte der Bruder Kantor prüfen, ob er eine schöne Singstimme hat. Die Menschen, die bei der Arbeit singen, fühlen zumeist den Drang, ein gottgegebenes Talent zu nutzen.«

Der verwirrte Kantor, dem nicht allzu viele Sänger zur Verfügung standen, erklärte sofort, daß er den Novizen gern singen hören würde. Prior Robert zog die strengen Brauen zusammen und rümpfte die aristokratische Nase. Wäre es nach ihm gegangen, hätte er den Sünder hart bestraft. Doch der Novizenmeister war kein Verfechter erbarmungsloser disziplinarischer Maßnahmen, und jetzt schien er sich zu freuen, weil das Vergehen seines Schülers einem guten Zweck dienen würde. »Er war stets eifrig und lernwillig, Vater Abt, und ist erst seit kurzer Zeit bei uns. In konzentrierten Augenblicken kommt es öfter vor, daß man sich vergißt. Und seine Abschriften sind sauber und sorgfältig gemacht.«

Der Sänger kam mit einer geringfügigen Strafe davon, die ihn nicht einmal so lange auf den Knien festhalten würde, daß er sich steifbeinig erheben mußte. Abt Heribert neigte stets zur Milde, und an diesem Morgen wirkte er noch zerstreuter als sonst. Die Besprechung der Alltagsprobleme näherte sich dem Ende. Plötzlich erhob sich der Abt, als wollte er die Sitzung schließen.

»Da wären noch ein paar Dokumente zu siegeln«, verkündete Bruder Matthew, der Kellermeister, und raschelte hastig mit seinen Pergamenten, denn er hatte das Gefühl, daß der Bruder Abt mit seinen Gedanken ganz woanders war und seine Pflichten aus den Augen verloren hatte. »Es geht um die Lehensfarm Hales und um Walter Aylwins Übertragung, auch um die Vereinbarung mit unseren künftigen Gästen Gervase Bonel und seiner Frau, denen wir das erste Haus hinter dem Mühlenteich zuweisen wollen. Master Bonel möchte so bald wie möglich einziehen, noch vor Weihnachten...«

»Ja, ja, das habe ich nicht vergessen.« In würdevoller Resignation stand Abt Heribert vor ihnen, ein Pergament in den Händen. »Ich muß euch allen etwas mitteilen. Diese wichtigen Dokumente können heute nicht gesiegelt werden, aus einleuchtenden Gründen. Es wäre möglich, daß ich nicht mehr dafür zuständig bin und nicht mehr länger das Recht habe, die Geschicke unseres Ordens zu lenken. Ich habe hier Instruktionen aus Westminster, vom königlichen Hof, die mir gestern überbracht wurden. Ihr alle wißt, daß Papst Innozenz König Stephens Thronanspruch anerkannt hat und einen Gesandten mit allen Vollmachten zu seiner Unterstützung nach England geschickt hat – Alberic, den Kardinalbischof von Ostia. Der Kardinal schlägt vor, in London ein Legatenkonzil zum Zwecke der Kirchenreformation abzuhalten. Ich soll daran teilnehmen und über meine Tätigkeit als Abt dieses Klosters Rechenschaft ablegen. Die Bedingungen sind eindeutig«, fuhr Abt Heribert traurig fort. »Mein Amt steht den Legaten zur Verfügung. Wir haben ein böses Jahr hinter uns und wurden zwischen zwei Thronprätendenten hin und her gerissen. Es ist kein Geheimnis, das gebe ich gern zu, daß mir seine Gnaden, als er uns im Sommer besuchte, nicht gerade wohl gesinnt war. Denn im Chaos des Zeitenwandels sah ich meinen Weg nicht so klar vor Augen und erkannte seine Souveränität nur zögernd an. Deshalb glaube ich jetzt, daß ich die Pflichten des Abtes nicht mehr wahrnehmen kann, bevor mich das Legatenkonzil in meinem Amt bestätigt hat. Ich kann im Namen unseres Hauses keine Dokumente oder Vereinbarungen siegeln. Was unerledigt ist, muß unerledigt bleiben, bis eine Entscheidung getroffen wurde. Ich darf mir keine Befugnisse anmaßen, die vielleicht einem anderen zustehen.«

Er hatte gesagt, was er zu sagen hatte, setzte sich wieder und faltete geduldig die Hände, während das zunächst leise, bestürzte Gemurmel allmählich zu einem lauten, ärgerlichen Stimmengewirr anschwoll. Doch nicht alle waren entsetzt, wie Bruder Cadfael klar erkannte. Prior Robert, ebenso überrascht wie die anderen, mimte zwar Erschütterung, frohlockte jedoch hinter der Fassade seines Elfenbeingesichts und zog die offensichtlichen Schlüsse. Und Bruder Jerome, der auch die stummen Botschaften des Priors schnell zu deuten wußte, rieb sich im Schutz seiner weiten Kuttenärmel beglückt die Hände, während sein Gesicht frommen Schmerz und Mitgefühl ausdrückte. Nicht, daß die beiden irgend etwas gegen Heribert hatten, abgesehen von dem Umstand, daß er schon viel zu lange ein Amt bekleidete, auf das ungeduldige Untergebene begehrliche Blicke warfen. Natürlich war er ein netter alter Mann, aber nicht mehr zeitgemäß, und er hielt die Zügel viel zu locker in der Hand – wie ein König, der zu lange lebt und dadurch Meuchelmörder anlockt. Aber die anderen schwirrten in panischer Erregung umher, wie Hühner, die von einem Fuchs heimgesucht wurden, und schrien durcheinander.

»Vater Abt, der König wird dich sicher in deinem Amt bestätigen!«

»O Vater, mußt du wirklich an diesem Konzil teilnehmen?«

»Wir werden uns wie Schafe vorkommen, die ihres Hirten beraubt wurden!«

Prior Robert, der sich durchaus befähigt fühlte, die Herde von St. Peter zu kommandieren, wenn es sein mußte, warf jenem jammernden Bruder einen kurzen Basiliskenblick zu, verzichtete aber auf einen Einwand und erklärte statt dessen, wie sehr er die Entwicklung der Dinge bedauerte.

»Aufgrund meines Gelübdes bin ich der Kirche verpflichtet«, sagte Abt Heribert traurig, »und als getreuer Sohn muß ich ihrem Ruf folgen. Wenn es der Kirche gefällt, mich weiterhin im Amt zu belassen, werde ich zurückkehren und wieder euer Hirte sein. Wenn ein anderer meinen Platz einnehmen soll, werde ich ebenfalls zurückkommen, falls es mir gestattet ist, und unter der Herrschaft des neuen Abtes als treuer Bruder in eurer Mitte leben.«

Cadfael glaubte ein schwaches Lächeln auf Roberts Lippen zu erkennen. Es würde den Prior keineswegs stören, seinen früheren Vorgesetzten endlich als gewöhnlichen Bruder unter seiner Herrschaft zu sehen.

»Aber es steht wohl fest«, fuhr Heribert demütig fort, »daß ich die Rechte des Abts nicht beanspruchen kann, bis die Sache geregelt ist. Deshalb müssen all diese Angelegenheiten bis zu meiner Rückkehr warten – oder bis zum Amtsantritt des neuen Abtes. Ist irgend etwas besonders dringlich?«

Bruder Matthew blätterte in seinen Pergamenten und dachte nach, immer noch verstört angesichts der unerwarteten Neuigkeit. »Aylwins Übertragungsurkunde hat keine Eile. Er ist ein alter Freund unseres Ordens, und sein Angebot wird sicher so lange gelten, wie es nötig erscheint. Und der Lehensvertrag mit Hale läuft erst zu Mariä Verkündigung im nächsten Jahr ab, also können wir uns auch damit Zeit lassen. Aber Master Bonel verläßt sich drauf, daß das Dokument baldmöglichst gesiegelt wird. Er möchte seine Sachen in das Haus bringen.«

»Erkläre mir doch noch einmal die Bedingungen«, bat der Abt. »In letzter Zeit hatte ich so viel im Kopf – und so habe ich leider vergessen, was vereinbart wurde.«

»Nun, er überträgt uns sein Haus Mallilie mit mehreren Pachtgütern, und dafür möchte er das Wohnrecht in der Abtei erhalten, im ersten Haus an der Stadtseite des Mühlenteichs. Es steht leer, und er sagt, es wäre genau das Richtige für seine Frau, ihn selbst sowie zwei Dienstboten. Die Einzelheiten entsprechen den Abmachungen, die in einem solchen Fall üblich sind. Die Bonels bekommen täglich zwei Laibe Mönchsbrot und einen Laib Dienstbotenbrot, zwei Gallonen Traditionsbier und eine Gallone Dienstbotenbier, an Fleischtagen ein Fleischgericht aus der Klosterküche, wie es den Wachtmeistern der Abtei zusteht, und an Fischtagen ein Fischgericht sowie zusätzliche Mahlzeiten, wann immer es besondere Leckerbissen gibt. Ihr Diener wird die Speisen jeweils holen. Sie erhalten auch täglich ein Fleisch- oder Fischgericht für ihre beiden Angestellten. Außerdem kann Master Bonel alljährlich eine Kutte beanspruchen, wie die älteren Klosterbeamten, und seine Frau möchte zehn Shilling im Jahr, so daß sie sich selbst ihre Kleidung aussuchen kann. Dazu kommen noch zehn Shilling pro Jahr für Wäsche, Schuhe, Brennholz und Verpflegung eines Pferdes. Falls einer der Bonels stirbt, steht dem anderen weiterhin das Recht zu, in dem Haus zu wohnen und die Hälfte der oben genannten Lebensmittel und Summen in Empfang zu nehmen. Allerdings brauchen wir für den Fall, daß Mistreß Bonel ihren Mann überlebt, kein Pferd mehr für sie zu halten. Dies sind die Bedingungen, und ich wollte nach der Kapitelsitzung die Genehmigung bezeugen lassen. Der Richter hat einen Schreiber hergeschickt.«

»Ich fürchte, daß auch diese Sache warten muß«, sagte der Abt seufzend. »Meine Rechte sind in der Schwebe.«

»Das wird Master Bonel sehr unangenehm sein«,

meinte der Kellermeister besorgt. »Die beiden haben ihre Übersiedlung schon vorbereitet und erwarten, daß sie das Haus in den nächsten Tagen beziehen können. Weihnachten steht vor der Tür – und wir können sie nicht im ungewissen lassen.«

»Man könnte ihnen doch erlauben, hierher zu übersiedeln, auch wenn die offizielle Genehmigung noch warten muß«, schlug Prior Robert vor. Nachdem niemand bezweifelte, daß er Heriberts Nachfolge antreten würde und mit König Stephen auf viel besserem Fuß stand als sein Vorgänger, sprach er mit siegessicherer Autorität.

Der Abt nickte erleichtert. »Ich glaube, das wäre zulässig. Gut, Bruder Matthew. Die Bonels sollen bei uns Einzug halten, die offizielle Genehmigung wird sicher bald erfolgen. Das kannst du unseren Gästen versichern. Sie sollen sich noch vor Weihnachten bei uns einleben, damit sie das Fest genießen können. Gibt es noch andere Fälle, um die wir uns kümmern müssen?«

»Nein, Vater«, antwortete Bruder Matthew, dann fragte er bedrückt und nachdenklich: »Wann mußt du abreisen?«

»Übermorgen. Ich kann nicht mehr so schnell reiten, und wir werden mehrere Tage auf der Straße verbringen. Während meiner Abwesenheit wird natürlich Prior Robert das Kloster leiten.«

Geistesabwesend hob Heribert seine Hand, um die Mönche zu segnen, und verließ den Kapitelsaal. Prior Robert eilte ihm nach, in der offensichtlichen Überzeugung, die Benediktinerabtei St. Peter und St. Paul in Shrewsbury schon jetzt unter Kontrolle zu haben. Und er hegte zweifellos die Absicht, ihr bis an sein Lebensende vorzustehen.

In traurigem Schweigen gingen die Brüder hinaus, um dann gedämpfte, aber erregte Gespräche zu führen, sobald sie sich in dem großen Hof verteilt hatten. Heribert war seit elf Jahren ihr Abt – ein gutmütiger, umgänglicher Mann, vielleicht ein wenig zu großzügig. Bangen Herzens sahen sie den möglichen Veränderungen entgegen.

Eine halbe Stunde vor dem Hochamt um zehn Uhr wanderte Cadfael gedankenverloren zu seinem Schuppen im Kräutergarten, um ein paar Pflanzen zu inspizieren, die er züchtete. Der gepflegte, von dichten Hecken eingefriedete Garten sah nach den ersten kalten Nächten dürr und öde aus. Die Blätter welkten und färbten sich braun, die zarteren Pflänzchen zogen sich in die Wärme des Erdreichs zurück. Aber in der Luft lag immer noch eine Erinnerung an sommerliche Düfte, und die würzigen Aromen, die sich im Schuppen mischten, wirkten fast betäubend. Cadfael kam oft hierher, um in Ruhe nachzudenken. Er war gewöhnt an die starken, berauschenden Gerüche und nahm sie kaum wahr. Aber wenn es nötig gewesen wäre, hätte er die Quellen aller einzelnen Düfte bestimmen können.

König Stephen hatte also seinen alten Groll nicht vergessen, und Abt Heribert sollte der Sündenbock für Shrewsburys Widerstand gegen die Inthronisierung des Regenten sein. Von Natur aus war Stephen kein rachsüchtiger Mann. Vielleicht wollte er dem päpstlichen Gesandten schmeicheln, nachdem Innozenz ihn als König von England anerkannt hatte, und sich im Kampf gegen seine Rivalin, Kaiserin Maud, der Unterstützung des Vatikans versichern, einer Waffe, die man nicht unterschätzen durfte. Diese entschlossene Frau würde nicht so leicht aufgeben und ihren Anspruch mit Nachdruck in Rom vertreten, so daß sich der Papst vielleicht anders besinnen könnte. Deshalb würde man Alberic von Ostia, der die Kirche reformieren wollte, keine Steine in den Weg legen. Und Heribert könnte das Opfer sein, das man dem Fanatismus des Kardinalbischofs bringen würde.

Ein weiterer Sachverhalt drängte sich immer wieder in Cadfaels Überlegungen – die Position der sogenannten Klostergäste, jener Seelen, die – manchmal schon in jungen Jahren – die werktätige Welt verließen und ihr Erbe der Abtei schenkten, um auf deren Grund und Boden ein beschauliches, beschütztes, müßiges Leben zu führen und mit allen lebensnotwendigen Gütern versorgt zu werden, ohne einen Finger zu rühren... Träumten sie schon jahrelang davon, während sie schweißgebadet lammenden Mutterschafen beistanden, die Ernte einbrachten oder harte Arbeit in irgendwelchen Handelszweigen verrichteten? Träumten sie von einem kleinen irdischen Paradies, wo Mahlzeiten vom Himmel fielen und wo man nichts anderes zu tun brauchte, als im Sommer sonnenzubaden und im Winter mit einem Becher Warmbier am Feuer zu sitzen? Und wenn sie ihr Ziel erreicht hatten – wie lange dauerte die Freude an? Wann hatten sie es satt, nichts zu tun – nichts tun zu müssen? Cadfael konnte es verstehen, wenn sich ein Blinder, Lahmer oder Kranker zu einer solchen Lebensweise entschloß. Aber daß es gesunde, kräftige Leute gab, die dem Müßiggang frönen wollten, würde ihm immer ein Rätsel bleiben. Es mußte noch andere Beweggründe geben. Nicht jeder stand in dem Wahn, daß Trägheit dasselbe bedeutete wie Glück. Was sonst konnte einen Menschen zu einer solchen Entscheidung treiben? Der Wunsch nach einem Erben? Eine gewisse Vorliebe für das Klosterleben, wobei der Mut fehlte, es in letzter Konsequenz zu führen? Vielleicht! Ein verheirateter Mann im vorgeschrittenen Alter, der sich bereits Gedanken über sein Ende machte, könnte sich von solchen Erwägungen leiten lassen. So manche Männer hatten Mönchskutten angezogen, nachdem sie Kinder und Enkel bekommen und ein ereignisreiches Leben geführt hatten. Der Gästestatus könnte ein Markstein auf diesem Weg sein. Oder war es denkbar, daß sich ein Mann seines Lebenswerks beraubte, weil er der Welt grollte, einem unbotmäßigen Sohn oder der Bürde, mit seiner eigenen Seele zurechtkommen zu müssen?

Bruder Cadfael schloß den kräftigen Duft des Weißen Andorns, aus dem er eine Hustenmedizin brauen wollte, im Schuppen ein und ging mit ernster Miene zum Hochamt.

An einem grauen Morgen ritt Abt Heribert auf der Londoner Straße dahin und kehrte Shrewsbury den Rücken. Zum erstenmal in diesem Herbst war das Gras von einer Frostschicht bedeckt. Bruder Emanuel, sein Schreiber, und die beiden dienstältesten Laienbrüder begleiteten ihn. Er saß auf seinem weißen Maultier und gab sich fröhlich, als er aufbrach, und machte trotzdem eine traurige Figur. Nicht einmal in jüngeren Jahren war er ein guter Reiter gewesen, und jetzt kauerte er in seinem hohen, schaukelnden Sattel, in sich zusammengesunken wie ein kleiner, unzureichend gefüllter Sack. Viele Brüder standen am Klostertor und sahen ihm angstvoll und betrübt nach, bis er aus ihrem Blickfeld verschwunden war. Auch ein paar Schüler waren erschienen und schauten noch unglücklicher drein, denn der Abt hatte Bruder Paul gestattet, die Schule nach seinem eigenen Gutdünken, also höchst duldsam zu leiten. Doch wenn Prior Robert das Regiment übernahm, würde keine einzige Abteilung in diesem Haus unbehelligt bleiben, und man mußte mit strengen disziplinarischen Reglementierungen rechnen.

Cadfael gestand sich ein, daß die Abtei durchaus eine etwas strengere Disziplin vertragen konnte. In letzter Zeit hatte sich Heribert, tief enttäuscht von der menschlichen Welt, immer mehr zurückgezogen, um im Gebet Trost zu suchen. Die Belagerung und der Fall von Shrewsbury, das damit verbundene Blutvergießen und die wilden Rachegedanken hätten genügt, um auch die robustesten Naturen zu deprimieren, wenn das auch keine Entschuldigung für das Versäumnis war, das Recht zu verteidigen und das Unrecht zu bekämpfen. Aber es gab Zeiten, wo die Alten ermüdeten und die Last der Führerschaft zu schwer wurde. Vielleicht – vielleicht! – wäre Heribert nicht mehr so traurig, wenn man ihm diese Last abnehmen würde.

An diesem Tag ging es bei der Morgenmesse und bei der Kapitelversammlung höchst gesittet und ruhig zu, das Hochamt wurde in tiefer Frömmigkeit zelebriert, das Tagewerk pflichtbewußt erledigt. Robert war viel zu sehr auf seine äußere Wirkung bedacht, um sich vor Zeugen die Hände zu reiben oder über die Lippen zu lecken. Er hielt sich an die Gesetze der Gerechtigkeit und des Glaubens, kraft seiner heiligen Autorität. Doch er war nicht gewillt, auf ein einziges seiner Privilegien zu verzichten.

Cadfael war es gewöhnt, daß man ihm während seiner aktivsten Monate zwei Gärtnergehilfen zuteilte, denn er züchtete nicht nur Kräuter in seinem ummauerten Garten. Der Küchengarten der Abtei lag allerdings außerhalb der Enklave, auf der anderen Seite der Hauptstraße, am Rand des fruchtbaren Ackerlands am Flußufer, des sogenannten Gaye. In der Regenzeit bewässerte der Severn den ertragreichen Boden. In Cadfaels geschlossenem Garten wuchsen kleine, empfindliche Pflanzen, und am Meole-Bach, der die Mühle in Gang setzte, baute er Kohl, Erbsen und Bohnen an. Jetzt, wo der Winter bevorstand und das Erdreich sich ebenso schlafen legte wie die Igel, die sich unter den Hecken zwischen trockenem Gras und welken Blättern verkrochen, hatte er nur mehr einen Gehilfen. Ein Novize ging ihm zur Hand, wenn er seine Medizinen braute, seine Pillen drehte, in seinen Ölen rührte und Breiumschläge zubereitete. Nicht nur die Mönche suchten seinen ärztlichen Rat, sondern auch die Stadtbewohner und die Leute vom Foregate. Manchmal kamen sogar Kranke aus den umliegenden Dörfern zu ihm. Er hatte diese Wissenschaft nicht studiert, sondern nur aus seinen Erfahrungen gelernt, und im Laufe der Jahre hatte er sich so viele Kenntnisse angeeignet, daß sich einige Patienten lieber von ihm behandeln ließen als von anerkannten Ärzten.

In diesem Herbst diente ihm ein achtzehnjähriger Novize als Gehilfe, Bruder Mark, Vollwaise und lästiges Ärgernis eines verantwortungsscheuen Onkels, der ihn schon vor zwei Jahren ins Kloster geschickt hatte, um ihn loszuwerden. Wortkarg, vereinsamt und heimwehkrank war er in der Abtei eingetroffen, ein zarter Bursche, der noch jünger wirkte, als es seinen Jahren entsprach, und mit ängstlicher Unterwürfigkeit alle Aufträge erfüllte, als wäre es sein höchstes Lebensziel, Bestrafungen aller Art zu entrinnen. Nach ein paar Monaten gemeinsamer Gartenarbeit mit Cadfael hatte sich seine Zunge allmählich gelockert, und seine Angst war verflogen. Er war immer noch klein für sein Alter und sehr vorsichtig, wann immer er Autoritätspersonen begegnete, aber gesund und kräftig und ein tüchtiger Gärtner. Was die Herstellung der Arzneien betraf, so war er ein gelehriger, interessierter Schüler. Im Kreis seiner Kollegen blieb er stumm wie eh und je. Er spach nur bei der Gartenarbeit, und auch dann nur mit Cadfael. Trotz seiner schweigsamen Zurückhaltung im Kreuzgang und im Hof war es Mark, der seinem Meister alle Klatschgeschichten brühwarm erzählte – noch bevor sie sich in der ganzen Abtei verbreiteten.

Eine Stunde vor der Abendandacht kam er von der Mühle zurück, wo er einen Auftrag erfüllt hatte, und wußte Neuigkeiten zu berichten. »Weißt du, was Prior Robert getan hat, Bruder Cadfael? Er ist in die Wohnung des Abtes gezogen! Wirklich und wahrhaftig! Und der Bruder Subprior soll von heute an in der Zelle des Priors schlafen! Und dabei hat sich das Tor gerade erst hinter Abt Heribert geschlossen! Ich finde das sehr anmaßend!«

Das fand Cadfael auch, aber er fühlte sich nicht bemüßigt, dies seinem Gehilfen mitzuteilen oder diesem solch freimütige Äußerungen zu gestatten. »Es steht dir nicht zu, deine Vorgesetzten zu beurteilen«, sagte er sanft, »zumindest hast du kein Recht dazu, solange du dich nicht in ihre Lage versetzen und diese oder jene Probleme aus ihrem Blickwinkel betrachten kannst. Vielleicht hat Abt Heribert den Prior gebeten, in seine Wohnung zu ziehen. Es wäre doch denkbar, daß dadurch Prior Roberts Autorität als Klosterleiter dokumentiert werden soll, während unser Abt verreist ist. Jene Räume sind jeweils dem geistigen Vater unserer Abtei vorbehalten.«

»Aber Prior Robert ist nicht unser geistiger Vater, noch nicht! Und wenn Abt Heribert diese Übersiedlung gewünscht hätte, wäre sie bei der Kapitelsitzung zur Sprache gekommen. Zumindest hätte er es dem Bruder Subprior gesagt. Aber das hat er nicht getan. Ich habe dem Bruder Subprior angesehen, daß er erstaunt und entsetzt war. Er hätte sich niemals solche Freiheiten herausgenommen.«

Wie wahr, dachte Cadfael und zerstampfte emsig Wurzeln in einem Mörser. Bruder Richard, der Subprior, wäre der letzte gewesen, der sich eine solche Willkür angemaßt hätte. Er war ein großer, gutmütiger Mann – und so friedliebend, daß es beinahe schon als Trägheit ausgelegt werden konnte. Niemals würde er von sich aus eine Beförderung anstreben, nicht einmal auf legitime Weise. Bald könnten jüngere, wagemutigere Brüder Mittel und Wege finden, um den Führungswechsel zu ihrem Vorteil zu nutzen. Wenn Richard in der Zelle des Priors nächtigte, die direkt neben dem Schlafsaal lag, würde es so manchem Sünder viel leichter fallen, hinauszuschlüpfen, nachdem man die Lichter gelöscht hatte. Selbst wenn das Vergehen entdeckt werden sollte, würde es der Subprior vermutlich niemals melden, geschweige denn bestrafen. Wann immer Ärgernisse auftauchten, pflegte er Augen und Ohren zu verschließen.

»Die Diener in der Wohnung des Abtes sind ganz verzweifelt«, erzählte Bruder Mark. »Du weißt doch, wie treu sie unserem Abt Heribert ergeben sind, und jetzt werden sie gezwungen, einem anderen zu dienen – noch bevor es offiziell bestätigt wurde, daß unser Abt sein Amt niederlegen muß! Bruder Henry meint, das wäre Blasphemie. Und Bruder Petrus schaut drein wie fünf Tage Regenwetter und murmelt schauderhaftes Zeug in seine Kochtöpfe. Er sagt, sobald Prior Robert einen Fuß in diese Wohnung gesetzt hätte, würde man Schierlingsgift brauchen, um ihn wieder rauszukriegen, wenn Abt Heribert zurückkommt.«

Das konnte sich Cadfael gut vorstellen. Bruder Petrus war der langjährige Koch des Abtes, ein schwarzhaariger, glutäugiger Barbare aus dem schottischen Grenzland. Er neigte zu ungestümen, maßlosen Äußerungen, die niemand sonderlich ernst nahm – wenn man auch nicht genau wußte, in welchen Fällen es trotz aller Vorbehalte ratsam wäre, auf ihn zu hören.

»Wie du sehr wohl weißt, sagt Bruder Petrus vieles, was er nicht sagen dürfte, aber er meint es niemals böse. Er ist ein ausgezeichneter Koch und wird weiterhin köstliche Speisen auf den Tisch des Abtes bringen – wer immer auch am Kopfende sitzen mag, weil er gar nicht anders kann.«

»Aber glücklich wird er nicht dabei sein«, erwiderte Bruder Mark im Brustton der Überzeugung.

Der friedliche Tagesablauf war zweifellos schwer erschüttert worden. Doch die klösterliche Ordnung war so fest gefügt, daß jeder Bruder, mochte er nun glücklich sein oder nicht, gewissenhaft seinen Pflichten nachging.

»Wenn Abt Heribert in seinem Amt bestätigt wurde und zurückkommt«, sagte Bruder Mark aus einem inbrünstigen Wunschdenken heraus, »wird sich Prior Robert die Nase verrenken.« Der Gedanke, daß dieses edle, strenge Organ plötzlich schief im Gesicht des Priors sitzen könnte wie die mißhandelte Nase eines alten Soldaten, tröstete den jungen Mann und er mußte sogar lachen. Cadfael brachte es nicht übers Herz, mit ihm zu schimpfen, da diese Vision auch für ihn gewisse Reize hatte.

Am Nachmittag kam Bruder Edmund, der Krankenpfleger, in Cadfaels Schuppen, um ein paar Arzneien für seine Patienten zu holen. Der Frost, der auf die milden Tage gefolgt war, hatte einige junge Brüder überrumpelt. Sie litten an einem heftigen Schnupfen, den man nur in den Griff bekommen konnte, wenn man die Opfer isolierte, großteils Mönche, die auf den Berghängen die Schafe hüteten. Vier dieser jungen Männer lagen nun im Hospital, zusammen mit den alten Brüdern, die dort ihre Tage verbrachten und abgesehen von ihren religiösen Pflichten keine Aufgaben mehr zu erfüllen hatten, während sie auf ihr Ende warteten.

»Die Burschen brauchen nur ein paar Tage im warmen Bett zu bleiben, dann werden sie von selbst wieder gesund«, meinte Cadfael und füllte eine bräunliche Flüssigkeit, die scharf, süß und aromatisch roch, von einer größeren Flasche in eine kleinere. »Aber es ist natürlich nicht nötig, daß sie sich unwohl fühlen, und sei es auch nur für ein paar Tage. Gib ihnen zwei- bis dreimal am Tag einen Löffel von dieser Medizin, dann wird es ihnen bald bessergehen.«

»Was ist denn da drin?« fragte Bruder Edmund neugierig. Die meisten von Bruder Cadfaels Rezepturen kannte er bereits, aber er wußte, daß in diesem Schuppen ständig experimentiert wurde. Manchmal fragte er sich, ob Cadfael die neuen Medikamente an sich selbst ausprobierte.

»Rosmarin, Weißer Andorn und Steinbrech, vermischt mit Flachssamenöl und einem roten Wein, den ich aus Kirschen und ihren Steinen gebraut habe. Diese Arznei ist gut gegen Schnupfen, auch gegen Husten.« Sorgsam steckte Cadfael den Stöpsel in die große Flasche und wischte den Hals ab. »Hast du noch einen Wunsch? Vielleicht irgendwas für die alten Knaben. Sicher regen sie sich schrecklich auf über die diversen Neuigkeiten. Wenn die Menschen erst mal über sechzig sind, hassen sie Veränderungen.«

Bruder Edmund nickte wehmütig. »Vor allem solche Veränderungen... Sie wußten gar nicht, wie sehr sie Heribert lieben. Das merken sie erst jetzt, wo sie ihn verloren haben.«

»Glaubst du wirklich, daß wir ihn verloren haben?«

»Ich befürchte es. Nicht daß Stephen nachtragend wäre – aber er wird tun, was der Gesandte will, um dem Papst Honig um den Bart zu schmieren. Und glaubst du, daß ein fanatischer Reformator, der in unserem Reich die Möglichkeit erhält, die Kirche nach seinem Geschmack umzuformen, an unserem guten kleinen Abt Gefallen finden wird? Stephen hat die Saat des Zweifels gesät, als er noch wütend auf uns war. Aber jetzt ist es Alberic von Ostia, der unseren lieben Abt prüfen und für zu weichlich befinden wird.« Bruder Edmund seufzte tief auf. »Ich könnte noch ein Töpfchen von deiner Salbe gegen Druckbrand gebrauchen. Bruder Adrian hat sich schon wieder ganz wund gelegen. Er wird nicht mehr lange Buße tun müssen, die arme Seele.«

»Sicher hat er schreckliche Schmerzen, wenn du ihn auf die Seite drehst, um ihn einzusalben«, meinte Cadfael.

»Er besteht nur noch aus Haut und Knochen, und es ist sehr mühselig, ihm ein paar Bissen einzuflößen. Er welkt einfach dahin – wie ein Blatt im Herbst.«

»Wenn du ihn hochheben willst und Hilfe benötigst – laß mich rufen. Dazu bin ich ja schließlich da. So, hier hast du deine Salbe. Ich glaube, sie ist besser denn je, denn ich habe mehr Labkraut hineingetan als sonst.«

Bruder Edmund legte die Flasche und das Töpfchen in seine Tasche und überlegte, ob er noch weiterer Arzneien bedurfte. Nachdenklich rieb er sich das spitze Kinn zwischen Daumen und Zeigefinger. Plötzlich wehte ein kalter Windstoß zur Tür herein. Sie wandten beide die Köpfe – so abrupt, daß der junge Mann, der die Tür einen Spaltbreit geöffnet hatte, verstört zurückwich.

»Mach die Tür zu, Junge!« rief Cadfael und zog fröstelnd die Schultern hoch.

»Verzeih, Bruder!« erwiderte eine unterwürfige Stimme hastig. »Ich warte draußen, bis du Zeit für mich hast.« Die Tür begann sich vor einem schmalen, dunklen, ängstlichen Gesicht zu schließen.

»Nein, nein«, entgegnete Cadfael ungeduldig, »so hab' ich's nicht gemeint. Komm nur herein in die Wärme und mach schnell die Tür zu, damit uns dieser böse Wind nichts mehr anhaben kann. Wenn er noch lange hereinbläst, fängt die Kohlenpfanne zu rauchen an. Ich werde mich gleich um dich kümmern, wenn der Bruder Krankenpfleger alles hat, was er braucht.«

Die Tür ging gerade so weit auf, daß ein dünner Bursche hereinschlüpfen konnte, dann wurde sie sofort wieder zugeworfen, und er lehnte sich dagegen.

Es war ihm anzumerken, daß er sich am liebsten unsichtbar gemacht hätte, wenn sein Blick auch neugierig über die duftenden trockenen Kräuter wanderte, die von den Deckenbalken herabhingen, über die Regale mit den Töpfen und Flaschen, die Essenzen aus der sommerlichen Ernte bargen.

»Ach ja!« Jetzt war es Bruder Edmund eingefallen, was er noch brauchte. »Bruder Rhys jammert über heftige Rücken- und Schulterschmerzen. Er kann sich kaum bewegen, und ich beobachte immer wieder, wie er zusammenzuckt. Du hast doch ein Öl, das seine Beschwerden schon einmal gelindert hat.«

»O ja – einen Augenblick, ich werde ein Fläschchen für dich füllen.« Cadfael griff nach einer großen Steingutflasche und suchte in den Regalen nach einer kleineren aus Rauchglas. Vorsichtig zog er den Stöpsel aus der großen Flasche und goß ein zähflüssiges dunkles Öl, das einen kräftigen, beißenden Geruch verströmte, in die kleinere. Dann schraubte er den Holzstöpsel wieder in den Flaschenhals und drückte ihn mit Hilfe eines Leinentuchs fest hinein. Mit einem anderen Lappen wischte er beide Behälter ab, danach warf er ihn in die kleine Kohlenpfanne, auf der ein Steinguttopf mit einer leise brodelnden Brühe stand. »Das wird ihm helfen – vor allem, wenn du jemanden mit kräftigen Fingern findest, der ihm das Öl fest in die Gelenke reibt. Aber paß auf, daß es niemals mit deinen Lippen in Berührung kommt, Bruder Edmund. Und wasch dir die Hände, wenn du es benutzt hast. Sorg auch dafür, daß sich alle anderen, die es zwischen die Finger kriegen, gründlich waschen. Der menschlichen Haut tut dieses Öl gut, aber es darf nicht in seinen Körper gelangen. Du darfst es auch bei keinem Patienten anwenden, der eine kleine Wunde oder einen Kratzer hat. Es ist ziemlich stark.«

»Und offenbar gefährlich«, ergänzte Edmund. »Woraus besteht es denn?« Er drehte die Flasche hin und her, um zu sehen, wie langsam und klebrig das Öl über die Glaswand rann.

»Hauptsächlich aus zermahlenen Eisenhutwurzeln, vermischt mit Senf- und Flachssamenöl. Wenn man es schluckt, wird man vergiftet. Schon eine kleine Dosis könnte einen Menschen töten. Also verwahr es gut, und vergiß nicht, dir jedesmal sofort die Hände zu waschen, wenn du es verwendet hast. Für alte, eingerostete Gelenke ist dieses Öl der reine Balsam. Bruder Rhys wird ein prickelndes Hitzegefühl verspüren, wenn man das Öl kräftig in die Haut reibt. Das betäubt den Schmerz, und danach wird er sich viel besser fühlen. Hast du jetzt alles? Wenn du willst, kann ich zu dir kommen und Bruder Rhys behandeln. Ich weiß, wo die Schmerzen sitzen, und dieses Öl muß wirklich mit aller Kraft in die Haut gerieben werden, sonst hilft es nicht.«

»O ja, ich weiß, daß du Eisenfinger hast«, erwiderte Bruder Edmund und inspizierte die Errungenschaften in seiner Tasche. »Ich habe sie mal zu spüren bekommen, und da dachte ich, du würdest mir alle Knochen brechen. Aber ich muß zugeben, daß die Salbe, mit der du mich damals traktiert hast, sehr wirkungsvoll war. Am nächsten Tag konnte ich mich viel besser bewegen. Ja, bitte, komm nur, wenn du Zeit hast. Bruder Rhys ist nicht mehr ganz bei Sinnen. Die jüngeren Brüder erkennt er gar nicht – aber dich hat er sicher nicht vergessen.«

»Er wird alle erkennen, die einen walisischen Akzent haben«, meinte Cadfael, »denn er kehrt jetzt in seine Kindheit zurück, wie alle alten Leute.«

Bruder Edmund nahm seine Tasche und wandte sich zur Tür. Der dünne junge Mann trat beiseite und öffnete sie höflich, dann schloß er sie wieder, nachdem der Krankenpfleger sich lächelnd bedankt hatte und hinausgegangen war. Jetzt sah Cadfael, daß der Bursche zwar sehr schlank, aber groß und kräftig gebaut war. Er wußte sich geschmeidig zu bewegen, und seine Körperhaltung verriet eine angespannte Wachsamkeit. Sein dichtes, hellbraunes Haar war vom Wind zerzaust, ein sorgsam gestutzter hellbrauner Bart auf der Oberlippe und am Kinn betonte den tiefernsten Ausdruck des schmalen Gesichts mit der langen Habichtsnase. Die großen, hellblauen Augen, die eine lebhafte Intelligenz verrieten und defensiv wie gezückte Speere wirkten, richteten sich nun auf Cadfael und blickten ihn unverwandt an.

»Nun, mein Freund«, begann Cadfael und schob den Steinguttopf an den Rand der Kohlenpfanne, um die Hitzezufuhr zu verringern, »was kann ich für dich tun?« Er drehte sich um und musterte den Fremden von Kopf bis Fuß. »Ich kenne dich nicht, aber du bist mir willkommen. Was hast du auf dem Herzen?«

»Mistreß Bonel hat mich geschickt.« Die leise Stimme des jungen Mannes hätte angenehm geklungen, wäre sie nicht so belegt gewesen. »Sie läßt dich um ein paar Küchenkräuter bitten. Der Bruder Hospitalvorsteher hat ihr gesagt, du würdest ihr gern aushelfen, wenn ihr eigener Vorrat zur Neige gegangen ist. Mein Herr ist heute in ein Haus am Foregate gezogen, als Klostergast.«

»Ach ja...« Cadfael erinnerte sich an das Haus Mallilie, das Bonel der Abtei übergeben hatte, um in ihren Mauern sein Leben beschließen zu können. »Sie haben sich also bei uns niedergelassen? Möge Gott ihr neues Heim segnen! Und du bist der Diener, der ihnen die Mahlzeiten bringen wird. Sicher mußt du dich erst zurechtfinden. Warst du schon in der Küche des Abts?«

»Ja, Herr.«

»Ich bin niemandes Herr«, entgegnete Cadfael in mildem Ton, »aber aller Menschen Bruder. Und wie lautet dein Name, mein Freund? Da wir einander oft sehen werden, sollten wir jetzt gleich Bekanntschaft schließen.«

»Ich heiße Aelfric.« Der junge Mann war von der Tür zur Feuerstelle gekommen und sah sich nun mit unverhohlenem Interesse um. Sein Blick blieb voller Ehrfurcht an der großen Flasche hängen, die das Eisenhutöl enthielt. »Ist diese Arznei wirklich so gefährlich? Ich meine – kann eine geringe Dosis tödlich wirken?«

»Vieles, was uns die Natur schenkt, kann zum Tod führen, wenn es falsch angewendet oder in überreichem Maße eingenommen wird – sogar Wein, wenn man zuviel davon trinkt, oder gesundes Essen, wenn man es in riesigen Mengen hinunterschlingt. Sind deine Herrschaften zufrieden mit ihrem neuen Zuhause?«

»Es ist noch zu früh, um ein Urteil abzugeben«, antwortete der junge Mann vorsichtig.

Wie alt mochte er sein? Fünfundzwanzig Jahre? Sicher nicht viel älter. Sobald man ihm zu nahe trat, schien er imaginäre Stacheln zu spreizen wie ein Igel – bereit, sich gegen die ganze Welt zu verteidigen. Er fühlt sich nicht frei, dachte Cadfael voller Mitleid, und seine Seele ist verletzlich. Dient er jemandem, der nicht so gefühlvoll ist wie er selbst? Das wäre gut möglich.

»Wie viele Leute leben in eurem Haus?«

»Mein Herr, meine Herrin und ich. Und ein Mädchen.« Ein Mädchen! Mehr sagte er nicht zu diesem Thema. Und die breiten, ausdrucksvollen Lippen schlossen sich sofort wieder nach diesen wenigen Worten.

»Nun, Aelfric, du kannst zu mir kommen, wann immer du möchtest, und wenn ich deiner Herrin einen Gefallen erweisen kann, so will ich das gerne tun. Was für Kräuter braucht sie denn?«

»Sie läßt dich um Beifuß und Basilikum bitten, falls du das hast. Für heute abend hat sie einen Topf zum Aufwärmen mitgebracht«, fügte Aelfric, der jetzt ein wenig auftaute, erklärend hinzu. »Er steht auf der Kaminleiste, und sie will noch ein paar Kräuter dazutun. Leider mußte sie ihren Vorrat in Mallilie zurücklassen, so wie viele andere Dinge.«

»Nun, was ich habe, will ich ihr geben. So, mein Junge, hier hast du einen Bund Beifuß und einen Bund Basilikum. Ist Mistreß Bonel eine gute Herrin?«

»Ja«, erwiderte der junge Mann und machte den Mund sofort wieder zu, so wie vorhin, als er von dem Mädchen gesprochen hatte. Dann runzelte er die Stirn, als würden ihn wirre, widersprüchliche Gedanken quälen, und fuhr zögernd fort: »Sie war Witwe, als sie Herrn Bonels Frau wurde.« Er griff nach den Kräutern, harte Finger umklammerten die Stengel – wie einen Hals? An wen mochte er unbewußt denken? Sicher nicht an seine Herrin, denn er schien sie zu mögen. Immerhin hatte er sich, als von ihr die Rede gewesen war, zu ungewöhnlicher Mitteilsamkeit durchgerungen.

»Vielen Dank, Bruder.« Mit lautlosen, geschmeidigen Schritten entfernte er sich. Wenige Sekunden später hatte sich die Tür hinter ihm geschlossen. Cadfael blickte nachdenklich vor sich hin. Bis zur Abendandacht hatte er noch eine Stunde Zeit. Er beschloß, ins Hospital zu gehen, Bruder Rhys' alte, abgestumpfte Ohren mit süßen, walisischen Lauten zu erfreuen und das Eisenhutöl kräftig in seine schmerzenden Gelenke zu reiben. Ja, das wäre ein gutes Werk.

Aber was sollte er für diesen wilden Jungen tun, der in einem seelischen Gefängnis voller Leid und Haß lebte? Vermutlich war er ein Leibeigener, dessen Fähigkeiten weit über seinen gesellschaftlichen Status hinausgingen, und er schien einen geheimen Kummer zu nähren – vielleicht nicht nur einen... Cadfael erinnerte sich an jenen Augenblick, wo Aelfric das Mädchen erwähnt hatte, um dann sofort wieder den Mund zu schließen und bittere Gefühle zwischen den Zähnen zu zermalmen. Eifersucht?

Nun, sie waren eben erst hier angekommen, alle vier. Man mußte erst einmal abwarten. Cadfael wusch sich die Hände mit jener Sorgfalt, die er auch seinen Kunden empfahl, sah sich kurz in seinem kleinen Königreich um und machte sich auf den Weg zum Hospital.

Der alte Bruder Rhys saß in seinem ordentlich gemachten Bett, nicht weit vom Kamin. Der alte Kopf mit dem schütteren grauen Haarkranz, der die Tonsur umgab, nickte immer wieder. Er sah stolz und zufrieden aus – ein Mann, der trotz aller Widrigkeiten des Lebens bekommen hatte, was ihm zustand. Das spitze Kinn mit dem Stoppelbart reckte sich nach vorn, die buschigen Brauen sträubten sich in alle Richtungen. Die kleinen, scharfen Augen – fast farblos in ihrem matten Grau, hatten allen Glanz verloren, blickten aber dennoch triumphierend in die Runde. Denn auf dem Stuhl neben seinem Bett saß ein kräftiger, dunkelhaariger Bursche und sprudelte walisische Worte hervor wie eine Bergquelle. Das Hemd das alten Mannes war über die knochigen Schultern nach unten gezogen, und ein Pfleger rieb ihm das Eisenhutöl in den Rücken, was dem Patienten vergnügte Grunzlaute entlockte.

»Wie ich sehe, ist mir jemand zuvorgekommen«, flüsterte Cadfael an der Tür in Bruder Edmunds Ohr.

»Ein Verwandter«, erklärte Bruder Edmund ebenso leise. »Ein junger Waliser aus dem Norden der Grafschaft, wo Rhys geboren wurde. Anscheinend ist er heute hergekommen, um den Bonels beim Umzug zu helfen. Ich glaube, er arbeitet als Geselle bei Mistreß Bonels Sohn. Er hat sich nach dem alten Mann erkundigt, und das war sehr nett von ihm. Ich führte ihn zu Rhys, der sich sofort über seine Schmerzen beschwerte. Der Bursche erbot sich, ihm den Rücken einzureiben, ich erlaubte es ihm, und er ging gleich ans Werk. Aber da du schon mal hier bist, kannst du dich mit ihnen unterhalten. Wenigstens brauchen sie nicht Englisch zu sprechen, wenn sie mit dir reden.«

»Hast du dem Burschen gesagt, daß er sich danach gründlich die Hände waschen soll?«

»Ich habe ihm sogar gezeigt, wo er das tun kann und wo er die Flasche verwahren muß, wenn er fertig ist. Nach deiner beängstigenden Lektion will ich alle nötigen Vorsichtsmaßnahmen ergreifen. Ich habe ihm deutlich klargemacht, was das Zeug anrichten kann, wenn man es falsch anwendet.«

Der junge Mann unterbrach seine Bemühungen, als Cadfael neben das Bett trat, und stand ehrerbietig auf. Aber Cadfael bedeutete ihm, sich wieder hinzusetzen. »Ich will dich nicht stören, mein Junge, ich wollte nur meinen alten Freund besuchen. Wie ich sehe, hast du mir meine Arbeit bereits abgenommen. Du machst deine Sache sehr gut.«

Der junge Mann fuhr fort, das scharf riechende Öl in Rhys' alte Schultern zu kneten. Er war vier- oder fünfundzwanzig Jahre alt und stark gebaut. Er hatte ein knochiges, gutmütiges Gesicht, von Wind und Wetter braun und gegerbt, ein glattrasiertes walisisches Gesicht, das von unerschütterlicher Willenskraft zeugte. Sein Haar war ebenso schwarz, dicht und drahtig wie seine Brauen. Mit einem fröhlichen Lächeln sprach er auf Bruder Rhys ein und hänselte ihn sogar ein bißchen, als wäre der greise Patient ein kleines Kind. Und damit hatte er Bruder Cadfaels Herz gewonnen, denn Rhys war tatsächlich wieder zum Kind geworden. Und heute war er viel lebhafter als sonst. Der unerwartete Besuch an seinem Krankenbett tat ihm gut.

»Siehst du, Cadfael«, krächzte er und stemmte die Schultern genüßlich den knetenden Fingern entgegen, »meine Familie hat mich nicht vergessen. Der Sohn meiner Nichte Angharad ist zu mir gekommen, mein Großneffe Meurig. Ich erinnere mich noch gut an den Tag, wo er geboren wurde... Nein, nein, ich meine natürlich den Tag, an dem die kleine Tochter meiner Schwester auf die Welt kam. Es ist schon so viele Jahre her, seit ich sie zuletzt gesehen habe – und dich, mein Junge. Da fällt mir ein – eigentlich hättest du schon früher zu mir kommen können. Aber heutzutage haben die jungen Leute eben keinen Familiensinn mehr.« Selbstgefällig teilte er Lob und Tadel aus, fast im gleichen Atemzug, doch dies war das Vorrecht eines Patriarchen. »Und warum ist das Mädchen nicht da? Warum hast du deine Mutter nicht mitgebracht?«

»Die Reise vom Norden der Grafschaft nach Shrewsbury ist lang«, entgegnete der junge Meurig, »und zu Hause gibt's immer viel zu tun. Aber ich lebe jetzt ganz in deiner Nähe. Ich arbeite hier in der Stadt bei einem Zimmermann und Holzschnitzer, also wirst du mich von nun an öfter sehen. Ich will dich regelmäßig mit diesem Öl einreiben, und im Frühling wirst du wieder die Schafe auf die Bergweise führen.«

»Meine Nichte Angharad«, murmelte der alte Mann und lächelte versonnen, »war das hübscheste kleine Ding in der halben Grafschaft, und als sie heranwuchs, wurde sie eine Schönheit. Wie alt mag sie jetzt sein? Wahrscheinlich fünfundvierzig, aber ich wette, sie ist immer noch so schön wie eh und je... Erzähl mir bloß nichts anderes, Meurig! Ich habe noch keine Frau gesehen, die ihr das Wasser reichen könnte.«

»Ihr Sohn wird dir gewiß nichts anderes erzählen«, entgegnete Meurig grinsend. Sind nicht alle vermißten Nichten schön? Und war das Wetter an den Sommertagen der Kindheit nicht immer strahlend sonnig? Schmeckten die wilden Beeren, die man damals pflückte, nicht viel süßer als jene, die heutzutage wachsen? Bruder Rhys galt schon seit einigen Jahren als leicht senil. Seine Gedanken wanderten wirr durch die Zeiten und die einzelnen Phasen seines Lebens. Die Erinnerung ließ ihn im Stich, seine Fantasie blühte, und er zeichnete im Geiste Bilder, die niemals existiert hatten, weder zu Wasser noch zu Lande – aber vielleicht woanders? Jetzt wurde sein Gehirn von der Gegenwart seines jungen, fröhlichen Neffen angefeuert, sein Gedächtnis vom Wissen um die Blutsbande aufgefrischt. Dieser Zustand mochte nicht von Dauer sein, aber solange er währte, war er ein Gottesgeschenk.

»Ein bißchen fester... Ja, das ist genau die richtige Stelle...« Rhys wand sich entzückt und schnurrte wie eine gestreichelte Katze. Der junge Mann lachte und grub seine Finger noch tiefer in das schlaffe Fleisch, lockerte verkrampfte Muskeln mit schmerzhafter, aber auch segensreicher Kraft.

»Das machst du sicher nicht zum erstenmal, Meurig«, meinte Cadfael anerkennend.

»Ich hatte viel mit Pferden zu tun, und die leiden an den gleichen Wehwehchen wie die Menschen. Wenn man ihnen helfen will, muß man lernen, mit den Fingern zu sehen. Man muß die Knoten im Gewebe finden und zu lösen versuchen.«

»Jetzt ist er Zimmermann und Schnitzer«, verkündete Rhys voller Stolz. »Er arbeitet hier in Shrewsbury.«

»Wir machen gerade ein Lesepult für eure Marienkapelle«, sagte Meurig. »Wenn es fertig ist, und es wird bald soweit sein, bringe ich es selbst in die Abtei. Dann besuche ich dich wieder.«

»Reibst du mir auch wieder die Schultern und den Rükken ein? Der Winter steht vor der Tür, und vor Weihnachten dringt mir immer die Kälte bis in die Knochen.«

»Ja, das will ich tun. Aber für heute ist's genug, sonst tu' ich dir zu weh, Onkel. Zieh dein Hemd wieder an, damit die Wärme in der Haut bleibt. Ja, so ist's recht. Wie fühlst du dich denn?«

»Zuerst hat's geprickelt, als hätte ich mich in Brennesseln gesetzt, aber jetzt spüre ich nur noch eine angenehme Hitze – und überhaupt keine Schmerzen. Aber ich bin müde...«

Kein Wunder, daß er erschöpft war nach dieser Neubelebung seines welken Körpers und seines alten Gehirns...

»Ja, natürlich. Du solltest dich jetzt hinlegen und schlafen.« Hilfesuchend sah Meurig auf Cadfael. »Das würde ihm doch guttun, nicht wahr, Bruder?«

»Allerdings«, stimmte Cadfael zu. »Das war eine sehr intensive Behandlung, Rhys, und danach mußt du dich unbedingt ausruhen.«

Rhys ließ sich zufrieden auf seine Kissen betten. Bald übermannte ihn der Schlaf. Seine leisen Abschiedsworte folgten ihnen zur Tür und verstummten, noch bevor die beiden Männer dort angekommen waren. »Ich lasse deine Mutter schön grüßen, Meurig... Bitte sie doch, mich zu besuchen... Wenn sie die Wolle auf den Shrewsbury-Markt bringen... Ich würde sie so gerne wiedersehen...«

»Offenbar hält er große Stücke auf deine Mutter«, meinte Cadfael, während er zusah, wie sich der junge Mann die Hände wusch, und sich vergewisserte, daß dies mit der nötigen Sorgfalt geschah. »Darf er hoffen, sie bald zu sehen?«

Meurigs Gesicht, das Cadfael jetzt im Profil sah, drückte einen nachdenklichen Ernst aus, der seine frühere Heiterkeit Lügen strafte. Nach kurzem Zögern antwortete er: »Nicht auf dieser Welt.« Er griff nach einem Handtuch und sah Cadfael in die Augen. »Meine Mutter ist gestorben. An diesem Michaelstag werden es elf Jahre... Er weiß es – oder er wußte es – ebenso gut wie ich. Aber warum soll ich ihn daran erinnern, wenn sie in seinem Greisenalter wieder zum Leben erwacht ist? Soll er doch mit dieser Einbildung glücklich sein – und mit allen anderen, die ihm Freude machen...«

Schweigend gingen sie in die kalte Luft hinaus, die den großen Hof erfüllte. Dort trennten sie sich. Der schwarzhaarige Bursche eilte zum Pförtnerhaus, und Cadfael wandte sich zur Kirche, wo die Abendandacht in wenigen Minuten beginnen mußte. »Alles Gute!« rief er Meurig nach. »Du hast deinem alten Onkel heute einen Teil seiner Jugend zurückgegeben. Ich glaube, deine Familie kann stolz auf ihre Söhne sein!«

Meurig blieb stehen, drehte sich um und sah Cadfael mit großen schwarzen Augen an. »Meine Familie ist die Familie meiner Mutter, und an die halte ich mich. Mein Vater ist kein Waliser.«

Dann lief er weiter, die Umrisse seiner breiten Schultern verschwanden in der Abenddämmerung. Und Cadfael machte sich Gedanken über ihn, ebenso wie über den leibeigenen Aelfric, bis er die Säulenhalle vor der Kirche erreichte. Dann widmete er sich dringlicheren Pflichten. Immerhin waren diese Leute für sich selbst verantwortlich und gingen ihn nichts an.

Noch nicht...

2.

Es war schon Mitte Dezember, als der ernste, verschlossene Diener Aelfric zum zweitenmal in den Gartenschuppen kam, um Küchenkräuter für seine Herrin zu holen. Mittlerweile war er zu einer vertrauten Gestalt geworden, die sich in das tägliche Kommen und Gehen im großen Klosterhof einfügte. Inmitten des lärmenden, lebhaften Verkehrs blieb der einsame, wortkarge junge Mann meist unbeachtet. Manchmal hatte Cadfael ihn morgens zur Bäckerei gehen sehen, wo er Brotlaibe holte, oder zu den Vorratskammern, wo man ihm das tägliche Quantum Bier aushändigte. Stets blieb er stumm und in sich gekehrt und durchquerte mit schnellen Schritten den Hof, als würde eine Verspätung, mochte sie auch noch so geringfügig sein, eine harte Strafe nach sich ziehen. Bruder Mark fühlte sich zu dieser Menschenseele hingezogen, die ihm ebenso einsam und verängstigt erschien, wie er es selbst einmal gewesen war. Er hatte versucht, Aelfric in ein Gespräch zu verwickeln, ohne nennenswerten Erfolg.

»Ein bißchen was hat er mir erzählt«, berichtete er nachdenklich, während er in Cadfaels Schuppen eine Salbe anrührte. »Ich glaube, er schleppt irgendeinen geheimen Kummer mit sich herum, sonst wäre er viel freundlicher. Manchmal lächelt er sogar, wenn ich ihn grüße, aber er bleibt nie stehen, um mit mir zu reden.«

»Er hat seine Arbeit – und vielleicht sehr strenge Herrschaften«, meinte Cadfael mit milder Stimme.

»Ich habe gehört, daß sich Master Bonel nicht wohl fühlt, seit er hier eingezogen ist. Er ist nicht krank, aber ständig mißgelaunt – und er hat keinen Appetit.«

»So würde es mir auch ergehen, wenn ich nichts anderes zu tun hätte, als herumzusitzen und Trübsal zu blasen – und wenn ich mich ständig fragen müßte, ob es richtig war, daß ich mich angesichts meines Alters von Haus und Hof getrennt habe. Viele sehnen sich nach einem ruhigen, beschaulichen Leben, und wenn sie dann ihr Ziel erreicht haben, sind sie unzufrieden.«

»Das Mädchen ist hübsch«, sagte Mark mit Kennermiene. »Hast du sie schon gesehen?«

»Nein. Und du solltest keine Frauen anstarren, mein Junge. Sie ist also hübsch?«

»Sehr hübsch. Nicht besonders groß und gut gebaut – mit langem blondem Haar und schwarzen Augen ... Das ist ein reizvoller Gegensatz, dieses helle Haar und die dunklen Augen ... Gestern sah ich sie zum Stall laufen. Dort richtete sie Aelfric etwas aus, und als sie wieder wegging, schaute er ihr nach. Dabei machte er ein ganz komisches Gesicht. Vielleicht ist sie die Quelle seines Kummers.«

Das mag sein, dachte Cadfael, falls er ein Leibeigener ist und sie eine freie Frau, die sich nicht für einen Mann von so niederem Stand interessiert – und wenn sie in dem kleinen Haus am Mühlenteich Tag für Tag beisammen sind auf viel engerem Raum als im Haus Mallilie ...

»Dich könnte sie auch in Schwierigkeiten bringen, mein Junge, wenn Prior Robert oder Bruder Jerome merken, daß sie dir gefällt. Wann immer du ein schönes Mädchen bewundern willst – dann nur aus den Augenwinkeln! Vergiß nicht, daß wir uns hier seit neuestem an die Reformgesetze halten müssen.«

»Oh, ich werde schon aufpassen!« Marks Respekt vor Bruder Cadfael ließ zusehends nach, und er hatte bereits dessen unorthodoxe Ansichten übernommen. Jedenfalls stand sein künftiger Beruf nun außer Zweifel und war nicht mehr gefährdet. Wenn die Zeiten nicht so unsicher wären, würde er vielleicht nach Oxford gehen und studieren, überlegte Cadfael, aber da diese Möglichkeit ausfällt, wird er Priester werden – ein guter Priester, der die Existenz von Frauen auf dieser Welt nicht leugnet und ihren Wert zu schätzen weiß. Mark war unfreiwillig ins Kloster gekommen, hatte inzwischen jedoch erkannt, daß er hier am rechten Platz war. Nicht jeder war so glücklich, daß er das von sich behaupten konnte.

An einem bewölkten Nachmittag kam Aelfric in den Schuppen und bat um getrocknete Minze. »Meine Herrin möchte für meinen Herrn ein Stärkungsmittel zubereiten.«

»Ich habe gehört, daß er sich nicht gut fühlt«, sagte Cadfael und wühlte in seinen duftenden Leinenbeuteln. Die Nasenflügel des jungen Mannes bebten vor Entzücken, als sie das süße Aroma wahrnahmen. Und im sanften Licht, das den Raum erfüllte, schienen sich seine verkrampften Gesichtszüge ein wenig zu lockern.

»Es fehlt ihm nicht viel, und er leidet mehr seelisch als körperlich«, erwiderte Aelfric erstaunlich offenherzig. »Wenn er endlich wieder Mut fassen würde, ginge es ihm viel besser. Vor allem bedrückt es ihn, daß er sich mit seinem Sohn überworfen hat.«

»Das muß für euch alle schwierig sein, auch für die Mistreß.«

»Sie tut alles für ihn, und er darf ihr wahrlich keine Vorwürfe machen. Aber seit seinem Umzug steht er mit allen Leuten auf Kriegsfuß, sogar mit sich selbst. Er hat erwartet, daß sein Sohn vor der Übersiedlung zu ihm laufen und klein beigeben würde, um sein Erbe zurückzugewinnen. Aber da wurde Master Bonel bitter enttäuscht, und das ärgert ihn.«

Cadfael hob überrascht die Brauen. »Du meinst – er hat seinen Sohn enterbt und seine Ländereien der Abtei geschenkt? Um dem jungen Mann eins auszuwischen? Nach dem Gesetz darf er das gar nicht. Kein Kloster würde auf solch einen Handel eingehen, ohne die Zustimmung des Erben.«

»Es ist nicht sein richtiger Sohn.« Aelfric schüttelte seufzend den Kopf. »Da er aus Mistreß Bonels erster Ehe stammt, kann er keine Ansprüche an den Master stellen. Sicher, der Herr hat ein Testament gemacht und den Jungen darin als Erben eingesetzt – aber dieses Dokument wird durch die Vereinbarung mit der Abtei ungültig. Zumindest wird es ungültig sein, wenn alles besiegelt und bezeugt ist. Der Sohn kann keine rechtlichen Schritte unternehmen. Er hat das Landgut verloren, das ihm zugesichert wurde, und dabei bleibt's.«

»Was hat er verbrochen, um eine solche Behandlung zu verdienen?« fragte Cadfael verwundert.

Aelfric zuckte verächtlich mit den Schultern, die zwar schmal, aber – wie Cadfael feststellte – kräftig und wohlgeformt waren. »Er ist jung und eigensinnig, und mein Herr ist alt und reizbar – und er ist es nicht gewöhnt, daß man ihm in die Quere kommt. Daran ist der Junge auch nicht gewöhnt, und er hat verbissen gekämpft, als man seine Freiheit einschränken wollte.«

»Was ist nun aus ihm geworden? Soviel ich mich erinnere, hast du mir erzählt, daß ihr nur zu viert in dem Häuschen am Mühlenteich wohnt.«

»Er ist genauso unnachgiebig wie mein Herr, und so ist er zu seiner verheirateten Schwester gezogen und erlernt ein Handwerk. Mein Herr hat fest damit gerechnet, daß der Junge mit eingezogenem Schwanz zurückkommen würde. Bis jetzt hat er vergeblich darauf gewartet, und ich bezweifle auch, daß es jemals geschehen wird.«

Sicher ist die Mutter des enterbten Jungen todunglücklich, dachte Cadfael mitleidig. Vermutlich fühlt sie sich in diesem unseligen Streit zwischen den beiden Parteien hin und her gerissen. Und vielleicht bereut es der alte Mann schon, daß er sich in seinem Zorn zu einer so folgenschweren Maßnahme hinreißen ließ und seinen Sohn um das Erbe brachte... Er reichte Aelfric einen Bund Minze. Die ovalen Blätter waren immer noch unversehrt, denn die Sommerhitze hatte sie rasch getrocknet, und manche hatten sogar noch einen frischen grünen Schimmer. »Deine Herrin wird sie selbst zerreiben müssen. Wenn man sie im Ganzen aufbewahrt, behalten sie ihr Aroma am längsten. Wenn sie noch mehr Kräuter braucht, laß es mich wissen, dann werde ich sie für sie zerreiben. Aber diesmal wollen wir sie nicht so lange warten lassen. Hoffentlich wird das Stärkungsmittel deinem Herrn helfen und seine Laune bessern – um seinet- und ihretwillen. Das wäre auch für dich segensreich«, fügte Cadfael hinzu und klopfte dem jungen Mann leicht auf die Schulter.

Aelfrics ernste Züge verzogen sich zu einem halbherzigen, bitteren, resignierten Lächeln. »Die Leibeigenen sind dazu da, um als Sündenböcke zu dienen!« stieß er in einer plötzlichen Gefühlsaufwallung hervor, dann bedankte er sich hastig und verließ den Schuppen.

Vor dem Weihnachtsfest pflegten sich viele Kaufleute von Shrewsbury und die Herren einiger kleiner Gehöfte ringsum schuldbewußt an ihr Seelenheil zu erinnern. Sie wollten sich als gute Christen erweisen, aber möglichst geringe Opfer bringen. Und so wurde der Speiseplan der Abtei, der meist nur aus Hülsenfrüchten, Fisch sowie hin und wieder aus magerem Fleisch bestand, plötzlich durch Geschenke bereichert. Es gab Rind- und Schweinefleisch, Geflügel, Honigkuchen, Trockenfrüchte und sogar Wildbret – willkommene Spenden, die schlichte Gerichte in festliche Mahlzeiten verwandelten.

Manche Leute überbrachten auch einfallsreichere Geschenke und vergewisserten sich, daß ihre Almosen den Abt oder Prior erreichten, in der Annahme, daß dessen Fürsprache vor Gottes Altar ihnen eher nützen könnte als die Gebete der gewöhnlichen Mönche. Ein Ritter aus dem südlichen Shropshire wußte nicht, daß man Abt Heribert nach London beordert hatte, um ihn zu disziplinieren, und schickte ihm ein schönes, nach dem ertragreichen Sommer besonders saftiges, wohlgenährtes Rebhuhn. Es wurde in die Wohnung des Abtes gebracht, von Prior Robert erfreut entgegengenommen und an Bruder Petrus weitergeleitet, der ein üppiges Mittagsmahl daraus bereiten sollte.

Bruder Petrus, der dem Prior um Abt Heriberts willen immer noch grollte, starrte düster auf das Huhn, das vor ihm auf dem Küchentisch lag. Er überlegte allen Ernstes, ob er es auf diese oder jene Weise verderben sollte – indem er es zum Beispiel verbrannte oder so lange briet, daß es knochentrocken wurde, oder indem er eine versalzene Sauce dazu servierte... Doch dann siegte das Gewissen des Kochkünstlers und sein Ehrgefühl. Nein, dazu konnte er sich denn doch nicht durchringen. Das Schlimmste, was er dem Prior antun konnte, war eine Zubereitungsart, die er selbst sehr schätzte, mit Rotwein und scharfen Gewürzen und einer aromatischen Sahnesauce und viel Fett. Auf diese Weise blieb ihm wenigstens die Hoffnung, daß Prior Roberts Magen das schwere Essen nicht vertragen würde.

Der Prior war hochzufrieden mit sich selbst, seiner derzeitigen Würde, der wohlbegründeten Aussicht auf die baldige Ernennung zum Abt und mit dem Landgut Mallilie, das sich, den Berichten des Verwalters zufolge, als erstaunlich kostbares Geschenk entpuppt hatte. Gervase Bonels Zorn hatte seinen Verstand ganz gewiß übertölpelt. Sonst würde er einen solchen Besitz niemals gegen die simplen Lebensnotwendigkeiten eintauschen, die ihm geboten wurden – noch dazu, wo er schon sechzig war und nicht erwarten durfte, daß er sich dieser einfachen Genüsse übermäßig lange erfreuen konnte. Prior Robert beschloß, ihm ein paar zusätzliche Vergünstigungen zu geringen Kosten zu gewähren. Bruder Jerome, über alle Neuigkeiten innerhalb und außerhalb der Klostermauern stets genauestens informiert, hatte berichtet, daß es Master Bonel nicht gutginge und daß er bei schlechtem Appetit wäre. Vielleicht würde es ihn ein wenig aufheitern, wenn er an den Tafelfreuden des Abtes teilhaben konnte. Und das fette Rebhuhn reichte ganz gewiß für zwei Personen.

Liebevoll begoß Bruder Petrus den Vogel mit Rotwein,

schmeckte die Sauce gerade mit Rosmarin und einem Hauch Gartenraute ab, als Prior Robert mit gestrenger Miene in die Küche rauschte und in den Topf spähte. Seine alabasterweißen Nasenflügel erzitterten, als ihm ein verführerischer Duft entgegenstieg. Mit kühlem Blick beobachtete er die Zubereitung des Gerichts, das ganz sicher ebenso himmlisch schmecken mußte wie es aussah. Bruder Petrus beugte sich tief über den Herd, um sein verkniffenes Gesicht zu verbergen. Er rührte eifrig in der Sauce und wünschte sich inbrünstig, daß das Ergebnis seiner Arbeit auf einen unkundigen Gaumen treffen und Ekel statt Entzücken hervorrufen würde. Doch diese Hoffnung war zu vermessen. Das Aroma des Huhns erfreute Prior Robert so sehr, daß er beinahe beschlossen hätte, seinen großzügigen Plan fallenzulassen und die lukullischen Wonnen allein zu genießen. Aber nur beinahe, denn Mallilie war in der Tat ein erstrebenswerter Besitz.

»Ich habe gehört«, sagte der Prior, »daß unser Gast im Haus am Mühlenteich nicht in bester Verfassung ist und an mangelndem Appetit leidet. Schick ihm eine Portion von diesem Rebhuhn, Bruder Petrus, mit meinen besten Empfehlungen. Es soll ihn als kleiner zusätzlicher Leckerbissen erfreuen, nach dem normalen Mittagessen. Richte es ihm in einer meiner eigenen Schüsseln an. Es müßte ihm verlockend erscheinen, selbst wenn er zur Zeit keinen Geschmack an anderen Speisen findet, und er weiß diese Aufmerksamkeit sicher zu schätzen.« Und dann setzte Robert herablassend, aber aufrichtig hinzu: »Es duftet ganz köstlich.«

»Ich tue mein Bestes«, entgegnete Bruder Petrus zähneknirschend und wünschte fast, er könnte seine Bemühungen ungeschehen machen.

»Das tun wir alle«, bemerkte Robert salbungsvoll, »und das müssen wir auch ...« Damit eilte er wieder aus der Küche, immer noch in bestem Einvernehmen mit sich selbst und dem Zustand seiner Seele. Bruder Petrus starrte ihm mit schmalen Augen nach und fauchte seine beiden Gehilfen an, die seine Nähe wohlweislich mieden, wann immer er kochte, und sich in möglichst weit entfernte Ecken zurückzogen – um sofort herbeizulaufen, wenn sie gerufen wurden.

Ein Befehl war auch für Bruder Petrus ein Befehl. Er tat, was man ihm aufgetragen hatte, verfuhr dabei jedoch nach eigenem Gutdünken, wählte für den unbescholtenen Klostergast das saftigste Stück Fleisch aus und begoß es reichlich mit Sauce.

»So, er hat also keinen Appetit«, sagte er, nachdem er ein letztesmal gekostet hatte. Unfähig, eine tiefe Befriedigung angesichts seiner Leistung zu unterdrücken, fügte er hinzu: »Diese Speise müßte sogar einen Sterbenden von seinem Lager aufscheuchen und so begeistern, daß er alles ratzekahl aufißt.«

Auf seinem Weg zum Refektorium sah Bruder Cadfael, wie Aelfric aus der Küche des Abts rannte, ein Holztablett mit zugedeckten Schüsseln in den Händen. Die Gäste wurden nicht so knapp gehalten wie die Klosterbrüder, wenn sich ihr Essen auch kaum vom Speiseplan der Allgemeinheit unterschied, höchstens in der Fleischmenge. Um diese Jahreszeit wird man bereits gepökeltes Rindfleisch auftischen, dachte Cadfael. Nach dem Duft zu schließen, der dem Tablett entströmte, gab es gekochtes Rindfleisch mit Zwiebeln und Bohnen. Die kleine Schüssel, die obenauf stand, roch noch viel appetitlicher. Offenbar sollte sich der Gast heute an einem besonderen Lekkerbissen erfreuen, bevor man zu den Äpfeln aus dem Klostergarten überging. Aelfric trug seine Last, die ziemlich schwer sein mußte, in sorgsamer Konzentration und sichtlich bestrebt, sie möglichst schnell und wohlbehalten in das Haus am Mühlenteich zu bringen. Der Weg war nicht weit. Man mußte durch die Pforte gehen, dann ein Stück nach links, zum Ende der Klostermauer, zur Linken am Mühlenteich vorbei, und das erste Haus am anderen Ufer war Aelfrics Ziel. Dahinter, wo die Brücke über den

Severn führte, erhoben sich die Stadtmauer und das Tor von Shrewsbury. Nein, es war nicht weit, aber im Dezember weit genug, so daß ein Essen leicht kalt werden konnte. Nun, auch wenn im Bonel-Haushalt kaum gekocht wurde, verfügte er zweifellos über eigene Töpfe und Pfannen und einen Herd, und das Brennholz wurde vom Kloster gestellt.

Cadfael eilte weiter zum Refektorium, wo er sein Mittagessen einnahm. Es gab tatsächlich Rindfleisch mit Zwiebeln und Bohnen – und keine zusätzlichen Leckereien. Bruder Richard, der Subprior, saß am oberen Ende der Tafel. Prior Robert speiste in der Wohnung des Abts, die er bereits als sein Eigenheim betrachtete. Das Rebhuhn schmeckte ausgezeichnet.

Sie erhoben sich gerade von der Tafel, um ihr Gebet nach Tisch zu sprechen, als die Tür aufflog und beinahe gegen Bruder Richards Kopf stieß. Ein Laienbruder aus dem Pförtnerhaus stürmte herein und rief keuchend nach Bruder Edmund. Er war so schnell gelaufen, daß ihm die Luft wegblieb. »Master Bonel!« stieß er mühsam hervor. »Das Mädchen – kam zu uns – um Hilfe zu holen...« Dann holte er tief Atem und fuhr in etwas ruhigerem Ton fort. »Er ist schwerkrank – und sie meinte, er würde dem Tod ins Auge schauen. Die Mistreß läßt bitten, daß sofort jemand kommen möge...«

Bruder Edmund packte ihn am Arm. »Was hat er denn? Einen Schlaganfall? Einen Krampf?«

»Nein, das glaube ich nicht. Das Mädchen erzählte, er hätte zu Mittag gegessen und sich sichtlich wohl gefühlt. Eine Viertelstunde später hatte er ein seltsames Jucken im Mund und in der Kehle verspürt. Er wollte sich übergeben, doch das konnte er nicht, und seine Lippen und sein Hals wurden ganz steif... Das hat uns die Dienstmagd erzählt.«

Sie muß eine gute Beobachterin sein, dachte Cadfael, der bereits durch die offene Tür eilte. »Geh mit dem Mädchen voraus!« rief er Edmund zu. »Ich hole ein paar Arzneien, dann komme ich euch nach!« Er rannte über den Hof, gefolgt von dem Krankenpfleger und dem Boten. Der Laienbruder rannte atemlos zum Pförtnerhaus, wo das aufgeregte Mädchen wartete. Ein Kitzeln im Mund und in der Kehle, überlegte Cadfael, während er durch den Garten lief. Ein Bedürfnis zu erbrechen, das nicht gestillt werden kann, dann eine Versteifung von Lippen und Hals ... Seit dem Mittagessen war über eine Viertelstunde verstrichen. Es könnte bereits zu spät sein, um Master Bonel den Senf zu verabreichen, der ihn zum Erbrechen zwingen würde, aber man mußte es versuchen. Sicher war dieser Anfall nur auf die harmlose Diskrepanz zwischen einem schlecht disponierten Menschen und einem tadellosen Essen zurückzuführen. Eine andere Möglichkeit gab es nicht. Aber das Kitzeln in Mund und Hals – die Versteifung ... Das alles erinnerte Cadfael an eine gefährliche Erkrankung, deren Zeuge er einmal geworden war und die beinahe den Tod bewirkt hätte. Er kannte die Ursache dieses Leidens. Hastig holte er die Medikamente, die er brauchte, aus dem Schuppen, dann rannte er zur Pforte.

Trotz des kalten Dezembertags stand die Tür des ersten Hauses hinter dem Mühlenteich weit offen. Trotz der unheimlichen Stille, die es umgab, drang ihm eine fast greifbare spannungsgeladene Atmosphäre voller Grauen und Verwirrung entgegen. Als er näherkam, hörte er eilige Schritte und gedämpfte Stimmen. Es war ein schönes Haus, mit drei Zimmern, einer Küche und einem kleinen Garten am Ufer des Teichs. Cadfael kannte das Haus gut genug, da er einen früheren Bewohner aus weniger dramatischen Gründen besucht hatte. Nun betrat er es durch die Küchentür an der Seite, die dem Fluß und der Stadt Shrewsbury am anderen Ufer zugewandt war. Um diese Jahreszeit war es dunkel in dem kleinen Raum, obwohl das Fenster nach Süden hinausging und die Läden geöffnet waren, um Licht und genügend Luft für die Kohlenpfanne hereinzulassen, die den Küchenbedürfnissen der

Klosterpensionäre vollauf genügte. In einem glänzend polierten Topf sah er eine graue Spiegelung des Flußwassers funkeln, das vom Wind gekräuselt wurde. Hier war der Garten viel schmaler als an der Vorderseite, wenn das Haus auch hoch über dem Wasserspiegel lag.

In der offenen Innentür, durch die das Gemurmel ängstlicher Stimmen drang, stand eine Frau. Offensichtlich erwartete sie ihn. Sie hatte die Hände krampfhaft ineinandergeschlungen und zitterte am ganzen Körper vor Erregung. Als er hereinkam, eilte sie ihm eifrig entgegen, und jetzt konnte er sie genauer betrachten – eine Frau in seinem Alter, so groß wie er, gut gekleidet, mit dunklem, von Silbersträhnen durchzogenem Haar, das sie zu einer Zopfkrone geflochten hatte. Ihr ovales Gesicht war faltenlos bis auf die zarten, liebenswerten Linien, die Humor und Lebensfreude in die äußeren Winkel ihrer dunklen Augen gezeichnet hatten. Dem hübschen, vollen Mund sah man an, daß er gern lachte. Doch jetzt war alle Heiterkeit verflogen. Verzweifelt rang sie die Hände und blickte ihn flehend an.

Sie war immer noch schön, und ihre Anziehungskraft hatte die zweiundvierzig Jahre überdauert, die seit damals vergangen waren.

Er erkannte sie sofort wieder. Zum letztenmal hatte er sie gesehen, als sie beide siebzehn und miteinander verlobt gewesen waren. Niemand hatte es gewußt. Wahrscheinlich hätte ihre Familie ihn zur Hochzeit gezwungen, wäre sie informiert worden. Aber er war im Zeichen des Kreuzes ins Heilige Land gesegelt. Und trotz seines Versprechens, zurückzukommen und sie zur Frau zu nehmen, hatte er sie über seinem abenteuerlichen Seefahrer- und Soldatenleben vergessen. Und obwohl sie gelobt hatte, nur ihm zu gehören, war sie schließlich des Wartens müde geworden, hatte sich den Wünschen ihrer Eltern gefügt und einen charakterfesteren Mann geheiratet, was ihr niemand verargen konnte. Cadfael hatte gehofft, daß sie glücklich geworden war – und niemals erwartet, sie hier wiederzusehen. Seinerzeit hatte sie nicht Bonel geheiratet, keinen Besitzer eines Herrenhauses im Norden, sondern einen ehrbaren Handwerker aus Shrewsbury. Doch wie hätte er sie jetzt nach all dem fragen können?

Zweiundvierzig Jahre waren seit der letzten Begegnung verstrichen – und er hatte sie auf Anhieb wiedererkannt. Offenbar hatte er ein besseres Gedächtnis, als er geglaubt hatte. Die eifrige Art, wie sie sich zu ihm beugte, die Neigung des Kopfes, die Haartracht, das alles war ihm so vertraut – und vor allem die großen, klaren Augen, die trotz der dunkelbraunen Farbe so hell strahlten.

Glücklicherweise erkannte sie ihn nicht. Warum sollte sie auch? Er mußte sich viel stärker verändert haben als sie. Eine halbe Welt, die ihr fremd war, hatte ihn geprägt und beeinflußt, hatte sowohl seinen Körper als auch seinen Geist gewandelt. Sie sah nichts weiter als einen Mönch vor sich, der sich mit Kräutern und Arzneien auskannte und den man herbeigeholt hatte, damit er ihren Mann rettete.

»Bitte, komm mit mir, Bruder... Er liegt hier drinnen... Der Bruder Krankenpfleger hat ihn schon zu Bett gebracht. Ich flehe dich an – hilf ihm!«

»Ich will es gerne tun – wenn ich es kann und Gott mir beisteht.« Cadfael folgte ihr in den Nebenraum. Ungeduldig schob sie ihn durch das Wohnzimmer, das mit einem Tisch und Bänken eingerichtet war. Überall lagen die Reste einer Mahlzeit verstreut, die sicher nicht nur durch die plötzliche Erkrankung eines Menschen unterbrochen worden war. Außerdem – das Dienstmädchen hatte berichtet, Master Bonel hätte sich unmittelbar nach dem Essen wohl gefühlt. Trotzdem lagen Scherben auf der Tischplatte und am Boden. Doch Cadfael fand keine Zeit, um sich darüber Gedanken zu machen, denn die Mistreß zog ihn bereits ins Schlafzimmer.

Bruder Edmund erhob sich von einem Stuhl, der neben dem Bett stand, und blickte Cadfael mit großen, sorgenvollen Augen entgegen. Er hatte den Kranken beruhigt, so gut er es vermochte, und ihn vom Hals bis zu den Zehen in Decken gewickelt, aber mehr hatte er nicht tun können. Cadfael trat näher und sah auf Gervase Bonel hinab, einen großen, dicken Mann mit dichtem, leicht ergrautem, braunem Haar. Sein kurzer Bart war von dem Speichel benetzt, der zu beiden Seiten aus seinem halb geöffneten, starren Mund floß. Die erweiterten Pupillen schauten ins Leere. Die kraftvoll gezeichneten Gesichtszüge hatten sich zu einer Fratze verzerrt. Der Puls, nach dem Cadfael nun tastete, ging schwach, langsam und ungleichmäßig. Der Atem rang sich flach und mühsam aus der verkrampften Kehle, Kinn und Hals wirkten wie versteinert.

»Bringt eine Schüssel«, sagte Cadfael und kniete neben dem Bett nieder, »und schlagt ein paar Eiweiß in Milch. Wir werden versuchen, das Zeug aus ihm rauszukriegen, aber ich fürchte, es ist zu spät. Wenn er es erbricht, könnte es ihm genauso schaden, wie wenn er es verdauen würde.« Er wandte nicht den Kopf, um zu sehen, wer seine Aufträge erfüllte, aber er merkte, daß außer Bruder Edmund, Mistreß Bonel und dem Kranken noch drei andere Leute anwesend waren. Zweifellos Aelfric und das Mädchen... Den dritten erkannte er erst, als sich jemand bückte, um eine Holzschüssel vor das Kinn des Patienten zu halten und den starren Kopf hochzuheben. Diese schnellen, geschickten Bewegungen gefielen Cadfael. Er sah kurz auf und blickte in das entsetzte Gesicht des jungen Walisers Meurig, des Großneffen von Bruder Rhys.

»Sehr gut. Stütze seinen Kopf in deine Hand, Edmund, und leg die andere auf seine Stirn.« Es war nicht schwierig, das Brechmittel, eine Senfmischung, in den halboffenen Mund zu flößen, doch der steife Hals mußte sich schrecklich abquälen, um zu schlucken. Ein Teil der Flüssigkeit rann über Bonels Bart und in die Schüssel. Bruder Edmunds Hände bebten, während sie den gepeinigten Kopf stützten. Auch Meurig, der die Schüssel hielt, zitterte heftig. Als sich der Patient endlich übergab, ging ein krampfhaftes Zucken durch seinen ganzen Körper, der Puls wurde noch schwächer, und das Ergebnis der gewaltigen Anstrengungen war unzureichend. Es war tatsächlich zu spät für Gervase Bonel. Cadfael gab es auf, voller Angst, der Mann könnte ihm unter den Händen sterben. Er wartete, bis die Krämpfe nachließen, dann bat er: »Gebt mir die Eiermilch.«

Langsam löffelte er die zähe Flüssigkeit in den offenen Mund und ließ sie durch die starre Kehle rinnen, in so geringen Mengen, daß der Patient nicht ersticken konnte. Wenn es auch zu spät war, den Schaden zu beheben, den das unbekannte Gift in Bonels Schlund angerichtet hatte, so könnte es immer noch möglich sein, eine Schutzschicht über die betroffenen Teile zu legen und ihren Zustand zu bessern. Geduldig flößte Cadfael dem Kranken einen Tropfen nach dem anderen ein. Grabesstille umgab ihn, die Anwesenden wagten kaum zu atmen.

Der große Körper schien zu schrumpfen und im Bett zu versinken, der starre Blick verschleierte sich. Bonel hatte einen Kollaps erlitten. Die Halsmuskeln bemühten sich nicht mehr, die Eiermilch zu schlucken, wie steife Stränge zeichneten sie sich unter der Haut ab. Das Ende kam abrupt, ohne ein letztes Aufbäumen, nur die Atmung und der Pulsschlag erstarben.

Bruder Cadfael legte den Löffel in die kleine Milchschüssel und setzte sich auf seine Fersen. Er blickte in die erschrockenen, verwirrten Gesichter ringsum, sah sie zum erstenmal klar und deutlich. In Meurigs Händen bebte das Gefäß mit dem widerwärtigen Inhalt. Aelfric starrte bleich und grimmig über Bruder Edmunds Schulter hinweg auf das Bett. Und das Mädchen... Bruder Mark hatte nicht übertrieben. Sie war bildhübsch mit ihrem hellen Haar und den dunklen Augen. Wie gelähmt stand sie da – zu entsetzt, um Tränen zu vergießen – und preßte ihre kleinen Fäuste an die Lippen. Und Mistreß Bonel, die Witwe, die einmal Richildis Vaugham geheißen hatte, schaute mit versteinerter Miene und großen Augen, die sich langsam mit Tränen füllten, auf die sterblichen Überreste ihres Gemahls.

»Wir können nichts mehr für ihn tun«, sagte Bruder Cadfael. »Er ist von uns gegangen.«

Sie bewegten sich ein wenig, schienen zu frösteln, als hätte sie ein plötzlicher Windstoß gestreift. Nun liefen Tränen über das reglose Gesicht der Witwe. Offenbar war sie immer noch zu verstört, um zu begreifen, warum sie weinte. Sanft berührte Bruder Edmund ihren Arm. »Du wirst Hilfe brauchen. Es tut mir so leid – uns allen... Die Pflichten, die wir dir abnehmen können, erfüllen wir gern. Wir werden ihn in unserer Kapelle aufbahren, bis alles geregelt ist. Ich will anordnen...«

»Nein.« Cadfael stand steifbeinig auf. »Vorerst darf nichts dergleichen geschehen. Das ist kein gewöhnlicher Todesfall. Er ist vergiftet worden – und er hat das Gift mit seiner letzten Mahlzeit zu sich genommen. Der Landrat muß sich um die Sache kümmern. Wir dürfen hier nichts anrühren, bevor seine Beamten alles untersucht haben.«

Nach einem langen, drückenden Schweigen fragte Aelfric heiser: »Aber – wie kann das sein? Das ist unmöglich! Wir haben alle das gleiche gegessen. Wären die Speisen vergiftet gewesen, hätten wir alle dasselbe Schicksal erlitten wie Master Bonel.«

»Das stimmt«, bestätigte die unglückliche Witwe und schluchzte laut auf.

»Nur das Gericht in der kleinen Schüssel hat er allein gegessen«, warf die Magd mit leiser, verängstigter Stimme ein und errötete heftig, nachdem sie die allgemeine Aufmerksamkeit auf sich gezogen hatte. Trotzdem fuhr sie entschlossen fort: »Die Speise, die ihm der Prior geschickt hat.«

»Aber das war eine Portion vom Mittagessen des Priors!« rief Aelfric entgeistert. »Bruder Petrus erzählte mir, Prior Robert hätte ihm befohlen, meinem Master eine

Schüssel zu schicken, mit den besten Empfehlungen – um seinen Appetit anzuregen.«

Bruder Edmund warf Cadfael einen bestürzten Blick zu und las seine eigenen Befürchtungen in den Augen des heilkundigen Mönches. »Ich werde sofort zum Prior gehen!« sagte er hastig. »Möge der Himmel verhüten, daß ihm etwas zugestoßen ist! Ich werde auch den Landrat verständigen, oder Prior Robert kann es selbst tun – was Gott uns gewähren möge. Bruder, bleib hier, bis ich zurückkomme, und sorge dafür, daß nichts angerührt wird!«

»Darauf kannst du dich verlassen«, versicherte Cadfael mit finsterer Miene.

Sobald das eilige Klappern von Bruder Edmunds Sandalen auf der Straße verklungen war, führte Cadfael seine halb benommenen Gefährten aus der unheimlichen Atmosphäre des Schlafzimmers, aus der grausigen Luft, die nach Erbrochenem, nach Schweiß und der Fäulnis des Todes stank. Und noch etwas lag in der Luft – etwas, das sich schwach, aber beharrlich gegen das Gemisch der starken Gerüche zu behaupten suchte. Cadfael glaubte, dieses Etwas bestimmen zu können – wenn er eine Möglichkeit fände, ungestört nachzudenken.

»Es läßt sich nicht ändern«, sagte er voller Mitgefühl, nachdem er die anderen in den Wohnraum geleitet hatte. »Ohne die Erlaubnis der Behörden dürfen wir nichts tun, bevor dieser Todesfall geklärt ist. Aber wir brauchen nicht hier herumzustehen und uns noch unglücklicher zu machen. Kommt, setzt euch! Wenn Wein oder Bier in diesem Krug ist, dann gieß deiner Herrin etwas zu trinken ein, mein Kind, und nimm dir auch einen Becher. Versucht euch zu trösten, so gut es geht. Die Abtei hat euch aufgenommen und wird euch nach besten Kräften helfen.«

In bedrücktem Schweigen nahmen sie auf den Bänken Platz. Nach einer Weile starrte Aelfric hilflos auf die Scherben, erinnerte sich an seine häuslichen Pflichten und fragte unsicher: »Soll ich nicht Ordnung machen?«

»Nein, vorerst darfst du nichts anrühren«, erwiderte Cadfael. »Bleib sitzen und beruhige dich. Die Beamten des Landrats müssen sich hier alles ansehen, danach kannst du aufräumen.«

Er ließ sie für kurze Zeit allein, kehrte ins Schlafzimmer zurück und schloß die Tür hinter sich. Das seltsame Aroma war jetzt kaum noch wahrzunehmen, wurde fast völlig vom übermächtigen Geruch des Erbrochenen verdrängt. Er beugte sich zu den verzerrten Lippen des Toten hinab, und da drang ihm jener Duft wieder etwas stärker entgegen. Cadfaels Nase war stumpf und während seiner Jugend in vielen Kämpfen mißhandelt worden, aber er besaß einen ebenso unbestechlichen Geruchssinn wie ein Hirsch.

Ansonsten konnte ihm das Totenzimmer nichts verraten. Er ging wieder zu der bedrückten Gesellschaft im Nebenraum. Die Witwe hatte die ineinandergeschlungenen Hände in den Schoß gelegt, schüttelte ungläubig den Kopf und murmelte immer wieder vor sich hin: »Wie konnte das nur geschehen? Wie konnte das geschehen?« Die Magd, deren Augen bis jetzt trocken geblieben waren, hatte schützend einen Arm um die Schultern ihrer Herrin gelegt. Die Zuneigung, die sie ihr entgegenbrachte, ging offensichtlich über die Loyalität eines Dienstboten hinaus. Die beiden jungen Männer rutschten unbehaglich auf ihrer Bank hin und her, anscheinend unfähig, stillzusitzen.

Cadfael ließ seinen Blick über das Durcheinander auf der Tischplatte wandern. Drei Gedecke waren aufgelegt, mit drei Bechern. Auf dem Platz des Masters hatte man eine der Bänke, die keine Rückenlehne hatte, durch einen Stuhl ersetzt. Sein Becher lag umgestürzt in einer Bierpfütze, war vermutlich umgestoßen worden, als Bonel seine ersten Schmerzen verspürt hatte und aufgesprungen war. In der Mitte stand die große Schüssel mit den kalten Resten der Hauptmahlzeit. Die Speisen auf einem der Teller waren kaum angerührt worden, die anderen waren leergegessen. Fünf Leute – nein, offenbar sechs

– hatten vom Hauptgericht gegessen, und nur einer war vergiftet worden. Da stand auch die kleine Schüssel, die zu Abt Heriberts Hausrat gehörte und die Cadfael auf Aelfrics Tablett gesehen hatte, als der junge Mann durch den Klosterhof gegangen war. Nur ein kleiner Saucenrest war darin übriggeblieben. Prior Roberts Geschenk war sichtlich gewürdigt worden.

Cadfael beugte sich über die Schüssel, um daran zu riechen. »Hat nur Master Bonel von diesem Gericht gegessen? Sonst niemand?«

»Nein, sonst niemand«, antwortete die Witwe mit zitternder Stimme. »Es war als besondere Aufmerksamkeit für meinen Mann gedacht.«

Er hatte alles aufgegessen und war daran gestorben.

»Und ihr drei – Meurig, Aelfric und du, mein Kind... Ich weiß noch gar nicht, wie du heißt.«

»Aldith«, sagte das Mädchen.

»Habt ihr drei in der Küche gegessen, Aldith?«

»Ja. Vorher mußte ich diese zusätzliche Schüssel warmhalten, bis die anderen leergegessen waren, und bei Tisch bedienen. Aelfric und ich essen immer in der Küche – und Meurig auch, wenn er zu Besuch kommt...« Sie machte eine kleine Pause, eine leichte Röte färbte ihre Wangen. »Er – er leistet mir manchmal Gesellschaft.«

Aus dieser Richtung wehte also der Wind. Kein Wunder – Aldith war wirklich ein sehr hübsches Mädchen.

Cadfael ging in die Küche und betrachtete die sauber gescheuerten, glänzend polierten Töpfe und Pfannen. Sie war nicht nur hübsch, sondern auch tüchtig. Die Kohlenpfanne war von einem Eisengestell umgeben, daran hing ein Kessel, direkt über dem Feuer. Zwei Bänke waren an die Wand gerückt, nahe der wärmespendenden Glut. Auf einem Regal unter dem offenen Fenster standen drei benutzte Holzteller.

Das Schweigen hinter ihm war beklemmend, erfüllt von einer kalten Angst vor künftigem Unheil. Cadfael trat an die offene Hintertür und blickte auf die Straße.

Zum Glück mußte er sich mit keinem zweiten, noch schrecklicherem Todesfall befassen. In wehender Kutte und sichtlicher Bestürzung näherte sich Prior Robert dem Haus – zu würdevoll, um zu laufen, aber mit so langen Beinen ausgestattet, daß Bruder Edmund nur mühsam mit ihm Schritt halten konnte.

»Ich habe einen Laienbruder nach Shrewsbury geschickt«, berichtete der Prior, wobei er sich an den gesamten Haushalt wandte. »Er wird den Landrat benachrichtigen, da ich gehört habe, daß der Master – Mistreß Bonel, ich trauere mit dir – keines natürlichen Todes gestorben, sondern vergiftet worden ist. Diese furchtbare Tragödie wirft zwar auch auf unser Haus ihre Schatten – doch sie ist außerhalb der Klostermauern und unserer Rechtshoheit geschehen.« Verständlicherweise beruhigte ihn diese Tatsache ein wenig. »Deshalb müssen sich die weltlichen Behörden darum kümmern. Natürlich werden wir unsere Pflicht tun und sie nach besten Kräften unterstützen.«

So höflich er die Witwe auch behandelte, so sorgfältig er seine Worte auch wählte, als er ihr sein Beileid aussprach und versicherte, ihr bei den traurigen Vorbereitungen für das Begräbnis zu helfen – er konnte seinen Zorn kaum verbergen. Wie war es nur möglich, daß so etwas in seinem Verantwortungsbereich geschah – in der Abtei, deren Leitung er eben erst übernommen hatte? Und warum war Master Bonel ausgerechnet an jenem Geschenk gestorben, das er ihm in bester Absicht geschickt hatte? Er hoffte, die Hinterbliebenen mit einem zeremoniellen Begräbnis trösten zu können, vielleicht an irgendeinem versteckten Platz innerhalb der Klostermauern. Dann wollte er dem Landrat sämtliche legalen Aktionen überlassen und dafür sorgen, daß die ganze Sache möglichst schnell in Vergessenheit geriet. An der Schlafzimmertür war er angewidert zurückgewichen. Er hatte dem Toten in aller Ehre seine Reverenz erwiesen und die Tür sofort wieder geschlossen. In gewissem Sinne gab er allen Anwesenden die Schuld an den Unannehmlichkeiten, mit denen er sich hier herumschlagen mußte, was ihn jedoch vornehmlich verdroß, war Cadfaels kategorische Behauptung, Bonel wäre einem Giftmord zum Opfer gefallen. Dadurch wurde die Abtei verpflichtet, die näheren Umstände zu erforschen. Außerdem war das Problem der immer noch unbesiegelten Vereinbarung und die erschreckende Möglichkeit zu beachten, daß ihm Mallilie durch die Finger schlüpfen könnte. Wem gehörte dieses schöne Landgut – nachdem Bonel gestorben war, ohne daß die Schenkung rechtskräftige Gültigkeit erlangt hätte? Könnte man den Besitz sicherstellen, indem man möglichst schnell an den hypothetischen Erben herantrat, bevor er Zeit fand, sich zu überlegen, was er da unterschrieb?

»Bruder«, sagte Robert und blickte über seine lange, leicht gerümpfte Nase auf Cadfael hinab, der einen Kopf kleiner war, »du hast also festgestellt, daß man Master Bonel vergiftet hat. Bevor ich die Beamten des Landrats mit einer so ungeheuerlichen Vermutung konfrontiere, möchte ich eine Begründung hören. Immerhin könnte man annehmen, daß der arme Mann das Gift zufällig verschluckt oder eine plötzliche, tödliche Krankheit erlitten hat. So etwas ist auch schon einigen Leuten zugestoßen, die bei bester Gesundheit gewesen waren. Woher willst du überhaupt wissen, daß Master Bonel an einem Gift gestorben ist?«

»Das hat mir der Verlauf seiner Krankheit verraten«, erwiderte Cadfael. »Er verspürte ein Jucken im Mund und in der Kehle, dann erstarrten diese Körperteile, so daß er weder schlucken noch ungehindert atmen konnte. Schließlich versteifte sich der ganze Körper, der Herzschlag wurde immer schwächer. Die Pupillen waren stark erweitert. Das alles habe ich schon einmal miterlebt, und damals wußte ich, was der Mann verschluckt hatte, denn er hielt die Flasche in der Hand. Vielleicht erinnerst du dich – es geschah vor einigen Jahren. Auf dem Jahrmarkt brach ein beschwipster Fuhrmann in meiner Bude ein und fand eine Flasche, deren Inhalt er für Alkohol hielt. Ich konnte ihn retten, da er das Gift eben erst getrunken hatte. Leider konnte ich Master Bonel nicht mehr helfen, da zwischen der Einnahme des Gifts und meiner Ankunft in diesem Haus zuviel Zeit verstrichen war. Aber ich erkannte die Symptome wieder und wußte sofort, daß er jenes Gift eingenommen hatte. Ich konnte es auf seinen Lippen riechen und an den Resten der Speise, die er gegessen hatte – deiner milden Gabe, Prior.«

Falls Roberts Gesicht beim Gedanken an die möglichen Folgen seiner guten Tat erbleichte, so war dies nicht zu erkennen, da sein Gesicht stets die gleiche elfenbeinweiße Färbung zeigte. Um ihm Gerechtigkeit widerfahren zu lassen, muß betont werden, daß er kein furchtsamer Mann war. Mit kühler Stimme fragte er: »Und was ist das für ein Gift, das du angeblich so gut kennst?«

»Ein Öl, das gegen schmerzende Gelenke hilft und das ich regelmäßig herstelle. Das Gift, das Master Bonel geschluckt hat, muß entweder aus der Vorratsflasche stammen, die ich in meinem Schuppen aufbewahre, oder aus einem kleineren Behälter, den ich damit gefüllt habe. Ich kenne nur einen einzigen Ort, wo solche kleineren Flaschen zu finden sind – das Hospital. Das Gift wird einer Pflanze namens Eisenhut entnommen. Aus ihren Wurzeln läßt sich eine schmerzstillende Essenz gewinnen, die aber nur äußerlich angewandt werden darf. Sobald man sie einnimmt, übt das Gift eine höchst gefährliche Wirkung aus.«

»Wenn es dir gelungen ist, diese Pflanze zu medizinischen Zwecken zu verwerten, dann können das andere Leute sicher auch«, wandte Prior Robert ein und starrte Cadfael in kalter Abneigung an. »Also ist es keineswegs erwiesen, daß das Gift aus einem unserer Vorratslager entwendet wurde. Vielleicht kommt es aus einer ganz anderen Quelle.«

»Das bezweifle ich«, entgegnete Cadfael. »Der Geruch meines Öls ist mir wohlvertraut, und ich habe hier nicht nur das Aroma von Eisenhut, sondern auch von Senf und Hauslauch wahrgenommen. Ich habe die Symptome schon einmal beobachtet, die durch diese Mischung hervorgerufen werden, und ich würde sie jederzeit wiedererkennen. Das werde ich auch dem Landrat sagen.«

»Nun«, bemerkte Robert, noch abweisender als zuvor, »es ist nur recht und billig, daß ein Mann über seine eigene Arbeit Bescheid weiß. Bleib also hier und hilf Herrn Prestcote und seinen Beamten, die Wahrheit herauszufinden – was immer die Untersuchungen ergeben mögen. Zuerst werde ich mit ihnen sprechen, denn ich bin in unserem Haus für Ruhe und Ordnung verantwortlich. Dann will ich sie hierher schicken. Wenn sie glauben, alle Spuren gesichert zu haben, werde ich den Bruder Krankenpfleger verständigen. Er wird die Leiche präparieren und in die Kapelle bringen«, fuhr er in sanfterem Ton, zu der Witwe gewandt, fort. »Du brauchst nicht zu befürchten, daß wir dir dein Wohnrecht in diesem Haus streitig machen werden, Mistreß Bonel. Denn wir wollen dir keinen zusätzlichen Kummer bereiten – im Gegenteil, wir trauern mit dir. Wann immer du meiner Hilfe bedarfst, schick bitte deinen Diener zu mir.«

Der Prior drehte sich zu Bruder Edmund um, der beklommen hinter ihm stand. »Komm mit mir! Ich möchte sehen, wo diese Arzneien aufbewahrt werden und ob es möglich ist, daß sich unbefugte Leute Zugang zu deinen Vorräten verschaffen. Bruder Cadfael wird hierbleiben.«

Er verließ das Haus in ebenso imposanter Haltung, wie er erschienen war, und genauso schnell. Der Krankenpfleger folgte ihm auf den Fersen. Cadfael schaute dem Prior verständnisvoll nach. Für Robert war es eine Katastrophe, daß dieses unselige Ereignis sein neues Amt überschattete, das er eben erst angetreten hatte. Er würde alles tun, um Master Bonels Ableben als bedauerlich, aber durchaus natürlich hinzustellen, vielleicht als Folge eines plötzlichen Herzschlags. Angesichts der ungesiegelten Übertragungsurkunde hatte er ohnehin schon genug Probleme. Und so würde er sich eifrig bemühen, das andere Übel an der Wurzel zu packen und jenen skandalösen Mordverdacht im Keim zu ersticken oder, falls ihm nichts anderes übrigblieb, dem Todesfall den Anschein eines ungelösten Rätsels geben, das ein unbekannter Schurke außerhalb der Enklave verschuldet hatte. Cadfael konnte ihm das nicht verdenken. Aber immerhin war ein Erzeugnis aus seiner Hand, das Schmerzen lindern sollte, als Mordwerkzeug benutzt worden. Und deshalb war er fest entschlossen, der Sache auf den Grund zu gehen.

Seufzend wandte er sich wieder zu den anderen und blinzelte verwirrt, als er die dunklen Augen der Witwe auf sich gerichtet sah, tränenlos und strahlend, mit einem so sternenhellen Blick, als wären in einer einzigen Sekunde zwanzig Jahre und schwere Bürden von ihren Schultern genommen worden. Er hatte bereits geahnt, daß sie der Verlust ihres Gemahls zwar tief erschüttert, aber ihr Herz keineswegs gebrochen hatte. Nun wurde diese Vermutung bestätigt. Vor ihm stand die Richildis, die er vor zweiundvierzig Jahren verlassen hatte. Eine leichte Röte stieg in ihre Wangen, der zögernde Schatten eines Lächelns umspielte ihre zitternden Lippen. Sie sah ihn an und schien ein Wissen mit ihm zu teilen, das allen anderen versagt blieb und das sie nur deshalb nicht aussprach, weil die Anwesenheit der anderen sie daran hinderte.

Er starrte sie an, ohne zu begreifen, was dieses plötzliche Wiedererkennen bewirkt hatte, das ihm gerade jetzt äußerst ungelegen kam und die Lage zusätzlich komplizierte. Und dann fiel es ihm wieder ein – Prior Robert hatte ihn beim Namen genannt, bevor er gegangen war. Es war ein seltener Name in dieser Gegend, und er hatte genügt, um das Gedächtnis der Witwe aufzufrischen, die vielleicht schon eine halbvergessene Klangfarbe der Stimme, eine bestimmte Art der Bewegung bemerkt und bislang vergeblich in ihrer Erinnerung geforscht hatte.

Von nun an war seine Unparteilichkeit in dieser Sache gefährdet. Richildis hatte ihn nicht nur erkannt, ihr Blick gab ihm auch zu verstehen, daß sie sich von ihm abhängig fühlte und fest auf ihn baute. Noch wagte er nicht zu überlegen, wohin das alles führen könnte.

3.

Gilbert Prestcote amtierte als Landrat von Shropshire, seit die Stadt während des vergangenen Sommers in König Stephens Hände gefallen war. Er residierte im Schloß Shrewsbury, das er für den König befestigt hatte, und regierte seine inzwischen befriedete Grafschaft von diesem Hauptquartier aus. Wäre sein Stellvertreter in Shrewsbury gewesen, als Prior Roberts Nachricht das Schloß erreichte, hätte Prestcote den Mann wahrscheinlich ins Kloster geschickt – was Bruder Cadfael begrüßt hätte, denn er wußte Hugh Beringars Scharfsinn zu schätzen. Doch der junge Herr hielt sich in seinem eigenen Haus auf, und so kam ein Wachtmeister mit einer zweiköpfigen, bewaffneten Eskorte ins Haus am Mühlenteich.

Der Wachtmeister war ein großer, bärtiger Mann mit tiefer Stimme, der das uneingeschränkte Vertrauen des Landrats genoß und sowohl die Befähigung als auch die Bereitschaft besaß, in dessen Namen als gestrenge Amtsperson zu walten. Zunächst wandte er sich an Cadfael, da dieser aus dem Kloster kam, dessen Leiter Herrn Prestcote verständigt hatte. Und es war Cadfael, der die Ereignisse seit jenem Augenblick schilderte, wo er hier eingetroffen war. Der Wachtmeister hatte bereits mit Prior Robert gesprochen, der ihm sicherlich erzählt hatte, daß die verdächtige Speise aus seiner Küche stammte und auf seinen eigenen Wunsch hin in Bonels Haus gebracht worden war.

»Du behauptest also, es wäre Gift darin gewesen? Nur in diesem einen Gericht und in keinem anderen, das er gegessen hat?«

»Ja«, antwortete Cadfael, »das kann ich beschwören. Das Gift hat zwar nur geringe Spuren hinterlassen – aber du müßtest nur einen winzigen Saucentropfen an deine Lippen halten, und du würdest wenige Minuten später ein heftiges Jucken verspüren. Ich habe die Probe aufs Exempel gemacht. Es gibt keinen Zweifel.«

»Und Prior Robert, der den Rest dieser Speise zu sich genommen hat, ist am Leben und bei bester Gesundheit – dem Himmel sei Dank. Also muß das Gift auf dem Weg von der Küche des Abtes bis zu dem Tisch da drüben beigefügt worden sein. Dieser Weg ist nicht weit, und man braucht nicht lange, um ihn zurückzulegen. Du da, Bursche – du trägst doch das Essen aus der Küche hierher? Hast du das heute auch getan? Bist du unterwegs stehengeblieben? Hast du mit irgend jemandem gesprochen?«

»Nein!« protestierte Aelfric. »Wenn ich mir zu lange Zeit lasse und die Speisen kalt werden, muß ich mich dafür verantworten. Ich tue immer genau das, was von mir verlangt wird – und das habe ich auch heute getan.«

»Und was hast du mit dem Essen gemacht, als du hier angekommen bist?«

»Er hat es mir übergeben«, erklärte Aldith so hastig und nachdrücklich, daß Cadfael sie mit neuem Interesse musterte. »Aelfric stellte das Tablett auf die Bank neben der Kohlenpfanne, und ich wärmte die kleine Schüssel auf, während die Herrschaften das Hauptgericht aßen. Aelfric hatte mir gesagt, daß der Prior so freundlich war, unserem Master einen besonderen Leckerbissen zu schicken. Nachdem ich auch die kleine Schüssel aufgetragen hatte, setzten wir uns in die Küche, um unsere eigene Mahlzeit einzunehmen.«

»Ist dir an diesem Rebhuhn nichts Ungewöhnliches aufgefallen? Vielleicht eine verdächtige Färbung – oder ein bestimmter Geruch?«

»Es war mit einer sahnigen Sauce übergossen und duftete ganz köstlich. Nein, ich habe nichts Außergewöhnliches bemerkt. Der Master aß das Huhn, es schmeckte ihm

– und dann fing sein Mund plötzlich zu jucken und zu brennen an.«

»Der Geruch und der Geschmack des Giftes konnten mit einer solchen Sauce überdeckt werden«, beantwortete Cadfael den fragenden Blick des Wachtmeisters. »Dazu hätte es keiner großen Menge bedurft.«

»Und du...« Der Wachtmeister drehte sich zu Meurig um. »Du warst auch hier? Gehörst du zu diesem Haushalt?«

»Jetzt nicht mehr«, erwiderte Meurig diensteifrig. »Früher habe ich in Master Bonels Haus Mallilie gelebt, aber nun arbeite ich für den Zimmermannsmeister Martin Bellecote, hier in der Stadt. Heute kam ich ins Kloster, um meinen alten Großonkel im Hospital zu besuchen, was der Bruder Krankenpfleger bezeugen kann. Und da ich schon mal in der Abtei war, wollte ich auch hier vorbeischauen. Aldith und Aelfric füllten gerade ihre Teller. Sie forderten mich auf, mit ihnen zu essen, und das ließ ich mir nicht zweimal sagen.«

»Es war genug da«, fügte Aldith hinzu. »Der Abt hat einen sehr großzügigen Koch.«

»Ihr drei habt also zusammen in der Küche gegessen – und zwischendurch in der kleinen Schüssel gerührt?« Der Wachtmeister unterbrach sich und betrachtete zum zweitenmal die Scherben auf dem Wohnzimmertisch. »Hier saßen Master Bonel und seine Frau...« Nein, er war kein dummer Mann, er konnte zählen, und es war ihm längst aufgefallen, daß eine Person fehlte. Vielleicht mutmaßte er, daß sie sich alle verschworen hatten, um jenen geheimnisvollen Tischgenossen totzuschweigen. »Hier liegen drei Gedecke. Wer war die dritte Person, die an dieser Mahlzeit teilgenommen hat?«

Jetzt gab es kein Entrinnen mehr, irgend jemand mußte antworten. Richildis versuchte zu retten, was noch zu retten war. Ihr Tonfall deutete an, daß sie die Erwähnung einer solchen Belanglosigkeit erstaunlich fand, und sie entgegnete in scheinbar aufrichtiger Bereitwilligkeit: »Mein

Sohn. Aber er ist schon gegangen, bevor mein Mann krank wurde.«

»Ohne seinen Teller leerzuessen! Falls dies hier sein Platz war...«

»Ja, er hat hier gesessen«, bestätigte sie würdevoll, ohne eine weitere Erklärung abzugeben.

»Ich glaube, Mistreß«, sagte der Wachtmeister mit einem geduldigen Lächeln, »du setzt dich besser hierher und erzählst mir etwas mehr über deinen Sohn. Wie ich von Prior Robert erfahren habe, wollte dein Mann sein Haus und sein Land der Abtei schenken. Dafür sollte er das Recht erhalten, hier seinen Lebensabend zu verbringen, zusammen mit dir und zwei Dienstboten. Nach allem, was hier vorgefallen ist, sind diese Vereinbarungen fragwürdig, da noch nichts besiegelt wurde. Für einen potentiellen Erben des Landguts Mallilie muß es höchst angenehm sein, daß dein Mann das Zeitliche gesegnet hat, bevor die Schenkung rechtskräftig wurde. Aber wenn aus deiner Ehe mit Master Bonel ein Sohn hervorgegangen wäre, hätte er seine Zustimmung geben müssen, bevor eine solche Vereinbarung getroffen werden konnte. Bitte, löse dieses Rätsel – wie hat es dein Mann geschafft, seinen Sohn zu enterben?«

Offensichtlich wollte sie nicht mehr als unbedingt nötig verraten. Doch sie war klug genug, um zu erkennen, daß sie mit hartnäckiger Verschwiegenheit nur Mißtrauen erregen würde. »Edwin stammt aus meiner ersten Ehe«, teilte sie dem Wachtmeister resigniert mit. »Gervase hatte ihm gegenüber keine väterlichen Verpflichtungen. Er konnte über seine Ländereien verfügen, wie es ihm beliebte.« Dazu gab es noch mehr zu sagen, und wenn sie zugelassen hätte, daß man es auf andere Weise herausfand, hätte es ihre Lage nur verschlimmert. »Ursprünglich hatte er Edwin als seinen Erben eingesetzt, aber nichts konnte ihn daran hindern, seine Entscheidung umzustoßen.«

»Aha! Also wäre dein Sohn durch eine besiegelte Übertragungsurkunde enterbt worden und hätte viel zu gewinnen, wenn die Vereinbarung nun für null und nichtig erklärt würde. Er hatte nicht viel Zeit. Es wird nur noch ein paar Tage oder Wochen dauern, bis ein neuer Abt ernannt wird..., mißversteh mich nicht, ich habe deinen Sohn keineswegs beschuldigt. Jedes Menschen Tod könnte einem anderen gelegen kommen, vielleicht sogar mehreren. Es wäre also durchaus denkbar, daß das Ableben deines Gemahls vielen Personen Vorteile bringt. Doch du wirst zugeben müssen, daß dein Sohn zu dieser Gruppe von Leuten gehört.«

Sie biß sich auf die zitternde Unterlippe, rang sekundenlang nach Fassung und erwiderte tapfer: »Das bestreite ich nicht. Aber ich weiß, daß mein Sohn, sosehr er sich auch gewünscht haben mag, Mallilie zu erben, niemals zu solchen Mitteln gegriffen hätte, um sein Ziel zu erreichen. Er erlernt ein Handwerk, und er ist fest entschlossen, unabhängig zu bleiben und sich seine Zukunft aus eigenen Kräften aufzubauen.«

»Immerhin war er heute hier. Und es sieht so aus, als hätte er das Haus überstürzt verlassen. Wann ist er gekommen?«

»Zusammen mit mir«, meldete sich Meurig zu Wort. »Er arbeitet als Lehrling bei Martin Bellecote, meinem Schwager und Dienstherrn. Heute morgen gingen wir miteinander hierher, und Edwin begleitete mich, als ich meinen Onkel in der Krankenabteilung besuchte. Die beiden hatten sich schon vor Wochen kennengelernt. Damals war Edwin zum erstenmal mit mir im Hospital.«

»Ihr seid also gleichzeitig in diesem Haus eingetroffen? Wart ihr während der ganzen Zeit zusammen? Vor einer Weile erzähltest du, daß *du* in die Küche gekommen wärst. Du hast ›ich‹ gesagt, nicht ›wir‹.«

»Edwin war schon vor mir hier. Wie ich bereits erwähnt habe, nahm ich ihn ins Hospital mit. Dort wurde er nach einiger Zeit unruhig. Er ist noch jung, und er war es leid, neben dem Bett des alten Mannes zu stehen und zuzuhören, wie wir uns auf walisisch unterhielten. Außerdem wartete seine Mutter auf ihn. Also machte er sich schon vor mir auf den Weg zum Mühlenteich, und als ich dann das Haus betrat, saß er im Wohnzimmer am Tisch.«

»Und dann rannte er davon, nachdem er nur ein paar Bissen gegessen hatte.« Der Wachtmeister runzelte nachdenklich die Stirn. »Das muß eine ungemütliche Mahlzeit gewesen sein... Ein junger Bursche sitzt mit dem Mann am Tisch, der ihn enterbt hat... War dies das erstemal, daß sie sich trafen, nachdem Master Bonel beschlossen hatte, sein Landgut der Abtei zu schenken?«

Nun war er auf eine interessante Spur gestoßen, und das konnte ihm niemand verübeln. Selbst der unerfahrenste Jagdhund hätte in einem solchen Fall Lunte gerochen, und der Wachtmeister war natürlich noch viel gewitzter als zehn tüchtige Jagdhunde zusammen. Was würde ich an seiner Stelle denken, fragte sich Cadfael, und unter diesen Umständen... Ein junger Mann, der allen Grund hatte, die Ratifizierung der Schenkungsurkunde zu verhindern, erschien kurz vor der Tragödie am Schauplatz. Davor war er im Hospital, wo er die Gelegenheit hatte, sich das Gift zu beschaffen.

Und da saß Richildis, hielt dem Blick des Beamten mit großen, herausfordernden Augen stand und schaute zwischendurch immer wieder verzweifelt in Cadfaels Richtung und bat ihn stumm um Hilfe, um die Rettung ihres Lieblings. Ebenso wortlos gab er ihr zu verstehen, daß sie alles erzählen mußte, was gegen ihren Sohn sprechen könnte, und daß nichts ungesagt bleiben dürfte – denn nur so wäre sie in der Lage, die Anklage zu entkräften, die man vielleicht gegen ihn erheben würde.

»Er war zum erstenmal hier in diesem Haus«, begann Richildis, »und die Begegnung zwischen Gervase und meinem Sohn war äußerst unangenehm. Edwin hatte sich nur mir zuliebe dazu entschlossen – nicht, weil er meinen Mann umzustimmen hoffte, sondern um meines Seelenfriedens willen. Meurig riet ihm schon seit langer Zeit zu diesem Besuch –, und heute war Edwin endlich bereit dazu. Ich bin ihm dankbar für seine Bemühungen. Aber Gervase empfing ihn ziemlich feindselig und hielt ihm vor, er wäre nur gekommen, um ihn wegen des versprochenen Erbes zu umschmeicheln – das ihm tatsächlich versprochen war –, obwohl Edwin nichts dergleichen im Sinn hatte. Beide waren außerstande, ihr hitziges Temperament zu zügeln, und es kam zu einem heftigen Streit. Edwin stürmte hinaus, und mein Mann warf ihm das Geschirr nach. Du siehst ja die Scherben, Wachtmeister. Das ist die reine Wahrheit, du kannst ja meine Diener fragen. Oder Meurig, er war ebenfalls dabei. Mein Sohn rannte aus dem Haus und vermutlich nach Shrewsbury, wo er sich jetzt zu Hause fühlt – bei seiner Schwester und ihrer Familie.«

»Eins müssen wir jetzt klarstellen«, meinte der Wachtmeister, aalglatt und ein wenig zu freundlich. »Ist dein Sohn durch die Küche hinausgelaufen – durch die Hintertür? Wo ihr gesessen habt?« Seine Kopfbewegung in die Richtung Aldiths und der jungen Männer strafte seine sanfte Stimme Lügen, denn sie wirkte abrupt und zielstrebig. »Ihr habt gesehen, wie er das Haus verlassen hat – ohne stehenzubleiben?«

Die drei zögerten kurz, wechselten unsichere Blicke, und dann antwortete Aldith resigniert: »Als sie zu schreien und mit Tellern zu werfen anfingen, rannten wir ins Wohnzimmer, um den Master zu beruhigen – um es wenigstens zu versuchen...«

»...und um mich zu trösten«, warf Richildis ein.

»Und nachdem der Junge gegangen war, seid ihr dort geblieben.« Der Wachtmeister war sehr zufrieden mit seiner Vermutung, die von den Gesichtern der jungen Leute, wenn auch mit deutlichem Widerstreben, bestätigt wurde. »Das dachte ich mir. Ein wütender Mann läßt sich nicht so leicht besänftigen – das dauert seine Zeit. Ihr könnt also nicht sagen, ob sich der junge Bursche noch eine Weile in der Küche aufgehalten hat, um sich zu rächen und das Rebhuhn zu vergiften. Heute morgen war er im Hospital, nicht zum ersten Mal. Vielleicht wußte er, wo das Öl zu finden war und welche Eigenschaften es hat. Es wäre doch möglich, daß er hierherkam, um mit Master Bonel Frieden zu schließen oder Krieg gegen ihn zu führen. Nun, seine Friedenspläne wurden jedenfalls vereitelt.«

Richildis schüttelte entschieden den Kopf. »Du kennst ihn nicht! Er wollte mir einen Gefallen tun – das war alles. Außerdem verstrichen nur wenige Minuten, bevor Aelfric ihm nachlief, um ihn zurückzubringen. Er folgte Edwin fast bis zur Brücke, konnte ihn aber nicht mehr einholen.«

»Das stimmt«, sagte Aelfric. »Er hätte nicht genug Zeit gehabt, um einen Mord vorzubereiten. Als ich das Haus verließ, war er schon weit entfernt. Wie ein Wiesel rannte ich hinter ihm her und rief seinen Namen, aber er drehte sich nicht einmal um.«

Der Wachtmeister runzelte skeptisch die Stirn. »Wie lange braucht man, um den Inhalt eines kleinen Fläschchens in eine offene Schüssel zu schütten und einmal darin umzurühren? Und als sich euer Herr beruhigt hatte, kam ihm das Geschenk des Priors zweifellos eher gelegen – als Trostpflaster für seinen verletzten Stolz, und er verspeiste es genüßlich.«

Nun meldete sich Cadfael zu Wort. »Konnte der Junge wissen, daß das Rebhuhn ausschließlich für Master Bonel bestimmt war? Er hätte wohl kaum das Wagnis auf sich genommen, seine Mutter zu gefährden.«

Mittlerweile war sich der Wachtmeister seiner Sache so sicher, daß ihn dieses Argument nicht beeindruckte. Er warf Aldith einen durchdringenden Blick zu, worauf sie trotz ihrer standhaften Haltung erbleichte. »Da die Magd eine so streitlustige Tischgesellschaft bedienen mußte, ließ sie sich die Gelegenheit, ihren erzürnten Herrn aufzuheitern, bestimmt nicht entgehen. Sag doch, Mädchen – als du den Hauptgang auftrugst – hast du Master Bonel da nicht erzählt, daß noch ein ganz besonderer Leckerbissen auf ihn wartet – ein Geschenk des Priors, der ihm eine Freude machen wollte?«

Sie senkte den Blick und zupfte an einem Schürzenzipfel. »Ich dachte, das würde seine Laune bessern«, gestand sie verzweifelt.

Nun hatte der Wachtmeister alle Beweise, die er benötigte, um den Mörder festzunehmen – zumindest glaubte er das. Er schaute ein letztesmal in die Runde. »Ihr könnt jetzt alles in Ordnung bringen. Ich habe genug gesehen. Der Bruder Krankenpfleger wird sich um den Toten kümmern. Haltet euch zur Verfügung – für den Fall, daß ich euch noch weitere Fragen stellen muß.«

»Wohin sollten wir sonst gehen?« entgegnete Richildis tonlos. »Was wirst du jetzt tun? Wirst du mich wenigstens wissen lassen, was geschieht, wenn – wenn...« Sie konnte es nicht aussprechen. Entschlossen straffte sie den immer noch geraden, biegsamen Rücken und fügte würdevoll hinzu: »Mein Sohn hat nichts mit diesem Verbrechen zu tun, das wirst du bald herausfinden. Er ist noch keine fünfzehn Jahre alt – ein halbes Kind!«

»Ich tue nur meine Pflicht. Soviel ich weiß, arbeitet er in Martin Bellecotes Laden.«

Einer der bewaffneten Männer nickte eifrig. »Ich weiß, wo der ist.«

»Gut! Zeig mir den Weg, und wir werden sehen, was der Junge zu sagen hat.« Die Beamten eilten zur Tür.

Bruder Cadfael hielt es für angebracht, zumindest eine kleine zerstörerische Welle im glatten Teich ihrer Zufriedenheit aufzuwirbeln. »Es wäre noch zu klären, in welchem Behälter sich das Öl befand. Wer immer es aus dem Hospital oder meinem Vorratslager entwendet hat, muß ein Fläschchen mitgebracht haben, um es hineinzufüllen. Meurig, hast du heute morgen gesehen, daß Edwin so etwas bei sich hatte? Du bist mit ihm von der Zimmermannswerkstatt zur Abtei gegangen. In einer Jackentasche oder einem kleinen Beutel hängt sogar eine winzige Flasche auf ganz bestimmte, auffällige Weise herab.«

»Ich habe nichts dergleichen festgestellt«, antwortete Meurig, ohne zu zögern.

»Außerdem verströmt dieses Öl einen starken Geruch, auch wenn die Flasche fest zugestöpselt ist. Es hinterläßt Flecken, auch wenn nur ein ganz kleiner Tropfen danebengeht. Achte auf die Kleidung aller Leute, die dir verdächtig erscheinen, Wachtmeister.«

»Willst du mich lehren, wie ich mein Amt auszuüben habe?« fragte der Wachtmeister mit einem nachsichtigen Grinsen.

»Ich erwähne nur gewisse Besonderheiten, die in *mein* Fachgebiet fallen und die dir helfen könnten, Fehler zu vermeiden«, entgegnete Cadfael friedfertig.

Der Wachtmeister blieb in der Tür stehen und sagte über die Schulter: »Mit deiner Erlaubnis werden wir den Schurken erst einmal verhaften. Ich bezweifle, daß wir deines Rats noch bedürfen werden, sobald wir ihn haben.« Und dann marschierte er den kurzen Gartenweg zur Straße hinab, wo die Pferde festgebunden waren, und seine beiden Männer eilten hinter ihm her.

Am späten Nachmittag betraten der Wachtmeister und seine Eskorte Martin Bellecotes Werkstatt in der Wyle-Straße. Der Zimmermann, ein großer, gutaussehender Mann Ende Dreißig, blickte freundlich von seiner Arbeit auf und fragte die Beamten nach ihren Wünschen, ohne Verwunderung und Angst zu zeigen. Er hatte schon ein oder zwei Aufträge für Prestcotes Garnison erledigt und betrachtete es keineswegs als Bedrohung, daß die Männer des Landrats in seinem Laden erschienen. Seine braunhaarige, hübsche Frau schaute neugierig aus der Küchentür im Hintergrund der Werkstatt, drei Kinder tauchten auf, um die Besucher freimütig und furchtlos anzustarren – ein etwa elfjähriges, ordentlich gekleidetes Mädchen, das wie eine tüchtige, kleine Hausfrau aussah, ein kleiner, kräftiger Junge von ungefähr acht Jahren und die vierjährige Jüngste, mit einer Holzpuppe unter dem Arm. Aufmerksam belauschten sie das Gespräch, das ihr Vater mit den Beamten führte. Die Haustür blieb offen, und der Wachtmeister hatte eine laute, herrische Stimme.

»Du hast einen Lehrling namens Edwin, Meister. Ich habe mit ihm zu reden.«

»Ja, das stimmt«, antwortete Martin mit sanfter Stimme, stand auf und wischte sich Harzpolitur von den Händen. »Das ist Edwin Gurney, der jüngere Bruder meiner Frau. Er ist noch nicht zu Hause. Heute mittag ging er zum Foregate, um seine Mutter zu besuchen. Eigentlich müßte er schon wieder da sein, aber wahrscheinlich wollte ihn seine Mutter länger bei sich behalten. Was wollt ihr von ihm?« Er war immer noch guter Dinge, denn seines Wissens gab es keinen Grund zur Sorge.

»Er hat das Haus seiner Mutter vor zwei Stunden verlassen«, berichtete der Wachtmeister mit ausdrucksloser Miene. »Wir kommen gerade von dort. Nichts für ungut, mein Freund – wenn du sagst, daß er nicht hier ist, dann will ich dir gern glauben. Aber es ist meine Pflicht, ihn zu suchen. Gestattest du uns, in deinem Haus und im Hof nachzusehen?«

Martins Gelassenheit geriet sekundenlang ins Wanken. Verwirrt runzelte er die Stirn. Der braune Kopf seiner Frau erschien wieder in der Küchentür, plötzlich lag ein wachsamer Ausdruck in ihren Augen. Die Kinder starrten unverwandt auf die Beamten. Das kleine Mädchen erhob die Stimme natürlichen Widerstands gegen das Gesetz. »Garstiger Mann!« rief es, und niemand gebot ihm zu schweigen.

»Wenn ich sage, daß er nicht hier ist«, entgegnete Martin in ruhigem Ton, »dann kannst du dich darauf verlassen. Aber überzeuge dich selbst. Mein Haus, mein Hof und meine Werkstatt haben nichts zu verbergen. Und was verbirgst du? Dieser Junge ist mein Schwager, er ist aus freien Stücken mein Lehrling geworden, und ich liebe ihn. Was willst du von ihm?«

»Heute morgen besuchte er das Haus am Foregate«,

sagte der Wachtmeister langsam, »und dort liegt Master Gervase Bonel, sein Stiefvater, der ihm das Landgut Mallilie als künftiges Erbe versprach und sich dann anders besann, tot in seinem Bett – ermordet. Und ich suche Edwin, weil er unter Mordverdacht steht. Genügt dir das?«

Dem ältesten Sohn dieses bislang glücklichen Hauses, der sich erst vor wenigen Minuten zu seinen Geschwistern gesellt hatte und die Ohren spitzte, genügte das vollkommen. Was für furchtbare, unerklärliche Neuigkeiten ... Das Gesetz war auf Edwins Spur – und Edwin hätte längst nach Hause kommen müssen, wenn alles in Ordnung wäre. Edwy fühlte sich schon seit einer ganzen Weile unbehaglich und wartete auf ein Unheil, während die Erwachsenen nichts Böses ahnten. Hastig wandte sich der Junge ab und kletterte durch ein Fenster in den Hof hinaus, bevor die Beamten die Wohnräume betreten konnten. Flink wie ein Eichhörnchen stieg er auf einen Holzstapel und über die Mauer, dann rannte er auf lautlosen Sohlen zum Fluß, zu einer der kleinen Türen in der Stadtmauer, die in Friedenszeiten offenstanden. Bald hatte er die steile Uferböschung erreicht, nicht weit vom Weingarten des Abtes. Hier hatten mehrere Geschäftsleute aus Shrewsbury, die große Lagerräume brauchten, Schuppen errichtet, und hier stand auch der Verschlag, in dem Martin Bellecote sein Holz aufbewahrte. Dies war ein alter Zufluchtsort, den die beiden Jungen stets aufsuchten, wenn sie in Schwierigkeiten steckten. Und hier würde sich auch Edwin verkrochen haben, wenn er – nein, nicht, wenn er Master Bonel getötet hatte, das war einfach lächerlich –, aber wenn man ihn zurückgewiesen und zur Verzweiflung getrieben und in helle Wut gebracht hatte. In mörderische Wut, das schon – aber Edwin würde sich niemals zu einem Mord hinreißen lassen. Dazu wäre er einfach nicht fähig.

Edwy rannte weiter, in der sicheren Gewißheit, daß ihm niemand folgte, und stürmte durch die schmale Tür in den Schuppen seines Vaters. In der nächsten Sekunde stolperte er über den Fuß eines zornigen, tränenüberströmten, todunglücklichen Edwin und fiel der Länge nach hin.

Kaum daß er wieder aufgesprungen war, verpaßte ihm Edwin – vielleicht, weil sein Blick von Tränen verschleiert wurde – einen kräftigen Faustschlag, und Edwy schlug erbost zurück. Wann immer schwere Zeiten anbrachen, prügelten sie sich erst einmal. Das hatte nichts weiter zu bedeuten – außer daß sie gewappnet und auf der Hut waren. Und wer immer sich nachher mit ihnen einließ, mußte höllisch aufpassen und damit rechnen, daß sich die soeben erprobte Kampfkraft der beiden nun in schöner Eintracht gegen ihn richtete. Nach wenigen Minuten hatte Edwy dem verwirrten, ungläubigen und schließlich überzeugten und bestürzten Edwin die Neuigkeiten eingebleut. Sie setzten sich auf den Boden, eng aneinandergeschmiegt, und begannen Pläne zu machen.

Eine Stunde vor der Abendandacht erschien Aelfric im Kräutergarten. Cadfael war erst eine halbe Stunde zuvor in seine Einsamkeit zurückgekehrt, nachdem er zugesehen hatte, wie die Leiche gesäubert, anständig hergerichtet und in die Totenkapelle getragen worden war. Endlich hatte man die verzweifelten Bewohner des Trauerhauses sich selbst und ihrem Kummer überlassen. Meurig war in die Zimmermannswerkstatt zurückgekehrt, um den Bellecotes ausführlich zu erzählen, was vorgefallen war, und um sie zu trösten oder zu warnen. Cadfael nahm an, daß der Wachtmeister den jungen Edwin inzwischen schon verhaftet hatte. Edwin ... Wie hieß der Junge sonst noch? Großer Gott – er hatte den Namen des Mannes vergessen, den Richildis geheiratet hatte, und Bellecote war nur ihr Schwiegersohn.

»Mistreß Bonel möchte unter vier Augen mit dir sprechen«, sagte Aelfric ernsthaft. »Sie bittet um deinen Besuch, und sie hofft um eurer alten Freundschaft willen, daß du jetzt zu ihr hältst.«

Cadfael war nicht überrascht, und er wußte, daß er sich

nun auf gefährlichen Boden begeben würde, auch nach über vierzig Jahren. Er hätte sich wesentlich besser gefühlt, wenn der beklagenswerte Tod ihres Gatten mit keinerlei Rätsel verbunden und ihr Sohn nicht in Gefahr gewesen wäre, wenn ihn ihre Zukunft nichts anginge. Aber die Tatsachen ließen sich nicht ändern. In seiner Jugend, einem wesentlichen Teil jener Erinnerungen, die ihn zu dem Mann geformt hatten, der er jetzt war, hatte er in ihrer Schuld gestanden. Und jetzt, wo sie seine Hilfe brauchte, blieb ihm nichts anderes übrig, als seinen einstigen Fehler wiedergutzumachen.

»Ich komme«, antwortete er. »Geh voraus, mein Junge, in einer Viertelstunde bin ich bei deiner Herrin.«

Richildis öffnete ihm selbst die Haustür, nachdem er angeklopft hatte. Weder Aelfric noch Aldith ließen sich blikken. Offenbar hatte sie veranlaßt, daß die beiden das wichtige Gespräch mit Cadfael nicht stören konnten. Der Wohnraum war ordentlich aufgeräumt, der große Klapptisch stand zusammengelegt in einer Ecke. Richildis setzte sich in den großen Stuhl ihres verstorbenen Mannes, und der Mönch nahm neben ihr auf einer Bank Platz. Es war fast dunkel im Zimmer, nur ein kleines Binsenlicht brannte und spiegelte sich in ihren dunklen, glänzenden Augen, die er mit jeder Minute deutlicher wiedererkannte.

»Cadfael...«, begann sie zögernd und fügte nach einer kurzen Pause hinzu: »Daß du es wirklich bist! Nachdem ich von deiner Heimkehr erfahren hatte, hörte ich nichts mehr von dir. Ich dachte, du wärst verheiratet und mittlerweile schon Großvater. Sooft ich dich heute nachmittag ansah, forschte ich in meinem Gedächtnis – aber es wollte mir einfach nicht einfallen, warum du mir so bekannt vorkamst. Und als meine Verzweiflung am größten war, wurde dein Name genannt.«

»Und ich hatte keine Ahnung, daß du Mistreß Bonel bist. Ich wußte nicht, daß Eward Gurney tot ist – jetzt erinnere ich mich endlich wieder an seinen Namen – und daß du noch einmal geheiratet hast.«

»Das war vor drei Jahren.« Ihr tiefer Seufzer hätte sowohl Bedauern als auch Erleichterung über das plötzliche Ende ihrer zweiten Ehe ausdrücken können. »Du darfst nicht glauben, daß er ein schlechter Mann war, Cadfael, nur alt und festgefahren in seinen Ansichten, und er war es gewöhnt, daß man ihm aufs Wort gehorchte. Er hatte schon vor vielen Jahren seine erste Frau verloren und er hatte keine Kinder, zumindest keine ehelichen. Monatelang machte er mir den Hof, ich fühlte mich einsam – und eines Tages gab er mir jenes Versprechen... Da er keinen legitimen Erben hatte, versicherte er mir, daß er Edwin sein ganzes Hab und Gut hinterlassen würde, wenn ich ihn heiratete. Sein Oberlehnsherr erklärte sich damit einverstanden. Doch jetzt muß ich dir erst einmal von meiner Familie erzählen. Ein Jahr nachdem ich Ewards Frau geworden war, brachte ich meine Tochter Sibil zur Welt. Danach vergingen die Jahre, und Gott schenkte uns keine Kinder mehr. Ich weiß nicht, wieso. Vielleicht erinnerst du dich, daß Eward eine Zimmermanns- und Schnitzereiwerkstatt in Shrewsbury besaß. Er war ein tüchtiger Mann und ein guter Ehegatte.«

»Du warst glücklich mit ihm?« fragte Cadfael, grenzenlos erleichtert, weil er die Antwort bereits aus ihrer Stimme herausgehört hatte.

Die Trennung und die Jahre danach waren ihnen also beiden gut bekommen, und jeder hatte seinen richtigen Platz im Leben gefunden, trotz einer schmerzlichen Jugendliebe.

»Sehr glücklich! Ich hätte mir keinen besseren Mann wünschen können. Aber wir hofften vergeblich auf weitere Kinder. Mit siebzehn heiratete Sibil Ewards Gesellen, Martin Bellecote, einen braven Burschen. Sie wurde in ihrer Ehe ebenso glücklich wie ich in der meinen, dem Himmel sei Dank! Zwei Jahre später war sie schwanger, und da wurde ich selbst wieder jung. Ich freute mich wahnsinnig auf meinen ersten Enkel, umsorgte Sibil und schmiedete Pläne für ihre Niederkunft. Eward war ebenso stolz wie ich, und obwohl wir schon so ein altes Ehepaar waren, turtelten wir wieder miteinander wie in den Flitterwochen. Ich weiß nicht recht, wie es geschah – aber als Sibil im vierten Monat war, stellte ich fest, daß auch ich ein Kindchen unter dem Herzen trug! Nach all den Jahren, nach meinem vierundvierzigsten Geburtstag? Es erschien mir wie ein Wunder. Wir gebaren zwei Buben mit einem Altersunterschied von vier Monaten – Onkel und Neffen. Und der Onkel ist der jüngere! Beide sehen meinem Mann ähnlich, und seit sie auf ihren eigenen Beinen stehen können, halten sie zusammen wie Pech und Schwefel – sie sind sich näher als so manche Brüder, und beide sind wild wie junge Füchse. Das wären also mein Sohn Edwin und mein Enkel Edwy, noch keine fünfzehn Jahre alt. Und nun flehe ich dich an, meinem Edwin zu helfen, Cadfael. Ich schwöre dir, daß er in seinem ganzen Leben keine einzige böse Tat begangen hat und auch gar nicht dazu fähig wäre. Aber der Wachtmeister bildet sich nun mal ein, daß Edwin Gift in diese Schüssel gegossen hat. Wenn du ihn nur kennen würdest, Cadfael – dann wüßtest du, was für ein Unsinn das ist!«

Ja, so hörte es sich an, wenn die Stimme der liebenden Mutter davon sprach – aber es war schon vorgekommen, daß Söhne – noch keine vierzehn Jahre alt – ihre Väter aus dem Weg geräumt hatten. Außerdem war Bonel nicht einmal Edwins leiblicher Vater gewesen, und die anderen hatten sich allem Anschein nach nicht geliebt.

»Erzähl mir von deiner zweiten Ehe«, bat Cadfael, »und von dem Handel, den du mit Bonel eingegangen bist.«

»Nun, Eward starb, als Edwin neun Jahre alt war, Martin übernahm die Werkstatt und führt sie im Sinne seines Schwiegervaters. Wir lebten alle zusammen, bis Gervase auftauchte, eine Wandtäfelung für sein Haus bestellte und Gefallen an mir fand. Er war ein stattlicher Mann, bei bester Gesundheit und sehr aufmerksam. Und eines Tages versprach er mir, Edwin zu seinem Erben einzusetzen, wenn ich ihn heiraten würde. Sibil und Martin hatten drei weitere Kinder bekommen, und da mein Schwiegersohn so viele Münder stopfen mußte, brauchte er alles, was die Werkstatt abwarf, für seine eigene Familie. Und so mußte ich selbst für Edwins Zukunft sorgen.«

»Aber die Dinge entwickelten sich anders, als du dachtest, und das ist nicht verwunderlich. Ein älterer Mann, der keine eigenen Kinder hatte, und ein lebhafter junger Bursche – es konnte gar nicht ausbleiben, daß sich die beiden in die Haare gerieten.«

Sie seufzte. »Leider hast du recht. Ich habe ihn vielleicht nicht streng genug erzogen. Er war an seine Freiheit gewöhnt, er hatte stets getan, was ihm beliebte, und natürlich trieb er sich weiterhin mit Edwy herum. Gervase machte ihm Vorwürfe, weil er sich mit einfachen Leuten und Handwerkern abgab. Er meinte, das wäre unter der Würde seines Stiefsohnes und künftigen Erben. Edwin ärgerte sich darüber, denn er liebt seine Verwandten sehr. Zudem hatte er noch andere Freunde, die bei weitem nicht so ehrbar wie die Familie meiner Tochter und Gervase erst recht ein Dorn im Auge waren. Die beiden stritten tagtäglich. Wenn Gervase ihn verprügelt hatte, flüchtete Edwin in Martins Haus und blieb tagelang dort. Wenn Gervase ihn einsperrte, brach er die Tür auf oder rächte sich auf andere Weise. Schließlich erklärte mein Mann, da der Balg Geschmack an der niedrigen Lebensart fände und die Gesellschaft der Handwerker so schätzte, sollte er sich lieber irgendwo als Lehrling verdingen, statt mit üblem Gesindel in der Stadt herumzustreunen. Und obwohl Edwin es besser wußte, befolgte er diesen Ratschlag buchstabengetreu, worauf Gervase noch wütender wurde. Damals beschloß er, sein Landgut der Abtei zu schenken und auf deren Grund und Boden seinen Lebensabend zu verbringen. ›Die Ländereien, die ich ihm vermachen wollte, bedeuten ihm nichts‹, behauptete er. ›Warum soll ich meinen Besitz für einen so undankbaren Burschen bewahren?‹ Und so traf er jene Vereinbarung mit dem Kloster und bereitete seinen Umzug vor.«

»Was hat der Junge dazu gesagt?«

»Er kam reumütig nach Hause und schwor, daß er Mallilie liebte und das Landgut gewissenhaft verwalten wollte, wenn es ihm einmal gehören würde. Aber Gervase gab nicht nach, so inständig wir ihn auch baten, sich anders zu besinnen. Edwin ärgerte sich maßlos, denn immerhin hatte sein Stiefvater versprochen, ihm seinen Besitz zu vererben. Und mein Sohn fand, daß man ein Versprechen halten müßte. Aber der Entschluß meines Mannes stand fest. Da Edwin nicht sein leiblicher Sohn ist, wurde er nicht um seine Zustimmung gebeten – die er natürlich niemals gegeben hätte. Außer sich vor Zorn, kehrte er zu Sibil und Martin zurück, und seither habe ich ihn nicht mehr gesehen – bis zu diesem Tag. Ich wünschte, er wäre auch heute nicht gekommen. Aber er war hier – und nun jagt ihn der Wachtmeister des Landrats wie einen Schwerverbrecher, der imstande wäre, den Ehemann seiner Mutter zu töten! So ein Gedanke würde dem Jungen niemals in den Sinn kommen, Cadfael, glaub mir! Und wenn sie ihn festnehmen... Ich kann es nicht einmal ertragen, mir das vorzustellen!«

»Hast du nichts mehr gehört, seit die Beamten das Haus verlassen haben? In dieser Gegend verbreiten sich die Neuigkeiten sehr schnell. Man hätte uns ganz bestimmt verständigt, wenn sie ihn zu Hause angetroffen hätten.«

»Bis jetzt habe ich keine Nachricht erhalten. Wo sollte er denn sonst sein – wenn nicht bei Martin? Er hatte keinen Grund, sich zu verstecken. Als er von hier wegrannte, konnte er nicht ahnen, was danach geschehen würde. Er war wütend, weil er hier so unfreundlich empfangen worden war – aber das hat ihn wohl kaum veranlaßt, sich irgendwo zu verkriechen.«

»Nun, vielleicht wollte er in dieser schlechten Stimmung nicht sofort nach Hause gehen und erst mal mit sich selbst ins reine kommen. Viele Menschen pflegen sich zu verstecken, wenn sie unglücklich sind, und lassen sich erst wieder blicken, wenn der Kummer nachgelassen hat. Erzähl mir alles, was beim Mittagessen vorgefallen ist. Anscheinend war Meurig dein Unterhändler und hat schon seit geraumer Zeit versucht, Edwin hierherzubringen und zu einer Versöhnung mit seinem Stiefvater zu bewegen. Soviel ich mich erinnere, wurde erwähnt, daß Edwin schon vorher im Kloster war...«

»Aber nicht bei mir«, sagte Richildis traurig. »Die beiden trugen das Lesepult ins Kloster, das Martin für die Marienkapelle angefertigt hatte, und als Meurig zu seinem Großonkel ins Hospital ging, nahm er den Jungen mit. Er forderte ihn schon damals auf, mich zu besuchen, aber Edwin weigerte sich. Der gute Meurig – er hat sein Bestes getan. Heute hat der Junge den Bitten seines Freundes endlich nachgegeben – und jetzt siehst du, was daraus geworden ist! Als Edwin zur Tür hereinkam, triumphierte Gervase und war schrecklich ungerecht. Er fragte, ob mein Sohn wie ein Bettler zu Kreuze kriechen wollte, um sein Erbe zurückzugewinnen – was niemals in Edwins Absicht lag! Lieber wäre er gestorben. ›So, jetzt gibst du also klein bei!‹ rief Gervase. ›Wenn du vor mir niederkniest und mich um Verzeihung bittest, lasse ich mich vielleicht erweichen.‹ Edwin entgegnete, einem so bösen, tyrannischen alten Monstrum würde er sich niemals beugen. So ging es weiter, ein Wort gab das andere, und schließlich schrien sie sich an wie zwei Verrückte. Allerdings muß ich Edwin zugute halten, daß er sich anfangs sehr beherrscht hat und daß es ziemlich lange dauerte, bis er Gervases Sticheleien nicht mehr ertrug und in Wut geriet. Er sagte, was er zu sagen hatte, Gervase warf einen Teller und einen Becher nach ihm, und dann liefen Aldith und Aelfric und Meurig herein, um mir zu helfen und ihn zu beruhigen. Edwin stürmte hinaus – und das war's.«

Cadfael schwieg eine Weile und dachte über die anderen nach, die zur Tatzeit hiergewesen waren. Ein hitziger, in seinem Stolz verletzter Junge hätte Bonel vielleicht mit den Fäusten niedergestreckt oder sogar mit einem Dolch durchbohrt – aber niemals vergiftet. Sicher, Edwin war schon vor dem heutigen Tag mit Meurig im Hospital gewesen und hatte wahrscheinlich gesehen, wo die Arzneien verwahrt wurden. Er hatte einen Grund gehabt, die Tat zu begehen, und auch die Gelegenheit. Aber ein temperamentvoller Junge, der so frei und ungezwungen aufgewachsen war wie Edwin und dabei eine gesunde Selbstachtung entwickelt hatte, besaß wohl kaum das verbitterte, düstere, hinterhältige Gemüt eines Giftmörders. Außerdem – die anderen waren auch noch da.

»Wie lange arbeitet Aldith schon für dich?« fragte Cadfael.

»Sie ist entfernt mit mir verwandt«, antwortete Richildis und lächelte trotz ihres Kummers. »Ich kenne sie seit ihrer frühen Kindheit, und als sie vor zwei Jahren Vollwaise wurde, nahm ich sie zu mir. Ich liebe sie wie eine Tochter.«

Das überraschte ihn nicht, nachdem er beobachtet hatte, wie eifrig sich Aldith nach dem Tod des Masters um Richildis bemüht hatte. »Und Meurig? Er sagte, er hätte in Master Bonels Haus gelebt, bevor er von deinem Schwiegersohn eingestellt wurde.«

»Ja, mit Meurig ist das so eine Sache... Seine Mutter, ein walisisches Dienstmädchen, hat auf Mallilie gearbeitet und ihrem Herrn – wie das in solchen Häusern üblich ist – ein Kind geschenkt. Er ist Gervases unehelicher Sohn. Die erste Gattin meines Mannes war anscheinend unfruchtbar, denn Meurig ist das einzige Kind, das er gezeugt hat – es sei denn, daß noch ein paar andere in der Grafschaft leben, von denen wir nichts wissen. Er sorgte recht anständig für Angharad, bis sie starb, kümmerte sich auch um Meurig und beschäftigte ihn als Stallknecht. Mir war das irgendwie unangenehm«, gestand Richildis. »Ich meine – Meurig ist so ein netter, vernünftiger junger Mann – und ich fand es ungerecht, daß er keinerlei Anspruch auf den Besitz seines Vaters hat. Aber er hat sich niemals beklagt. Ich fragte ihn, ob er es nicht vorziehen würde, einen richtigen Beruf zu erlernen und sich ein eigenes Leben aufzubauen, und er sagte, das würde er sehr gerne tun. Und so bat ich Gervase, er möge ihm erlauben, bei Martin in die Lehre zu gehen. Dieser Wunsch wurde mir erfüllt. Und nachdem Edwin von zu Hause weggelaufen war«, fuhr Richildis mit zitternder Stimme fort, »ersuchte ich Meurig, den Jungen im Auge zu behalten und zu einer Aussöhnung mit Gervase zu bewegen. Ich erwartete nicht, daß mein Sohn nachgeben würde, denn er ist ebenso wie Meurig imstande, seinen eigenen Weg zu gehen. Ich wollte ihn nur zurückgewinnen... Eine Zeitlang warf er mir vor, ich hätte mich, als ich zwischen meinem Kind und meinem Ehegatten wählen mußte, für Gervase entschieden. Aber ich hatte den Mann nun einmal geheiratet – und er tat mir leid...« Ihre Stimme versagte, und sie machte eine kleine Pause. Dann fügte sie hinzu: »Ich war immer froh, daß ich Meurig hatte. Er war uns beiden ein guter Freund.«

»Er kam also auch mit deinem Mann gut aus? War kein böses Blut zwischen ihnen?«

»O nein!« Diese Frage überraschte Richildis. »Wenn sie mal Meinungsverschiedenheiten hatten, wurden sie in aller Ruhe ausgetragen. Da flogen niemals Funken. Gervase war immer großzügig zu Meurig, wenn er ihn auch kaum beachtet hat. Er gab ihm ein reichlich bemessenes Taschengeld... Oh, was soll jetzt daraus werden, nachdem mein Mann gestorben ist? Ich werde einen Ratgeber brauchen. Das Gesetz ist für mich ein Buch mit sieben Siegeln...«

Da gab es offenbar keinen Grund, die Stirn zu runzeln, obwohl Meurig wußte, wo sich das Gift befand – ebenso wie Aelfric, der im Gartenschuppen gewesen war und gesehen hatte, wie es in eine kleine Flasche umgefüllt worden war. Und wer auch immer Vorteile gewinnen mochte, nachdem Bonel den Tod gefunden hatte – Meurig konnte dadurch nur verlieren. Viele Gutsherren setzten Bastarde in die Welt, und ein Herr, der nur ein einziges illegitimes

Kind gezeugt hatte, war in der Tat bescheiden und enthaltsam gewesen. Ein Bastard, der von seinem Vater ein Taschengeld bekam und einen Beruf erlernen durfte, konnte von Glück reden und hatte wahrlich keinen Grund zur Klage und mußte das Ableben seines Erzeugers zutiefst bedauern.

»Und Aelfric?«

Die Abenddämmerung ließ die kleine Lampe heller leuchten. Richildis ernstes, ovales Gesicht schimmerte im Lichtschein, und ihre Augen waren groß und rund wie Monde.

»Aelfric – das ist ein schwieriger Fall. Du darfst nicht glauben, daß mein Mann schlechter war als andere Herren oder daß er wissentlich mehr beanspruchte, als ihm das Gesetz zugestand. Aber manchmal hinkt das Gesetz. Aelfrics Vater wurde so frei geboren wie du oder ich, aber als jüngerer Sohn auf einem Hof, der selbst für einen zu klein war. Nach dem Tod des Vaters verzichtete er auf seinen Anteil, überließ den ganzen Hof seinem Bruder und siedelte sich auf einem kleinen Leibeigenenacker an, der zu den Ländereien meines Mannes gehört. Der Leibeigene, der den Acker zuvor bewirtschaftet hatte, war kinderlos verstorben, und so gab es keine Erben. Aelfrics Vater übernahm das kleine Gehöft zu Leibeigenenbedingungen, bezweifelte aber niemals, daß er ein freier Mann bleiben würde, da er freiwillig beschlossen hatte, Leibeigenendienste zu verrichten. Auch Aelfric ist ein jüngerer Sohn und trat dummerweise eine Stellung im Haus Mallilie an, da sein älterer Bruder eine vielköpfige Familie hat und das kleine Stück Land ohne ihn bebauen kann. Als Gervase jene Vereinbarung mit dem Kloster getroffen hatte und unsere Übersiedlung an den Mühlenteich vorbereitete, überlegte er, welcher Diener ihn begleiten sollte. Er entschied sich für Aelfric, denn er war der tüchtigste, den wir hatten. Der Junge wollte sich lieber woanders eine Stellung suchen, doch da pochte mein Mann auf Aelfrics Leibeigenenstatus, da sein Vater den Acker zu

Leibeigenenbedingungen übernommen hatte. Gervase ging vor Gericht und man bestätigte ihm, daß Aelfric ein Leibeigener sei – obwohl sein Vater frei geboren war. Der Junge nahm sich das sehr zu Herzen, denn er hatte sich nicht als Leibeigener gefühlt, sondern als freier Mann, der für seine Arbeit bezahlt wurde.« Richildis seufzte wehmütig. »In diese Lage sind schon viele Menschen geraten, die sich niemals träumen ließen, daß sie eines Tages ihre Freiheit verlieren würden.«

Cadfaels Schweigen bedrückte sie. Er sagte sich, daß auch Aelfric den Master gehaßt haben mußte, und das mit gutem Grund. Außerdem hatte er gewußt, wo er sich das Gift beschaffen konnte, und es wäre ihm nicht schwergefallen, eine kleine Menge des Öls zu entwenden. Aber Richildis stand immer noch unter dem Eindruck der traurigen Geschichte, die sie soeben erzählt hatte und mißdeutete Cadfaels Schweigen. Sie glaubte, er würde die Handlungsweise ihres verstorbenen Gatten mißbilligen, wenn er auch nicht bereit war, seinen Groll in Worte zu fassen. Tapfer versuchte sie den Mann, den sie niemals geliebt hatte, zu verteidigen.

»Du irrst dich, wenn du denkst, daß die Schuld nur auf einer Seite liegt. Gervase glaubte sich im Recht, und der Richter war seiner Meinung. Ich habe kein einziges Mal beobachtet, daß er irgend jemanden absichtlich betrogen hatte, nur – was ihm gesetzlich zustand, beanspruchte er voll und ganz. Und Aelfric verschlimmerte seine Lage mutwillig. Mein Mann hat ihn niemals schlecht behandelt, denn der Junge war fleißig und verläßlich. Aber jetzt, wo er nicht mehr frei ist, übertreibt er seine Arbeitswut und versäumt keine Gelegenheit, um auf seine Leibeigenschaft hinzuweisen. Es ist nicht Unterwürfigkeit, sondern Arroganz, die ihn dazu treibt. Er rasselt sozusagen mit seinen Ketten. Damit hat er meinen Mann gekränkt, und ich glaube, zum Schluß haben sich die beiden fast gehaßt. Und Aldith ... Aelfric spricht nie von ihr, aber ich weiß Bescheid. Wann immer er sie anschaut, könnte man glauben, das Herz würde ihm aus dem Leib gerissen. Doch – was hätte er einem freien Mädchen zu bieten? Selbst wenn Meurig kein Auge auf sie geworfen hätte – Meurig, der viel freundlicher und umgänglicher ist als der arme Aelfric... O Cadfael, ich hatte schon Kummer genug in meinem Haus – und jetzt das! Bitte, hilf mir! Wer würde mir beistehen – wenn nicht du? Hilf meinem Jungen! Du kannst es, wenn du nur willst!«

Cadfael erforschte sein Gewissen, dann antwortete er: »Ich verspreche dir, alles zu tun, um den wahren Mörder deines Mannes zu finden. Genügt dir das?«

»Ja. Ich weiß, daß Edwin unschuldig ist. Du weißt es nicht, aber du wirst es bald feststellen.«

»Du bist eine tapfere Frau«, meinte er lächelnd, »genauso wie damals... Und bevor deine Überzeugung auch die meine wird, will ich dir noch etwas versprechen. Ich werde deinem Sohn helfen, so gut ich es vermag, ob er nun schuldig oder unschuldig ist – aber die Wahrheit kann und darf ich nicht vertuschen. Bist du damit einverstanden?«

Sie nickte nur, denn die Stimme versagte ihr den Dienst. Plötzlich spiegelte ihr Gesicht die starke seelische Belastung wider, der sie nicht nur an diesem Tag, sondern schon monatelang ausgesetzt gewesen war.

»Ich fürchte«, sagte Cadfael mit sanfter Stimme, »du hast dich zu weit von deinesgleichen entfernt, als du die Frau eines Gutsherrn wurdest, Richildis.«

»Das stimmt«, gab sie zu. Und dann konnte sie sich nicht mehr beherrschen, brach in Tränen aus und weinte zu Cadfaels tiefster Bestürzung an seiner Schulter.

4.

Bruder Denis, der Hospitalvorstand, erfuhr von den Reisenden, die in der Gästehalle einkehrten, stets die neuesten Nachrichten aus der Stadt. Auf dem Weg zur Abendandacht erzählte er, daß man in ganz Shrewsbury von Bonels Tod und der Jagd nach seinem Stiefsohn sprach, den der Wachtmeister des Landrats vergeblich in Martin Bellecotes Haus gesucht hatte. Weder in den Wohnräumen noch im Hof oder in der Werkstatt hatte man eine Spur von dem Jungen gefunden, und jetzt ließ der Wachtmeister seinen Namen in den Straßen ausrufen. Aber wenn sich die Bevölkerung mit der üblichen Begeisterung für die Gesetze des Landrats an der Jagd beteiligte, würde der Ausrufer nur seinen Atem verschwenden. Ein Junge, der noch nicht einmal fünfzehn war, den viele Stadtbewohner gut kannten und dem man nichts weiter anlasten konnte als hie und da ein paar dumme Streiche – nein, die Leute würden ganz sicher nicht auf ihren nächtlichen Schlaf verzichten, um an seiner Festnahme mitzuwirken.

Cadfael war ebenso wie der Wachtmeister der Ansicht, daß man den Jungen erst einmal finden mußte. Mütter sind parteiisch, vor allem, wenn es um ihre einzigen Söhne geht, noch dazu um spätgeborene, die sie empfingen, nachdem sie die Hoffnung auf einen Stammhalter schon aufgegeben hatten. Cadfael wollte sich unbedingt seine eigene Meinung über den Jungen bilden, bevor er irgend etwas in dieser Sache unternahm.

Richildis, der nach ihrem Tränenausbruch leichter ums Herz war, hatte ihm erklärt, wo die Werkstatt und das Haus ihres Schwiegersohnes lagen – glücklicherweise am näherliegenden Ende der Stadt. Er mußte nur am Mühlenteich vorbei und über die Brücke gehen, dann durch das Stadttor, das bis nach dem Abendgebet geöffnet war, dann würde er nach wenigen Minuten die steile, gewundene Wyle-Straße erreichen, wo Bellecote wohnte und arbeitete. Für den Hin- und Rückweg würde er nur eine halbe Stunde brauchen. Nach einem hastig eingenommenen Abendessen wollte er sich davonschleichen und der gemeinsamen Bibellektüre seiner Mitbrüder fernbleiben. Das konnte er sich erlauben. Denn auch der Prior würde an dieser Zusammenkunft nicht teilnehmen, als künftiger Abt seine Privatsphäre pflegen und die Regelung des Klosteralltags Bruder Richard überlassen, der ganz gewiß keine eigenmächtigen Entscheidungen treffen würde, da dies mit Anstrengungen verbunden wäre.

Das Abendessen bestand aus eingesalzenem Fisch mit Hülsenfrüchten, und Cadfael widmete ihm nur geringe Aufmerksamkeit, schlang es in aller Eile hinunter und verließ das Kloster. Die Nacht war kalt, aber frostfrei, und bis jetzt hatte es noch nicht geschneit. Trotzdem hatte er seine Füße, die in Sandalen steckten, mit Wollstreifen umwikkelt und sich die Kapuze über den Kopf gezogen.

Der Stadtpförtner, der ihn gut kannte, begrüßte ihn freundlich und hochachtungsvoll. Eine Rechtskurve der Wyle-Straße führte ihn bergauf, dann wandte er sich nach links und betrat Bellecotes Hof. Nachdem er an die verschlossene Tür geklopft hatte, rührte sich nichts. Das konnte er gut verstehen, und er verzichtete darauf, ein zweitesmal zu klopfen. Ein allzu energisches Auftreten hätte die Leute nur erschreckt. Wenn er Geduld bewies, würden sie eher geneigt sein, ihn zu empfangen.

Nach einer Weile wurde die Tür vorsichtig geöffnet. Ein etwa elfjähriges Mädchen stand auf der Schwelle, hoch aufgerichtet und offenbar fest entschlossen, die Familie zu verteidigen. Vermutlich spitzten die anderen Hausbewohner im Hindergrund die Ohren. Die Kleine hatte kluge Augen, und ihre zarte Gestalt wirkte sehr verletzlich. Als sie die Benediktinerkutte sah, lächelte sie erleichtert.

»Ich komme in Mistreß Bonels Auftrag, mein Kind, und ich möchte mit deinem Vater sprechen, wenn er es erlaubt. Niemand hat mich begleitet, ihr braucht keine Angst zu haben.«

In hausfraulicher Würde zog sie die Tür weiter auf und ließ ihn eintreten. Der achtjährige Thomas und die vierjährige Diota, natürlicherweise die furchtlosesten Mitglieder des Haushalts, sprangen hinter den Röcken der älteren Schwester hervor, um ihn mit großen Augen zu mustern. Und dann erschien Martin Bellecote in der Tür eines Nebenraums, zog die kleineren Kinder zu sich heran und legte schützend die Hände auf ihre Schultern. Er war ein gutaussehender, kräftig gebauter Mann mit einem runden, klargeschnittenen Gesicht und tiefem Mißtrauen in den Augen, was Cadfael befriedigt zur Kenntnis nahm. In dieser unvollkommenen Welt waren nur die dummen Menschen vertrauensselig.

»Kommt herein, Bruder«, sagte Martin. »Und du, Alys, mach die Tür wieder zu und schieb den Riegel vor.«

»Verzeih, wenn ich ohne Umschweife zur Sache komme«, begann Cadfael, während die Tür hinter ihm geschlossen wurde, »aber die Zeit ist knapp. Heute waren die Beamten des Landrats hier, um einen Burschen zu suchen, und ich habe gehört, daß er nicht gefunden wurde.«

»Das stimmt«, bestätigte Martin. »Er ist nicht nach Hause gekommen.«

»Ich frage dich nicht, wo er ist. Aber da du ihn gut kennst, bitte ich dich, mir eine andere Frage zu beantworten. Könnte er das Verbrechen verübt haben, das man ihm anlastet?«

Nun kam Bellecotes Frau aus dem Nebenzimmer, eine Kerze in der Hand. Sie sah ihrer Mutter ähnlich, trotz ihrer blonden Haare und der etwas fülligeren Figur, und sie besaß die gleichen ehrlichen Augen wie Richildis. »Das ist unmöglich!« rief sie im Brustton der Überzeugung. »Wenn es auf dieser Welt ein Geschöpf gibt, das seine Gefühle immer offen kundtut und alle seine Taten nur im hellen Tageslicht begeht, dann ist das mein Bruder. So war er schon als ganz kleiner Bub, als er kaum krabbeln konnte. Wann immer er Kummer hatte, wußten das alle

Leute im Umkreis einer Meile. Und er wäre unfähig, irgend jemandem so heftig zu grollen, daß er ihn umbringen könnte. Da ist er genauso wie mein Sohn.«

Das mußte Edwy sein, der ebenso wie Edwin durch Abwesenheit glänzte.

»Du bist sicher Sibil«, sagte Cadfael. »Heute habe ich ein langes Gespräch mit deiner Mutter geführt. Und was meine Vertrauenswürdigkeit betrifft – hat sie jemals einen gewissen Cadfael erwähnt, den sie als junges Mädchen kannte?«

Das Kerzenlicht spiegelte sich in ihren Augen, die erfreut, erstaunt und neugierig aufleuchteten. »*Du* bist Cadfael? Ja, sie hat oft von dir geredet und sich gefragt...« Sie schaute auf seine schwarze Kutte und ihr Lächeln erlosch. Jetzt verriet ihr Blick tiefes Mitleid. Natürlich! Ihre typisch weiblichen Gedankengänge führten sie zu der Überzeugung, daß ihm das Herz gebrochen sein mußte, als er nach seiner Heimkehr aus den heiligen Kriegen vom Ehestand der einstigen Geliebten erfahren hatte – sonst wäre er niemals ins Kloster gegangen. Sicher hätte es keinen Sinn gehabt, ihr zu erklären, daß solche Berufungen vom Himmel beeinflußt wurden und die Auserwählten trafen wie göttliche Pfeile – und daß nur wenige Männer wegen einer unerfüllten Liebe in Mönchskutten schlüpften. »Es ist ganz bestimmt ein Trost für meine Mutter, daß sie dich in ihrer Nähe weiß«, meinte Sibil seufzend, »gerade jetzt, wo sie von einem so schweren Schicksalsschlag getroffen wurde. Dir kann sie vertrauen.«

»Ich hoffe, daß sie Vertrauen zu mir hat«, entgegnete Cadfael. »Und sie kann sich auf mich verlassen. Ich bin gekommen, um euch meine Hilfe anzubieten. Da ich das mörderische Gift hergestellt habe, bin ich ebenfalls in diese unselige Sache verwickelt. Deshalb bin ich ein Freund all jener, die fälschlicherweise verdächtigt werden. Ich werde alles tun, was in meiner Macht steht, um den Schuldigen zu entlarven. Wenn mich einer von euch sprechen will und meinen Rat sucht, ihr findet mich zwischen den Gottesdiensten im Kräutergarten. Dort werde ich mich auch heute abend aufhalten, bis zur Mitternachtsmesse. Euer Geselle Meurig kennt sich auf dem Gelände der Abtei aus. Ist er hier?«

Martin nickte. »Er schläft auf dem Dachboden, an der anderen Seite des Hofs. Natürlich hat er uns erzählt, was in der Abtei geschehen ist. Aber ich gebe dir mein Wort – er hat den Jungen nicht mehr gesehen, seit er aus dem Haus seiner Mutter gelaufen ist. Und wir haben ihn seither auch nicht zu Gesicht bekommen. Wir wissen nur, daß er kein Mörder ist und daß er zu einer solchen Tat niemals fähig wäre.«

»Dann könnt ihr ruhig schlafen, denn Gott hält Wache. Nun laß mich wieder hinaus, Alys, und verriegle die Tür hinter mir. Ich muß zum Abendgebet gehen.«

Das Mädchen schob den Riegel zurück und hielt ihm die Tür auf. Als er hinausging, starrten ihm die kleineren Kinder neugierig nach. Die Eltern wünschten ihm eine gute Nacht und sagten sonst nichts mehr. Aber während er die Wyle-Straße hinabeilte, erfreute er sich der Gewißheit, daß man in diesem unglücklichen Haus seine Botschaft verstanden und willkommen geheißen hatte.

»Selbst wenn es unbedingt erforderlich ist, daß noch in dieser Nacht ein frischer Hustensirup gekocht wird«, begann Bruder Mark, der nach der Komplet an Cadfaels Seite die Kirche verließ, »gibt es keinen vernünftigen Grund, warum ich das nicht übernehmen könnte. Warum willst du dich nach diesem anstrengenden Tag damit abplagen? Oder glaubst du, ich hätte vergessen, wo wir das Wollkraut und die Süßdolde und die Gartenraute, den Rosmarin und die Wegrauke verwahren?« Die Aufzählung dieser Zutaten gehörte zu Marks Argumentation. Der junge Mann entwickelte allmählich ein besitzergreifendes Verantwortungsgefühl für seinen Lehrmeister.

»Du bist jung«, erwiderte Cadfael, »und du brauchst deinen Schlaf.«

»Ich enthalte mich einer passenden Antwort«, sagte Bruder Mark vorsichtig.

»Das will ich dir auch geraten haben. Aber ich kann einen weiteren Einwand vorbringen. Du bist erkältet und solltest das Bett hüten.«

»Ich bin nicht erkältet«, widersprach Bruder Mark energisch. »Aber wenn du glaubst, daß du was zu tun hast, wovon ich nichts wissen soll – bitte, dann gehe ich ins Wärmezimmer und dann ins Bett.«

»Was du nicht weißt, kann dir später nicht vorgehalten werden«, meinte Cadfael versöhnlich.

»Gibt es denn gar nichts, was ich in gesegnetem Unwissen für dich tun dürfte? Als man mich zu deinem Gehilfen ernannte, schärfte man mir ein, ich müßte dir stets gehorsam sein und alle Aufträge erfüllen, die du mir erteilst...«

Cadfael nickte. »Besorg mir eine Kutte in deiner Größe und versteck sie unter meinem Bett, bevor du schlafen gehst. Vielleicht brauche ich sie nicht, aber...«

»Das genügt schon!« fiel ihm Bruder Mark fröhlich ins Wort und verzichtete auf weitere Erklärungen – was allerdings nicht bedeutete, daß er keine Spekulationen anstellte. »Benötigst du auch eine Schere für die Tonsur?«

»Du wirst immer frecher«, bemerkte Cadfael, mehr wohlwollend als mißbilligend. »Nein, eine Tonsur wäre sicher unerwünscht. Wir verlassen uns auf die Kapuze und einen kalten Morgen. Geh jetzt, mein Junge, setz dich für eine halbe Stunde ins Wärmezimmer – und dann ab ins Bett!«

Wenn man einen Sirup braute, der zusammen mit getrockneten Kräutern und Honig langsam kochen mußte, war es erforderlich, die Kohlenpfanne zu erhitzen. Sollte ein Gast die Nacht im Gartenschuppen verbringen, würde er es bis zum nächsten Morgen warm und gemütlich haben. Gemächlich zerstampfte Cadfael seine Kräuter zu feinem Pulver und begann in der Honigbrühe zu rühren, die im Kessel über der Glut brodelte. Er wußte nicht, ob der

Köder, den er ausgeworfen hatte, seinen Zweck erfüllen würde. Aber der junge Edwin Gurney brauchte zweifellos einen Freund und Beschützer, der ihn aus dem Morast ziehen würde, in den er gefallen war. Er konnte auch nicht wissen, ob die Bellecotes das Versteck des Jungen kannten, aber Cadfael vermutete, daß die elfjährige Alys – jenes Kind von hausfraulicher Würde und mädchenhafter Schweigsamkeit –, selbst wenn sie nicht das Vertrauen ihres älteren Bruders besaß, über alles informiert war, was er als wohlgehütetes Geheimnis betrachtete. Wo Edwy war, dort würde auch Edwin sein, falls Richildis die beiden wirklichkeitsgetreu beschrieben hatte. Und wenn dem einen Gefahr drohte, würde der andere ihm beistehen. Ein solches Verhalten entsprach einer Tugend, die Cadfael zu schätzen wußte.

Kein Lüftchen regte sich im nächtlichen Dunkel, und die Morgendämmerung würde einen strengen Frost mit sich bringen. Nur die leise brodelnde Brühe und die raschelnden weiten Kuttenärmel durchbrachen die Stille, während Cadfael in seinem Kessel rührte. Er begann schon zu glauben, daß der Fisch den Köder verschmähte, als er nach zehn Uhr, im schwärzesten Dunkel, plötzlich hörte, wie die Türklinke vorsichtig niedergedrückt wurde. Die Tür öffnete sich einen Spaltbreit, kalte Luft wehte herein. Er saß unbewegt da, um den Eindringling nicht zu erschrecken und womöglich in die Flucht zu schlagen. Nach einigen Sekunden wisperte eine jugendliche Stimme: »Bruder Cadfael?«

»Ich bin hier«, erwiderte er in ruhigem Ton. »Komm herein und sei mir willkommen.«

»Bist du allein?« hauchte die Stimme.

»Ja. Tritt ein und mach die Tür hinter dir zu.«

Zögernd schlich sich der Junge herein, und Cadfael bemerkte, daß er die Tür nur anlehnte.

»Ich habe erfahren...« Er verriet nicht, von wem. »...daß du heute abend mit meiner Schwester und meinem Schwager gesprochen und erwähnt hast, du würdest bis Mitternacht in diesem Schuppen sein. Ich brauche dringend einen Freund... Du sagtest auch, du hättest meine Gr- meine Mutter vor vielen Jahren gekannt – und daß du der Cadfael bist, von dem sie so oft erzählt hat, ihr ehemaliger Verlobter, der an den Kreuzzügen teilnahm... Glaub mir, ich habe nichts mit dem Tod meines Stiefvaters zu tun! Und ich wußte nicht einmal, daß er gestorben ist – bevor man mir sagte, die Beamten des Landrats würden nach mir suchen, weil sie mich des Mordes verdächtigen. Du sagtest, meine Mutter könnte dir vertrauen und sich auf dich verlassen. Deshalb bin ich zu dir gekommen – weil ich dir ebenfalls vertraue und deine Hilfe brauche. Ich weiß nicht, wohin ich mich sonst wenden soll. Bitte, hilf mir!«

»Komm hierher zum Feuer«, forderte Cadfael ihn mit sanfter Stimme auf, »und setz dich. Hol erst mal Atem – und dann beantworte mir offen und ehrlich eine Frage. Danach können wir miteinander reden. Schwöre mir bei deinem Seelenheil – daß du die Wahrheit sagen wirst, wenn ich dich jetzt frage: War es deine Klinge, die Master Bonels Herz durchbohrt hat?«

Der Junge hatte sich auf der Kante einer Bank niedergelassen, fast in greifbarer Nähe, aber nicht ganz. Der Widerschein der Kohlenflamme, die über sein Gesicht und seinen Körper zuckte, zeigte Cadfael einen sehnigen Burschen, sehr schlank und groß für sein Alter, gekleidet wie die ländliche Jugend in ein kurzes Wams und lange Hosen. An seinem Rücken hing eine Kapuze, das dichte, lockige Haar war unbedeckt. Im Feuerschein schimmerte es kastanienrot, bei Tageslicht mochte es mittelbraun sein, wie luftgetrocknetes Ebenholz. Sein Gesicht war am Kinn und um die Wangen herum noch kindlich gerundet, doch die wohlgeformten Knochen ließen bereits auf männliche Reife schließen. In diesen Minuten wurde dieses Gesicht von zwei großen Augen beherrscht, die Bruder Cadfaels Blick unerschütterlich standhielten.

In feierlichem Ernst entgegnete der Junge: »Ich habe

niemals die Hand gegen ihn erhoben. Er hat mich in Gegenwart meiner Mutter beleidigt, und damals haßte ich ihn. Aber ich habe ihn niemals angerührt. Das schwöre ich bei meiner Seele.«

Auch junge Menschen, die klug und geistesgegenwärtig und voller Angst sind, können ihre Umwelt mit geschickten Täuschungsmanövern hinters Licht führen, um sich zu schützen. Aber Cadfael war bereit, einen heiligen Eid darauf abzulegen, daß er nicht belogen wurde. Der Junge wußte nicht, wie Gervase Bonel ums Leben gekommen war. Das würde man seiner Familie nicht mitgeteilt haben, und man hatte es auch in den Straßen nicht hinausposaunt. Wenn man von einem Mord hörte, nahm man zumeist an, daß der Täter sein Opfer erdolcht hatte. Und der Bursche hatte diese Möglichkeit fraglos akzeptiert.

»Gut! Nun erzähl mir, wie du die Dinge siehst, die heute geschehen sind. Und sei versichert, daß ich dir aufmerksam zuhören werde!«

Der Junge fuhr sich mit der Zunge über die Lippen und begann zu sprechen. Was er zu sagen hatte, stimmte mit Richildis' Bericht überein. Auf Meurigs wohlmeinendes Drängen hin war er zu Bonel gegangen, um mit ihm – seiner Mutter zuliebe – Frieden zu schließen. Ja, er war verbittert und zornig gewesen, weil der Stiefvater ihn um das versprochene Erbe betrogen hatte, denn er liebte Mallilie, hatte dort gute Freunde gefunden und stets beabsichtigt, das Landgut nach bestem Wissen und Gewissen zu verwalten, wenn es ihm einmal gehören sollte. Doch nun begeisterte er sich ebensosehr für das Handwerk, das er erlernte. Sein Stolz verbot es ihm, etwas zu ersehnen, was er nicht haben konnte, oder dem Mann, der sein Versprechen gebrochen hatte, Genugtuung zu verschaffen und um das Erbe zu flehen. Aber weil er seine Mutter liebte, hatte er Meurigs Rat befolgt.

»Davor bist du mit ihm ins Hospital gegangen, wo er seinen alten Onkel Rhys besucht hat«, warf Cadfael ein.

Überrascht und unsicher hob der Junge den Kopf. In diesem Augenblick erhob sich Cadfael von seinem Platz am Feuer und wanderte scheinbar ziellos im Schuppen umher. Unauffällig näherte er sich der angelehnten Tür, durch die eisige Luft hereinwehte.

»Ja... Ich...«

»Du warst schon zuvor im Hospital – als du zusammen mit Meurig das Lesepult für unsere Marienkapelle ins Kloster brachtest.«

Verständnislos runzelte der Junge die Stirn. »Ja, das stimmt, aber...«

Cadfael hatte die Tür erreicht. Er legte eine Hand auf die Klinke und schob die Schulter vor, als wollte er sie ins Schloß drücken, doch dann riß er sie plötzlich weit auf, griff mit der anderen Hand in die Dunkelheit und bekam einen dichten Haarschopf zu fassen. Ein gedämpfter Wutschrei belohnte seine Bemühungen, und der Besitzer des Haarbüschels war zu stolz, um seinem ersten Impuls nachzugeben und die Flucht zu ergreifen. Trotzig richtete er sich auf und folgte der starken Faust bereitwillig in den Schuppen. Es war ein großartiger Auftritt. Mit vorgerecktem Kinn und blitzenden Augen kam er herein und ignorierte verächtlich die Finger, die sich unsanft in seine Locken gegraben hatten.

Der schlanke, kräftige Junge war das Ebenbild des ersten, aber er hatte dunkleres Haar, und aus seinem Blick sprach noch wildere Verzweiflung.

»Master Edwin Gurney?« fragte Cadfael sanft, ließ das braune Haar fast liebevoll los. »Ich habe dich erwartet.« Er schloß die Tür – ganz fest, denn jetzt lauerte niemand mehr da draußen, um zu lauschen und sich das Gehörte zur Warnung dienen zu lassen, um sich wie ein gehetztes kleines Tier im Dunkel zu verbergen. »Setz dich zu deinem Freund – ist er dein Onkel oder dein Neffe? Mit euren Verwandtschaftsverhältnissen werde ich mich niemals auskennen. Nun, jedenfalls sollst du erst mal Platz nehmen und dich beruhigen. Hier ist es wärmer als draußen –

außerdem seid ihr zu zweit, und ich bin nicht mehr so jung, wie ich es einmal war. Ich werde nicht um Hilfe rufen, um besser mit euch fertig zu werden, und ihr zwei braucht keine Hilfe, um mich kleinzukriegen. Warum sollten wir nicht unsere Wahrheitsversionen zusammenfügen und sehen, was dabei herauskommt?«

Der zweite Junge trug ebenso wie der erste keinen Mantel und zitterte vor Kälte. Ohne zu zögern, eilte er zu der Bank bei der Kohlenpfanne, rieb seine gefühllosen Hände und ließ sich an der Seite seines Gefährten nieder. Als Cadfael sie nebeneinander sah, fiel ihm eine starke Familienähnlichkeit auf, die ihn an die junge Richildis erinnerte, aber sie glichen sich nicht wie ein Ei dem anderen, und man konnte sie keinesfalls miteinander verwechseln. Allerdings, überlegte Cadfael, würde es Schwierigkeiten bereiten, den einen oder anderen zu identifizieren, wenn man ihm allein begegnete.

»Das habe ich mir gedacht«, bemerkte er. »Edwy hat mir also den Edwin vorgespielt, damit Edwin nicht in die Falle tappte – falls sich mein Schuppen als Falle entpuppen sollte, und sich nicht zu erkennen geben mußte, bevor er ganz sicher sein konnte, daß ich ihn weder gefangennehmen noch dem Landrat überantworten werde. Und Edwy hat sich gut auf seine Rolle vorbereitet...«

»Trotzdem hat er alles verpatzt«, meinte Edwin mit einem nachsichtigen Seufzer.

»Ich kann doch nichts dafür!« protestierte Edwy erbost. »Du hast mir nur die halbe Geschichte erzählt! Was hätte ich denn antworten sollen, als mich Bruder Cadfael nach meinem Besuch im Hospital fragte? Davon hast du nichts erwähnt.«

»Warum sollte ich? Was macht das schon für einen Unterschied, ob ich dort war oder nicht? Jedenfalls hast du alles verdorben. Ich hörte, daß du ›Großmutter‹ statt ›Mutter‹ sagen wolltest. Und Bruder Cadfael hat es auch gehört. Wie hätte er denn sonst erraten können, daß ich draußen gelauscht habe?«

»Und ich habe dich gehört!« stieß Edwy hervor. »Du hast wie ein Tattergreis gekeucht und mit den Zähnen geklappert!«

Dieser Wortwechsel war nicht böse gemeint, sondern entsprach dem üblichen liebevollen Umgang zwischen den beiden, und Cadfael war überzeugt, daß der eine für den anderen in den Tod gehen würde. Und es zeugte keineswegs von ernsthaftem Groll, als Edwin seinem Neffen den Ellbogen schmerzhaft in den Oberarm rammte, worauf Edwy seinen Onkel an der Schulter packte, zu Boden warf und aufsprang, um sich auf ihn zu stürzen. Cadfael griff nach den beiden Kapuzen und verfrachtete die Burschen wieder auf die Bank – diesmal weit voneinander entfernt, nicht weil er Angst vor einer zünftigen Rauferei hatte, sondern weil er um seinen leise blubbernden Sirup bangte. Die kurze Keilerei hatte sie erwärmt, die letzten Reste ihrer Angst waren verflogen. Grinsend und nur leicht verlegen saßen sie da.

»Wollt ihr jetzt endlich Ruhe geben, damit ich euch anschauen kann?« rief Cadfael. »Du, Edwin, bist also der Onkel und der Jüngere... Ja, ich kann euch auseinanderhalten. Du hast dunkleres Haar und bist kräftiger gebaut. Deine Augen sind dunkelbraun, und Edwys...«

»Der hat haselnußbraune Augen«, unterbrach ihn Edwin hilfsbereit.

»Und du hast eine kleine Narbe neben dem Ohr, dicht am Wangenknochen. Einen winzigen weißen Halbmond.«

»Vor drei Jahren ist er von einem Baum runtergefallen«, teilte Edwy dem Mönch mit. »Er hat noch nie klettern können...«

»Jetzt ist aber Schluß mit diesem Geplänkel! Master Edwin, da du zu guter Letzt hier bist und ich euch beide voneinander unterscheiden kann, beantworte mir bitte die Frage, die ich bereits deinem Freund gestellt habe. Bei deinem Seelenheil – war es deine Klinge, die Master Bonels Herz durchbohrt hat?«

Der Junge sah ihn mit großen, ernsten Augen an. »Nein. Ich trage keine Waffe bei mir – und selbst wenn es so wäre, warum hätte ich ihm etwas antun sollen? Ich weiß, was die Leute denken – daß ich ihm böse war, weil er sein Wort gebrochen hat. Aber ich wurde nicht auf einem Gutshof geboren, sondern im Haus eines Handwerkers, und mit diesem Handwerk kann ich sehr gut meinen Lebensunterhalt verdienen. Ich würde mich schämen, wenn ich das nicht könnte. Wer immer meinen Stiefvater erstochen hat – wie war das nur möglich, so plötzlich? – ich war es nicht, bei meiner Seele.«

Cadfael hegte kaum noch Zweifel an Edwins Aufrichtigkeit, doch das ließ er sich vorerst nicht anmerken. »Erzähl mir, was vorgefallen ist.«

»Ich verließ das Hospital, während Meurig bei seinem kranken Onkel blieb, und ging allein zum Haus meiner Mutter. Aber ich verstehe nicht, warum du Edwy nach dem Hospital gefragt hast. Ist das so wichtig?«

»Darum brauchst du dich vorerst nicht zu kümmern. Wie wurdest du empfangen?«

»Meine Mutter freute sich«, berichtete der Junge, »und mein Stiefvater spreizte sich wie ein Hahn, der seinem Gegner alle Federn ausgerupft hat. Ich gab nur einsilbige Antworten auf seine Sticheleien und ertrug seine Beleidigungen, meiner Mutter zuliebe. Das ärgerte ihn, und er tat sein Bestes, um mich in Wut zu bringen. Wir saßen zu dritt am Tisch. Aldith servierte das Fleischgericht und erzählte meinem Stiefvater, der Prior hätte ihm einen besonderen Leckerbissen aus seiner eigenen Küche geschickt. Meine Mutter stürzte sich dankbar auf dieses Thema, versuchte ihm zu schmeicheln und meinte, was für eine große Ehre das doch wäre. Aber er wollte mich aus der Reserve locken – koste es, was es wolle – und ließ sich nicht ablenken. Er behauptete, ich wäre wie ein geprügelter Hund mit eingezogenem Schwanz angekrochen, so wie er es erwartet hätte, und ich wollte ihn anflehen, sich anders zu besinnen und mich wieder zu seinem Erben einzusetzen. Grinsend sagte er, daß ich vor ihm niederknien sollte, dann würde er vielleicht Mitleid mit mir haben. Da verlor ich die Beherrschung und schrie, er würde nicht lange genug leben, um mich auf den Knien zu sehen – ich würde ihn nicht einmal um einen winzigen Gefallen bitten. Ich weiß nicht, was ich noch alles sagte. Jedenfalls fing er plötzlich an, mit Geschirr um sich zu schmeißen, meine Mutter weinte, und ich verließ das Haus, rannte geradewegs über die Brücke und in die Stadt.«

»Aber du bist nicht zu Master Bellecotes Haus gegangen. Hast du gemerkt, daß Aelfric dir bis zur Brücke folgte? Er wollte dich zurückholen und rief nach dir.«

»Ja, was weiß ich – doch was hätte es für einen Sinn gehabt, wenn ich mit ihm zurückgelaufen wäre? Damit hätte ich alles noch schlimmer gemacht.«

»Warum bist du nicht nach Hause gegangen?«

»Weil mir elend zumute war – und ich mich schämte.«

»Er suchte Zuflucht im Holzschuppen seines Vaters am Fluß«, erzählte Edwy hilfreich, »und leckte seine Wunden. Das macht er immer, wenn er uneins mit sich und der Welt ist. Und wenn wir Ärger haben, verstecken wir uns dort, bis die Luft rein oder das Schlimmste überstanden ist. Ich habe ihn in dem Schuppen gefunden. Als der Wachtmeister zu uns in die Werkstatt kam, von Master Bonels Ermordung sprach und erklärte, er müßte Edwin dingfest machen, wußte ich sofort, wo ich ihn finden würde. Selbstverständlich habe ich niemals angenommen, daß er was verbrochen hat«, fügte der Junge mit fester Stimme hinzu, »obwohl er sich manchmal ziemlich verrückt aufführt. Aber mir war klar, daß ihm was ganz Schreckliches zugestoßen sein muß. Also lief ich zu dem Schuppen, um ihn vor den Beamten des Landrats zu warnen. Natürlich hatte er keine Ahnung von dem Mord. Als er aus dem Haus seines Stiefvaters lief, war dieser noch quicklebendig und furchtbar wütend.«

»Und seit dieser Stunde habt ihr euch in dem Schuppen versteckt?« fragte Cadfael. »Wart ihr nicht zu Hause?«

»Wie hätte Edwin denn nach Hause gehen können? Sie suchen ihn doch... Und ich wollte bei ihm bleiben. Wir mußten das Holzlager verlassen, denn wir wußten, daß sie da hinkommen würden. Aber wir kennen auch noch andere Schlupfwinkel. Und da tauchte Alys auf und erzählte uns von dir.«

»Das ist die ganze Wahrheit«, sagte Edwin. »Was sollen wir jetzt tun?«

»Erst muß ich mal meine Brühe vom Feuer nehmen und auskühlen lassen, bevor ich sie in die Flasche fülle. So... Ich nehme an, ihr seid durch die öffentliche Kirchentür und den Kreuzgang hereingekommen.« Die Westtür der Klosterkirche lag außerhalb der Mauern und war nur in den schlimmen Tagen der Belagerung geschlossen worden. Sonst stand sie immer offen, denn dieser Teil der Kirche gehörte zur Stadtgemeinde. »Und dann seid ihr vermutlich euren Nasen gefolgt, bis zu meinem Kräutergarten. Dieser Sirup riecht sehr stark.«

»Und sehr gut«, meinte Edwy. Interessiert sah er sich im Schuppen um, betrachtete die Kräuterbeutel und -büschel. Sie bewegten sich in der Hitze, die von der Kohlenpfanne aufstieg, und raschelten leise.

»Nicht alle meine Arzneien duften so verlockend. Aber mir selbst ist keiner dieser Gerüche unangenehm – so penetrant sie auch sein mögen. Für mich sind sie sauber und natürlich.«

Der Mönch zog den Stöpsel aus der großen Flasche, in der er das Eisenhutöl verwahrte, und hielt sie unter Edwins Nase. Der Junge blinzelte, als er den scharfen Geruch wahrnahm, wich zurück und nieste. Unbefangen blickte er zu Cadfael auf und lachte über die Tränen, die in seinen Augen brannten. Dann beugte er sich wieder vor, schnupperte vorsichtig am Flaschenhals und runzelte nachdenklich die Stirn.

»Das riecht wie das Zeug, mit dem Meurig die Schultern seines alten Onkels einreibt. Heute morgen hat er's nicht getan – aber letztesmal, als ich mit ihm im Hospital war.

Da steht eine Flasche in Bruder Edmunds Schrank. Ist da das gleiche Öl drin?«

Cadfael nickte und stellte die Flasche wieder ins Regal. Das Gesicht des Jungen war völlig arglos. Der Geruch des Eisenhutöls bedeutete ihm nicht mehr als eine unwesentliche Erinnerung und weckte keinerlei Schuldgefühle in seiner Seele. Edwin glaubte, daß Gervase Bonel an einem Dolchstoß gestorben war, und sein Gewissen plagte ihn nur deshalb, weil er bei jenem verhängnisvollen Mittagessen die Beherrschung verloren, seine Würde preisgegeben und seine Mutter zum Weinen gebracht hatte. Jetzt waren die letzten Zweifel des Mönches geschwunden.

Das Kind war so ehrlich wie der helle Tag, befand sich in einer gefährlichen Lage und brauchte dringend Freunde.

Aber Edwin war auch klug und wachsam. Es beunruhigte ihn, daß jene Arznei erwähnt worden war. »Bruder Cadfael...«, begann er zögernd. Der Name kam fast ehrfürchtig über seine Lippen, wobei seine Hochachtung nicht dem älteren Mönch galt, sondern dem jungen Kreuzfahrer, an den sich seine Mutter gern und oft erinnert hatte, um sein gutes Aussehen und seinen Wagemut in glühenden – sicher übertriebenen – Farben zu beschreiben. »Du wußtest, daß ich mit Meurig im Hospital war und du hast Edwy danach gefragt. Ich verstehe nicht, warum. Ist das wichtig? Hat es etwas mit dem Tod meines Stiefvaters zu tun? Ich kann mir nicht vorstellen, auf welche Weise...«

»Nein, das kannst du wohl nicht, mein Kind«, entgegnete Cadfael. »Dies ist der Beweis für deine Unschuld – aber es wird schwierig sein, es den anderen begreiflich zu machen, auch wenn ich persönlich nicht den geringsten Zweifel habe. Setz dich wieder zu deinem Neffen... Lieber Gott, an dieses Verwandtschaftsverhältnis werde ich mich nie gewöhnen! Reißt euch zusammen und fangt nicht wieder zu raufen an, während ich euch etwas erzähle, was außerhalb der Klostermauern noch nicht bekannt geworden ist. Ja, deine beiden Besuche im Hospital sind in der Tat wichtig, ebenso wie das Öl, mit dem Meurig seinen Onkel behandelt hat. Allerdings muß ich betonen, daß viele Leute über dieses Medikament Bescheid wissen und sich besser mit seinen guten und schlechten Eigenschaften auskennen als du. Verzeih, daß ich dich glauben machte, Master Bonel wäre erstochen worden. Und du müßtest mir verzeihen – denn da du diese Geschichte fraglos akzeptiert hast, erkannte ich, daß du schuldlos bist. Die Wirklichkeit sieht anders aus, meine Freunde. Master Bonel wurde vergiftet. In der Speise, die ihm der Prior schickte, befand sich jenes Eisenhutöl. Wer immer es dem Rebhuhn beifügte, hatte es entweder aus diesem Schuppen oder aus dem Hospital geholt. Und deshalb stehen alle unter Verdacht, die beide Vorratslager und die tödliche Gefahr des Öls kennen – die nur zur Wirkung kommt, wenn es verschluckt wird.«

Die beiden schmutzigen, müden, gepeinigten Jungen starrten den Mönch entsetzt an, als sie endlich die ganze Wahrheit erfahren hatten. Sie rückten näher zusammen auf ihrer Bank – wie bedrohte junge Vögel in ihrem Nest. Die Jahre, die sie zur männlichen Reife führten, bedeuteten plötzlich nichts mehr – jetzt waren sie wieder verängstigte Kinder.

»Er wußte es nicht«, würgte Edwy hervor, »und ich auch nicht. Ich hätte es ihm nicht erzählen können, denn der Wachtmeister sprach nur von einem Mord. Und Edwin rannte aus dem Haus seines Stiefvaters, ohne zu ahnen, daß noch eine Speise aufgetischt werden sollte.«

»Ich wußte, daß dieses Rebhuhn in der Küche aufgewärmt wurde«, sagte Edwin beklommen. »Aldith hat es erwähnt. Aber das interessierte mich nicht... Ich wollte nur nach Hause...«

»Beruhige dich«, fiel Cadfael ihm ins Wort. »Ich bin von deiner Unschuld überzeugt, denn du hast die Prüfung bestanden, der ich dich unterzogen habe. Weitere Beweise brauche ich nicht. Ich weiß, daß du nichts bereuen mußt.« Vielleicht war diese Behauptung leicht übertrieben – andererseits glaubte Cadfael nicht, daß der Junge mehr auf dem Kerbholz hatte als die üblichen Missetaten lebhafter Burschen. »Jetzt muß ich erst mal nachdenken – aber diese Zeit soll nicht verschwendet werden. Sagt mir – habt ihr in den letzten Stunden was gegessen? Soviel ich weiß, hat Edwin sogar seine Mittagsmahlzeit verschmäht.«

Bis jetzt hatten sie sich mit schlimmeren Problemen herumgeschlagen und ihre leeren Mägen nicht beachtet. Aber jetzt, wo sie einen Verbündeten gefunden hatten, so begrenzt sein Einfluß auch sein mochte, und – zumindest für die nächsten Stunden – eine Zufluchtsstätte, verspürten sie plötzlich einen Bärenhunger.

»Ich habe selbstgebackenen Weizenkuchen, ein bißchen Käse und ein paar Äpfel. Eßt nach Herzenslust, während ich Pläne schmiede. Du, Edwy, gehst am besten nach Hause, bis morgen früh die Stadttore geöffnet werden. Sieh zu, daß du unbemerkt aus dem Kloster schlüpfen kannst, und tu so, als wärst du aus völlig harmlosen Gründen unterwegs gewesen. Was wir hier besprechen, darfst du nur den Leuten erzählen, denen du vertrauen kannst.« Und das würden sämtliche Familienmitglieder sein, die eisern zusammenhielten und fest entschlossen waren, ihren unglücklichen jungen Verwandten zu verteidigen. »Aber was dich angeht, Edwin – da liegen die Dinge etwas anders.«

»Du willst ihn doch nicht dem Landrat übergeben?« platzte Edwy mit vollem Mund heraus.

»Natürlich nicht.« Cadfael hätte den Jungen überredet, sich freiwillig der Behörde zu stellen und sich auf seine Unschuld sowie die Unfehlbarkeit des Gesetzes zu verlassen. Doch er zweifelte an dieser Unfehlbarkeit. Das Gesetz brauchte einen Schuldigen, der Wachtmeister war überzeugt, daß er den wahren Täter verfolgte, und würde sich weigern, nach anderen Verdächtigen zu suchen, Cadfaels Beweise würden ihm nicht genügen, und er würde ihn verächtlich als alten Narren abtun, der einem gerissenen jungen Lügner viel zu bereitwillig glaubte.

»Ich kann nicht nach Hause gehen«, sagte Edwin, wobei seine ernsthafte Miene weder von der prallvollen Backe beeinträchtigt wurde, in der ein großes Apfelstück steckte, noch von dem Grasfleck auf der anderen. »Und ich kann auch nicht zu meiner Mutter gehen. Ich würde sie nur in Schwierigkeiten bringen.«

»Heute nacht bleibt ihr beide erst mal hier«, bestimmte Cadfael. »Paßt auf, daß die Kohlenpfanne nicht erlischt, dann habt ihr's schön warm. Hier unter der Bank findet ihr saubere Säcke, da drin könnt ihr euch einwickeln. Aber am Morgen müßt ihr verschwinden, weil tagsüber öfters Leute in den Schuppen kommen. Edwy soll nach Hause laufen, und Edwin ... Nun, wir wollen hoffen, daß du dich nur für ein paar Tage zu verstecken brauchst. In der Abtei wird man kaum nach dir suchen.« Angestrengt überlegte Cadfael. Die Dachböden über den Ställen waren warm vom Heu und den Körpern der Pferde, die darunter standen. Aber dort gingen zu viele Menschen ein und aus, und gerade jetzt, vor Weihnachten, waren viele Reisende unterwegs, deren Diener auf den Heuböden übernachteten. Doch außerhalb der Enklave, am Rand des Platzes, auf dem die Pferdemärkte und der Sommerjahrmarkt des Klosters abgehalten wurden, gab es einen Stall, wo man die Pferde vor dem Verkauf unterbrachte. Und auf dem Heuboden lag reichlich Futter. Der Stall gehörte dem Kloster, stand aber reisenden Kaufleuten offen. Um diese Jahreszeit würden sich keine Besucher dort einfinden, und der Dachboden, mit Heu und Stroh gefüllt, bot für ein paar Nächte eine bequeme Schlafstelle. Außerdem – falls Edwin eine unerwartete Gefahr drohen sollte, würde er aus dem Stall leichter fliehen können als aus den Klostermauern. Wenn Gott auch verhüten möge, daß das geschieht, dachte Cadfael.

»Ja, ich kenne ein gutes Versteck. Morgen früh bringe ich dich hin. Wir werden genug Essen und Bier mitnehmen, so daß du für einen Tag versorgt bist. Deine Geduld wird auf eine harte Probe gestellt werden. Du darfst dich nicht vom Fleck rühren. Aber das mußt du wohl oder übel ertragen.«

»Ich ertrage alles – wenn ich bloß dem Landrat nicht in die Hände falle«, entgegnete Edwin, »und ich bin dir sehr dankbar. Und wie soll es weitergehen? Ich kann mich doch nicht bis in alle Ewigkeit verstecken.«

»Nein – nur bis zu dem Augenblick, wo der Mörder entlarvt wird. Da du nicht in der Lage bist, selbst nach ihm zu fahnden, mußt du das mir überlassen. Was in meiner Macht steht, werde ich tun, denn meine Ehre steht ebenso auf dem Spiel wie deine. Nun werde ich zur Mitternachtsmesse gehen. Morgen früh, vor der Prim, komme ich zurück und bringe euch hinaus.«

Bruder Mark hatte Wort gehalten. Die Kutte lag zusammengerollt unter Bruder Cadfaels Bett. Er trug sie unter seiner eigenen, als er den Schlafsaal eine Stunde vor dem Primläuten verließ. Im Winter graute der Morgen spät, und in der Nacht war der Himmel bewölkt gewesen. Dichtes Dunkel hüllte Cadfael ein, als er den Hof durchquerte und zum Garten eilte, keine Menschenseele ließ sich blikken. Die Stunde war günstig, Edwy würde unbemerkt fliehen können, auf demselben Weg, wie er gekommen war – durch die öffentliche Kirchentür. Dann würde er über die Brücke nach Shrewsbury laufen, sobald die Stadttore aufschwangen. Zweifellos kannte er seine Heimatstadt gut genug, um auf Nebenstraßen nach Hause zu eilen, ohne sich von wachsamen Beamten erwischen zu lassen – selbst wenn sie Bellecotes Werkstatt im Auge behielten.

Und Edwin mimte einen jungen Novizen in schwarzer Kutte, die Kapuze in die Stirn gezogen. Cadfael fühlte sich an Bruder Cadfael erinnert, an die Zeit, wo der Junge eben erst im Kloster eingetroffen war und nur das Schlimmste von seinem aufgezwungenen Beruf erwartet hatte. Nun bemerkte er auch an Edwin jenen zögernden Gang, die fest zusammengepreßten Hände in den weiten Ärmeln, die angstvollen Seitenblicke. Aber Edwins Haltung wies auch auf eine gewisse perverse Freude hin. Trotz aller Gefahren konnte er nicht anders – er genoß dieses aufregende Abenteuer. Und Cadfael wollte sich lieber nicht fragen, ob der Junge in seinem Versteck bleiben und die vielen Mußestunden ertragen oder ob er umherstreifen und Unheil heraufbeschwören würde.

Seite an Seite eilten sie durch den Kreuzgang und die Kirche, durch das Westtor und an den Mauern entlang. Sie hatten sich nach rechts gewandt, in die Richtung, die dem Pförtnerhaus entgegengesetzt lag. Es war immer noch dunkel.

»Diese Straße führt nach London, nicht wahr?« flüsterte Edwin unter seiner Kapuze hervor.

»Ja. Aber versuch bloß nicht, auf diesem Weg zu entkommen, selbst wenn du zur Flucht gezwungen würdest – was Gott verhüten möge. Denn sie werden draußen in St. Giles eine Straßensperre errichten. Sei vernünftig und bleib in deinem Schlupfwinkel – und gib mir ein paar Tage Zeit, damit ich meine Nachforschungen anstellen kann.«

Eine helle Frostschicht überzog den dreieckigen Marktplatz. In einer Ecke erhob sich der Stall der Abtei, nahe bei der Enklave-Mauer. Die Vordertür war verschlossen, aber an der Rückwand führte eine Treppe zu einer kleinen Tür hinauf, durch die man auf den Heuboden gelangte. Auf der Straße herrschte bereits reger Verkehr, trotz der frühen Stunde. Glücklicherweise achtete niemand auf die beiden Mönche von St. Peter, die zu ihrem Heuboden hinaufeilten. Die schmale Tür war versperrt, doch Cadfael hatte einen Schlüssel mitgebracht. Er schloß auf, und sie betraten die trockene, nach Heu duftende Finsternis.

»Den Schlüssel muß ich wieder mitnehmen. Keine Angst – ich sperre dich nicht ein. Hier hast du einen Laib Brot, einen Bohnentopf, eine Schüssel mit Quark und ein paar Äpfel, und hier ist eine Flasche Bier. Behalt die Kutte, in der Nacht wirst du sie vielleicht brauchen, um dich warmzuhalten. Im Heu wirst du weich und bequem liegen. Wenn ich zu dir komme, klopfe ich dreimal. Sollte jemand anderer auftauchen – was ich bezweifle –, mußt du dich im Stroh verkriechen.«

Hilflos stand Edwin da. Cadfael zog ihm die Kapuze von den wirren Locken und sah im schwachen Licht der Morgendämmerung die ernsten Augen des Jungen. »Du hast heute nacht nicht viel geschlafen. An deiner Stelle würde ich mich jetzt im Heu vergraben und mich ausruhen. Und mach dir keine Sorgen. Ich lasse dich nicht im Stich.«

»Ich weiß«, erwiderte Edwin im Brustton der Überzeugung. Wenn er auch befürchten mußte, daß Cadfaels Bemühungen nicht zum gewünschten Erfolg führen würden – er war wenigstens nicht allein. Er hatte eine treue Familie und Edwy als Mittelsmann – und einen Verbündeten in den Klostermauern. Und da gab es noch jemanden, der voller Kummer an ihn dachte. Mit einer unsicheren Stimme, die jedoch den alten, selbstbewußten Klang sofort wieder zurückgewann, bat er: »Sag meiner Mutter, daß ich ihm niemals etwas Böses gewünscht habe – und ihm niemals was antun wollte.«

»Du dummes Kind«, antwortete Cadfael sanft. »Das wurde mir oft genug versichert – und was glaubst du wohl, von wem ich es erfahren habe – wenn nicht von deiner Mutter?« Das graue Morgenlicht war wunderbar weich, und Edwins Gesicht – zwischen Kindheit und Reife, charakteristisch, aber noch unfertig – hätte das Gesicht eines Jungen oder Mädchens sein können, eines Mannes oder einer Frau. »Du siehst ihr ähnlich«, meinte Cadfael und erinnerte sich an Richildis, die seinerzeit nicht viel älter gewesen war als dieser Bursche, die er heimlich umarmt und geküßt hatte, in einem ebensolchen Halbdunkel. Und ihre Eltern hatten angenommen, sie würde im Bett liegen, in jungfräulicher Einsamkeit. Für einen Augenblick hatte er alle anderen Frauen vergessen, die ihm seither begegnet waren, im Osten und im Westen. Jetzt mußte er wieder an sie denken, und er hoffte und glaubte, daß keine mit dem Gefühl zurückgeblieben war, er hätte falsch an ihr gehandelt. »Am Abend komme ich zu dir«, versprach er und trat in die Winterluft hinaus.

Großer Gott, überlegte er auf dem Rückweg zur Kirche, wo er rechtzeitig vor der Prim eintraf, dieser gute Junge könnte mein Sohn sein – und der andere mein Enkel. Es war das erste und einzige Mal, daß er an der Richtigkeit seiner Berufswahl zweifelte und sie sogar bereute. Die Reue war nicht von langer Dauer. Doch er fragte sich, ob er irgendwo in der Welt mit Arianna oder Bianca oder Mariam (oder gab es noch andere, die er ebenso geliebt hatte und die seinem Gedächtnis entschwunden waren?) einen Nachkommen gezeugt hatte, der zu einem ebenso prächtigen Burschen herangewachsen war wie Richildis' Sohn.

5.

Er mußte den Mörder finden, sonst konnte der Junge nicht aus seinem Versteck auftauchen und sein unterbrochenes Leben weiterführen. Das bedeutete, daß er den Weg des unheilvollen Rebhuhns aus der Küche des Abtes bis zu Gervase Bonels Magen verfolgen mußte. Wer konnte das Gift hinzugefügt haben? Da Prior Robert seine Portion mit gutem Appetit und ohne böse Nachwirkungen verspeist hatte, war sie ihm offenbar in guter Absicht und in makellosem Zustand serviert worden. Und das rohe Huhn, das er dem Koch hatte bringen lassen, war sicher ebenso einwandfrei gewesen.

Kurz vor dem Hochamt ging Cadfael zur Küche des Abtes. Er gehörte zu den wenigen Leuten in diesen Mauern, die sich nicht vor Bruder Petrus fürchteten. Fanatiker wirkten immer beängstigend, und Bruder Petrus war ein Fanatiker, wenn auch nicht im Zusammenhang mit seiner Religion oder seiner Mönchswürde, die er als selbstverständlich betrachtete – sondern in allem, was mit seiner

Kochkunst zu tun hatte. Das Feuer seiner Begeisterung schien seinem schwarzen Haar und seinen schwarzen Augen einen rötlichen Glanz zu verleihen. Sein nordisches Blut kochte ebenso leicht über, wie seine Kessel. Sein Barbarentemperament war so hitzig wie sein Herd. Und er verabscheute Prior Robert ebenso emphatisch, wie er Abt Heribert liebte.

Cadfael betrat die Küche, wo Petrus gerade das Schlachtfeld dieses Tages betrachtete, seine Armee von Pfannen, Töpfen, Bratspießen und Tellern, und das mit geringerer Befriedigung als sonst, weil es Robert war und nicht Heribert, der das Ergebnis seiner Bemühungen genießen würde. Doch das beeinträchtigte sein Streben nach Vollkommenheit keineswegs.

»Dieses Rebhuhn!« sagte er mit düsterer Miene, nachdem Cadfael nach den Ereignissen des vergangenen Tages gefragt hatte. »Der schönste Vogel, den ich jemals sah – nicht der größte, aber der fetteste. Hätte ich ihn für meinen Abt zubereiten dürfen, wäre ein Meisterwerk daraus geworden. Ja, dieser Prior kam zu mir und trug mir auf, dem Gast am Mühlenteich eine Portion zu schicken – nur eine! Das tat ich auch. Es war das beste Stück Fleisch, und ich richtete es in einer Schüssel des Abtes an. ›Meine Schüsseln‹, sagte Robert. Ob sich sonst noch jemand an dem Huhn zu schaffen machte – hier in der Küche? Glaub mir, Cadfael, meine beiden Gehilfen kennen mich. Sie tun nur, was ich ihnen befehle, und sonst halten sie sich aus allem raus. Robert? Der rauschte herein, schnüffelte an der Pfanne und verschwand wieder, bevor ich die Schüssel für Master Bonel füllte. Nein, da kannst du ganz sicher sein – niemand außer mir hat das Rebhuhn angerührt, bis es die Küche verlassen hat. Das war kurz vor Mittag. Da erschien dieser Diener mit seinem Tablett. Aelfric heißt er, nicht wahr?«

»Was hältst du von Aelfric?« erkundigte sich Cadfael. »Du siehst ihn doch jeden Tag.«

»Ein mürrischer, wortkarger Bursche«, erwiderte Petrus ohne jede Feindseligkeit. »Aber pünktlich und gewissenhaft.«

Das hatte auch Richildis erwähnt und gemeint, er hätte seinen Arbeitseifer übertrieben, um seinen Herrn zu ärgern.

»Ich sah ihn gestern mit dem Tablett durch den Hof gehen«, sagte Cadfael. »Die Schüsseln waren zugedeckt, und er hat nur zwei Hände... Jedenfalls ist er auf dieser Seite der Pforte nicht stehengeblieben, denn ich habe beobachtet, wie er hinauseilte...« Sobald Aelfric die Pforte passiert hatte, war er an einer Bank vorbeigekommen, die in einer Mauernische stand. Dort hätte er das Tablett für einen Augenblick abstellen und so tun können, als wollte er die Griffe fester umklammern. Und Aelfric kannte den Weg zum Gartenschuppen, hatte die Flasche mit dem Eisenhutöl gesehen. Und er war aus zwei Gründen verbittert – ein Mann, dem man alles zutraute, weil er so wenig über sich selbst verriet.

»Dann ist es also erwiesen, daß dem Rebhuhn innerhalb dieser Mauern nichts beigemischt wurde«, bemerkte Cadfael.

»Nur guter Wein und Gewürze – und ich bedaure zutiefst, daß der Schurke nicht die andere Portion vergiftet hat!« stieß Bruder Petrus erbost hervor. »Ja, ja, du kannst mich ruhig empört anstarren, denn dazu hast du allen Grund. Aber wenn ich mich jemals vergessen und für diesen Menschen eine Eisenhutsauce zubereiten sollte, würde ich dafür sorgen, daß sie im richtigen Bauch landet!«

Es gibt keinen Anlaß, Bruder Petrus' Drohungen allzu ernst zu nehmen, dachte Cadfael auf dem Weg zum Hochamt. Trotz seines Ungestüms protzt er nicht mit Taten, sondern nur mit Worten... Oder sollte man sich mit diesem Aspekt befassen? Der Gedanke, zwei Schüsseln könnten irrtümlich vertauscht worden sein und die vergiftete Speise wäre in Wirklichkeit für Prior Robert bestimmt gewesen, war Cadfael bis jetzt nicht gekommen. Petrus hatte ihn auf diese Idee gebracht und sich dann hastig bemüht, sie als absurd hinzustellen. Etwas zu hastig? Es wäre nicht das erstemal gewesen, daß mörderischer Haß im Herzen eines Klosterbruders wuchs, und es würde nicht das letztemal sein. Bruder Petrus hatte den Verdacht, den er im Keim hatte ersticken wollen, erst recht geschürt. Cadfael konnte sich nicht vorstellen, daß der Mann ein Mörder war – aber er wollte diese Möglichkeit im Auge behalten.

In den letzten Wochen vor dem größten Fest des Jahres pflegte die Zahl der Kirchenbesucher zu wachsen. Der Advent rüttelte das Gewissen jener wach, die ihre religiösen Pflichten ansonsten nicht so ernst nahmen. An diesem Morgen hatten sich erstaunlich viele Leute in der Kirche eingefunden, und Cadfael war nicht überrascht, als er in einer der dichtbesetzten Bänke auch das weiße Kopftuch und die blonden Haare Aldiths entdeckte. Nach dem Ende der Messe bemerkte er, daß sie nicht wie die anderen durch das Westtor ging, sondern durch das Südtor in den Kreuzgang und von dort in den großen Hof. Eng in ihren Umhang gewickelt, setzte sie sich auf eine Steinbank an der Refektoriumsmauer.

Cadfael folgte ihr, begrüßte sie freundlich und erkundigte sich nach ihrer Herrin. Sie hob ihr Gesicht zu ihm auf und er fand, daß ihre weichen Züge einen seltsamen Gegensatz zu ihrem eindringlichen, forschenden Blick bildeten. Auf ihre Weise erschien sie ihm ebenso geheimnisvoll wie Aelfric, und es würde schwierig sein, irgend etwas über sie zu erfahren, was sie nicht freiwillig enthüllte.

»Gesundheitlich geht es ihr gut«, erwiderte Aldith nachdenklich, »aber sie macht sich natürlich Sorgen um Edwin. Bis jetzt wurde er nicht festgenommen, denn sonst hätten wir sicher davon gehört. Das ist ein gewisser Trost. Die arme Frau – sie kann einen kleinen Trost gebrauchen.«

Er hätte ihr durch diese Botin eine beruhigende Nachricht schicken können, doch das tat er nicht. Richildis hatte gestern Vorkehrungen getroffen, um allein mit ihm sprechen zu können. Also schien sie keinen Wert auf einen allzu vertrauten Umgang mit Aldith zu legen, und das wollte er respektieren. Konnte Richildis in dieser schwierigen Lage ihrer jungen Verwandten, ihrem Stiefsohn und ihrem Diener trauen? Und er selbst – konnte er Richildis trauen? Manche Mütter lassen sich zu grausigen Taten verleiten, um die Rechte ihrer Kinder zu schützen. Und Bonel hatte ihr ein Versprechen gegeben und es später gebrochen.

»Wenn du es gestattest, setze ich mich für eine Weile zu dir. Oder mußt du gleich wieder nach Hause gehen?«

»Aelfric wird bald vorbeikommen und das Mittagessen holen. Ich wollte auf ihn warten und ihm helfen, das Tablett zu tragen.« Während Cadfael neben ihr Platz nahm, fügte sie hinzu: »Nach den gestrigen Ereignissen ist es nicht angenehm für ihn, daß er heute wieder diesen Dienst verrichten und sich den mißtrauischen Blicken der Leute aussetzen muß. Sogar du machst dir doch gewisse Gedanken, Bruder, nicht wahr?«

»Das ist unvermeidlich, solange wir die Wahrheit nicht kennen. Der Wachtmeister glaubt schon zu wissen, wer der Täter ist. Bist du auch seiner Meinung?«

»Nein!« entgegnete sie mit einem verächtlichen Lächeln. »Wilde, lärmende, ungestüme Jungen, die aller Welt ihre Launen, Leiden und Freuden kundtun, sind keine Giftmörder. Aber was nutzt es schon, wenn ich sage, was ich glaube oder nicht glaube – wenn ich selbst in der Klemme sitze? Oh, das weißt du sehr gut! Als Aelfric mit dem Tablett in die Küche kam und von dem Geschenk des Priors erzählte, war ich es, die das Rebhuhn über der Kohlenpfanne aufwärmte. Er trug das Hauptgericht ins Wohnzimmer, und ich folgte ihm mit den Tellern und einem Krug Bier. Die drei saßen am Tisch und wußten nichts von dem Huhn, bevor ich es erwähnte. Das tat ich nur, um den Master aufzuheitern – denn die Atmosphäre im Zimmer war so eisig, daß man kaum atmen konnte. Ich glaube, ich kehrte noch vor Aelfric in die Küche zurück und setzte mich vor die Kohlenpfanne, um zu essen. Dabei rührte ich immer wieder in der Rebhuhnsauce. Wenn sie zu stark kochte, nahm ich die Schüssel vom Feuer. Was für einen Sinn hat es, wenn ich behaupte, daß ich nichts dazugetan habe? Genau das muß ich doch sagen – und das würde auch jede andere sagen, wenn sie in meinen Schuhen steckte. Das hat nichts zu bedeuten, solange es keine Beweise gibt – gegen mich oder für mich.«

»Du bist sehr vernünftig und gerecht«, meinte Cadfael. »Und Meurig? War er eben erst hereingekommen, als du in die Küche zurückgekehrt bist? Oder war er eine Zeitlang allein mit der Schüssel – falls er überhaupt gewußt hatte, was sich darin befand und wem es zugedacht war...«

Sie zog die dunklen, schön geschwungenen Brauen hoch, die sich auffallend von ihrem blonden Haar abhoben. »Die Hintertür stand offen, und Meurig war erst kurz zuvor eingetreten, denn er streifte gerade den Schmutz von seinen Sohlen... Aber – warum hätte er seinem Vater den Tod wünschen sollen? Der Master hat ihn zwar nicht mit Reichtümern überschüttet, aber der lebendige Gervase Bonel war ihm viel nützlicher als der tote. Er konnte nicht hoffen, daß er irgend etwas erben würde, das wußte er auch, und er hatte immerhin ein bescheidenes Taschengeld zu verlieren.«

Das war eine simple Wahrheit. Die Kirche bestritt das Erbrecht eines Bastards nicht, aber der Staat erkannte es nicht einmal an, auch wenn die Eltern nach der Geburt des illegitimen Kindes geheiratet hatten. Und Gervase hatte nicht im Traum daran gedacht, die Mutter seines unehelichen Sohnes, ein gewöhnliches Dienstmädchen, zu heiraten. Nein, Meurig hatte nichts mit dem Tod seines Vaters gewonnen. Während Edwin wieder Anspruch auf sein Erbe anmelden und Richildis die Zukunft ihres angebeteten Sohnes sicherstellen konnte... Und Aelfric?

Aldith hob den Kopf und blickte zum Pförtnerhaus, wo Aelfric soeben aufgetaucht war, das Holztablett mit dem hohen Rand unter dem Arm, einen Beutel für die Brotlaibe um die Schulter geschlungen. Sie stand auf und strich ihren Umhang glatt.

»Sag mir doch«, bat Cadfael mit sanfter Stimme, »zu wem gehört Aelfric jetzt, nach dem Tod des Masters? Zum Haus Mallilie und somit zur Abtei – falls die Schenkung rechtskräftig wird? Oder soll er einem anderen Herrn überantwortet werden? War er von der Vereinbarung mit dem Kloster ausgenommen, so daß er dem Master weiterhin als leibeigener Diener zur Verfügung stehen konnte?«

Aldith hatte sich bereits abgewandt, um Aelfric entgegenzugehen. Nun drehte sie sich wieder um und warf Cadfael einen scharfen Blick zu. »Er wurde ausgenommen und als persönlicher Leibeigener meines Herrn bestätigt.«

»Was immer mit dem Haus geschehen wird – Aelfric muß also demjenigen dienen, der das persönliche Eigentum des Masters erbt, der Witwe oder dem Sohn – vorausgesetzt, daß letzterer der strafrechtlichen Verfolgung entgeht. Aldith, du kennst Mistreß Bonels Denkungsart. Glaubst du nicht, daß sie Aelfric frohen Herzens freilassen würde? Und der Junge – würde er nicht genauso handeln?«

Sie sagte nichts, ihre klugen, dunklen Augen musterten ihn, dann senkte sie plötzlich die Wimpern, lief zu Aelfric und begleitete ihn zur Wohnung des Abtes. Ihr Gang war leichtfüßig, ihr Gruß gleichmütig, ihre Haltung pflichtbewußt. Steifbeinig und stumm trottete Aelfric neben ihr her und wehrte sich, als sie ihm den Brotbeutel abnehmen wollte. Cadfael blieb auf der Bank sitzen und schaute ihnen gedankenverloren und verwundert nach. Wenige Minuten später ließ die Verwunderung nach, ging in milde Überraschung über, und während er sich vor dem Mittagessen im Refektorium die Hände wusch, wurde die Überraschung von einer festen Überzeugung verdrängt.

Am Nachmittag inspizierte Cadfael die Äpfel und Birnen in den Kisten, die auf dem Heuboden über dem Stall des Abtes standen, und warf ein paar verfaulte Früchte weg, so daß sie ihre Nachbarn nicht anstecken konnten. Bruder Mark kam in den Stall und rief nach ihm. »Der Wachtmeister ist wieder da«, berichtete er, als Cadfael durch die Dachbodenluke hinabspähte und wissen wollte, was der Lärm zu bedeuten hätte. »Er will dich sprechen. Bis jetzt haben sie den Jungen noch nicht geschnappt – falls ich dir damit eine große Neuigkeit erzähle.«

»Nun, jedenfalls ist es keine gute Neuigkeit, daß er mit mir reden will«, meinte Cadfael und kletterte behende wie ein junger Bursche die Heubodenleiter herab. »Was will er? Und wie ist er gelaunt?«

»Ich glaube nicht, daß er es auf dich abgesehen hat«, entgegnete Mark nachdenklich. »Natürlich ärgert er sich, weil er den Jungen noch nicht gefunden hat, aber heute interessiert er sich hauptsächlich für Kleinigkeiten – zum Beispiel für das Öl in deinem Schuppen. Er fragte mich, ob mir in letzter Zeit was aufgefallen und ob eine gewisse Menge von dem Öl verschwunden sei. Aber, wie du sicher bezeugen kannst, bin ich ein schlampiger Gehilfe, der so etwas nicht merkt. Aber der Wachtmeister bildet sich ein, daß du genau über den Verbleib des Öls informiert bist – bis zum letzten Tropfen.«

»Dann ist er ein Narr. Ein Schluck genügt, um einen Menschen zu töten. Und wie soll man feststellen, ob in einer großen Flasche, die man nicht einmal mit zwei Händen umspannen kann, ein so winziges Quantum fehlt? Aber wir können zumindest herausfinden, was in seinem Gehirn vorgeht und womit er beweisen möchte, daß er den Fall gelöst hat.«

Im Schuppen steckte der Wachtmeister seinen buschigen Bart mitsamt der Habichtsnase vorsichtig in Cadfaels Säcke, Krüge und Töpfe. Wenn er auch diesmal keine Eskorte mitgebracht hatte, mußte er sie im Klosterhof oder an der Pforte zurückgelassen haben.

»Vielleicht kannst du uns helfen, Bruder«, meinte er, als Cadfael eintrat. »Es wäre ein großer Fortschritt, wenn wir feststellen könnten, aus welchem deiner Ölvorräte das Gift genommen wurde. Dein junger Gehilfe war außerstande mir mitzuteilen, ob es aus diesem Schuppen gestohlen wurde. Darf ich auf eine aufschlußreichere Erklärung deinerseits hoffen?«

»In diesem Zusammenhang nicht«, entgegnete Cadfael ohne Umschweife. »Man benötigt nur eine geringe Menge, um einen Menschen zu ermorden, und wie du siehst, ist mein Vorratslager gut bestückt. Niemand könnte mit absoluter Sicherheit sagen, ob irgend jemand unbefugterweise hier eingedrungen ist und ein kleines Quantum Eisenhutöl entwendet hat. Eins kann ich dir allerdings verraten. Gestern prüfte ich den Flaschenhals und den Stöpsel des Behälters, in dem ich das Öl verwahre, und am Rand war kein Tropfen zu sehen. Ich bezweifle, daß sich ein Dieb, der es doch sicher eilig hat, soviel Zeit nehmen und den Flaschenhals sauber abwischen würde – so wie ich es immer mache, bevor ich die Flasche zustöpsle.«

Der Wachtmeister nickte, da sich diese Information mit seiner Überzeugung deckte. »Dann wurde das Gift also aus dem Hospitalvorrat gestohlen. Die Flasche dort ist viel kleiner als diese hier, also müßte leichter zu erkennen sein, ob was fehlt. Aber dort kann sich niemand zu einer klaren Aussage entschließen. Das Öl ist zur Zeit sehr beliebt bei den alten Patienten. Wer kann also feststellen, ob es nicht öfter benutzt wurde, als man sich zu erinnern glaubt?«

»Ich fürchte, deine Ermittlungen sind problematisch, und du kommst nur langsam voran.«

»Wir haben den Täter noch nicht aufgespürt und auch keine Ahnung, wo er sich verstecken könnte. In der näheren Umgebung von Bellecotes Haus konnten wir keine Spur von Edwin Gurney finden, und das Pferd des Zimmermanns steht im Stall. Ich glaube, der Bursche ist immer noch in der Stadt. Wir beobachten die Werkstatt und die Stadttore, außerdem behalten wir das Haus seiner Mutter im Auge. Jedenfalls werden wir ihn schnappen – das ist nur noch eine Frage der Zeit.«

Cadfael setzte sich auf eine seiner Bänke und stützte die Hände auf seine Knie. »Du bist also überzeugt, daß er der Mörder ist – obwohl auch vier andere Leute im Haus waren und noch viel mehr Personen die tödliche Wirkungsweise des Öls kannten. Sicher, ich weiß, daß du einiges gegen den Jungen vorbringen kannst. Ich könnte dir weitere Verdächtige nennen, aber das werde ich nicht tun. Statt dessen werde ich Beweise vorlegen, keine Verdachtsmomente – Beweise, die sich nicht gegen ein auserkorenes Opfer richten, sondern gegen den wahren Schurken, wer immer er auch sein mag. Die Tatzeit läßt sich leicht eingrenzen. Der Schuldige hatte höchstens eine halbe Stunde Zeit, um sein Verbrechen zu begehen. Ich sah mit eigenen Augen, wie der Diener das Essen aus der Küche des Abtes holte und zur Pforte trug. Falls wir uns die Klosterbrüder, die in der Küche des Abtes arbeiten, nicht allzu genau anschauen wollen, war das Rebhuhn also noch nicht vergiftet, als es aus unserer Enklave gebracht wurde. Damit will ich nicht sagen«, fügte er freundlich hinzu, »daß du keinen von uns verdächtigen darfst, nur weil wir Mönchskutten tragen.«

Der Wachtmeister lächelte nachsichtig und völlig unbeeindruckt. »Was für Fakten hättest du denn vorzuweisen, Bruder?«

»Ich erwähnte es schon gestern, und ich erkläre es dir jetzt noch einmal, daß du nur an der offenen Flasche riechen und einen Tropfen auf deinen Ärmel träufeln müßtest, um festzustellen, daß dieses Öl sowohl vom Auge als auch von der Nase deutlich wahrgenommen wird. Ein Fettfleck ließe sich nicht so leicht aus der Kleidung waschen, auch den Geruch wird man nicht so schnell los. Es ist nicht die Eisenhutpflanze, die ein so scharfes, stechendes Aroma verströmt, sondern vor allem der Senf und verschiedene Kräuter. Wen immer du festnehmen willst – du müßtest in seiner Kleidung nach solchen Spuren suchen. Falls du keine findest, bedeutet das zwar nicht, daß der Betreffende unschuldig ist – doch es würde zumindest den Verdacht gegen ihn entkräften.«

»Deine Argumente sind interessant, aber nicht überzeugend, Bruder«, erwiderte der Wachtmeister.

»Dann bedenk einmal folgendes – wer immer das Gift benutzte, mußte das Gefäß, in dem er es zum Tatort befördert hatte, möglichst schnell und spurlos verschwinden lassen. Wenn er sich damit Zeit ließe, mußte er es in seiner Kleidung verstecken und das Wagnis auf sich nehmen, daß man es bei ihm finden könnte. Natürlich, du führst deine Ermittlungen so durch, wie du es für richtig hältst – aber an deiner Stelle würde ich die Umgebung des Hauses sehr sorgfältig nach einem Fläschchen absuchen. Denn der Fundort würde dir eine ganze Menge über die Person verraten, die es dorthin geworfen hat.« Nach einer kleinen Pause fuhr Cadfael fort: »Und du würdest mit absoluter Sicherheit wissen, daß es sich um die richtige Flasche handelt.«

Die selbstgefällige Belustigung, die aus den verwitterten Zügen des Wachtmeisters sprach, mißhagte dem Mönch. Der Mann schien sich an einem Scherz zu erfreuen, der – wenn er ihn in Worte faßte – den Wind aus Cadfaels Segeln nehmen würde. Zwar hatte er zugegeben, daß er den vermeintlichen Täter noch nicht verhaftet hatte, doch er barg offensichtlich ein anderes, höchst befriedigendes Geheimnis in seiner breiten Brust.

»Oder hast du sie schon gefunden?« fragte Cadfael.

»Die Flasche? Nein. Ich habe auch nicht allzu gründlich danach suchen lassen. Aber ich weiß, wo sie ist, und im Augenblick hat es wenig Sinn, danach zu fahnden. Außerdem wäre das unnötig.« Jetzt grinste der Wachtmeister ganz unverhohlen.

»Da muß ich protestieren. Wenn du sie nicht gefunden hast, kannst du nicht wissen, wo sie ist. Du kannst es nur vermuten – was nicht dasselbe ist.«

»Es ist fast dasselbe«, entgegnete der triumphierend. »Denn dein Fläschchen wurde von den Wellen des Severn davongetragen, und man wird es wahrscheinlich nie wiedersehen – aber wir wissen, daß es in den Fluß geworfen wurde, und wir wissen auch, wer das getan hat. Nachdem wir gestern die Abtei verlassen haben, waren wir nicht müßig. Wir haben viel mehr unternommen, als bloß einem jungen Fuchs zu folgen und seine Spur zu verlieren. Zum Beispiel befragten wir Zeugen, die um die Mittagszeit die Brücke überquerten oder sich in der Nähe des vorderen Stadttors aufhielten, und beobachteten, wie Bonels Diener dem Jungen nachrannte. Wir machten einen Kutscher ausfindig, der genau zu diesem Zeitpunkt aus der Stadt und über die Brücke fuhr. Er zügelte sein Gespann, denn er dachte, daß da ein Dieb auf der Flucht war, doch dann sah er, daß der Verfolger stehenblieb, weil er ihn nicht mehr einholen konnte. Er zuckte mit den Schultern, trat den Rückweg an, und als der Kutscher dem anderen Jungen nachblickte, sah er, wie dieser einen kleinen Gegenstand über das Brückengeländer warf. Es war der junge Gurney und kein anderer, der ein gewisses Fläschchen loswerden mußte, nachdem er dessen Inhalt in das Essen seines Stiefvaters gegossen hatte. Er rührte ein- oder zweimal in der Sauce um, dann rannte er aus dem Haus, das Fläschchen in der Hand. Nun, was sagst du dazu, mein Freund?«

Ja, was sollte Cadfael dazu sagen? Der Bericht des Wachtmeisters erschütterte ihn, denn diesen Zwischenfall hatte Edwin nicht erwähnt. Ein paar Sekunden lang überlegte er ernsthaft, ob er von einem hinterlistigen kleinen Heuchler hereingelegt worden war... Nein, aus den tapferen, kampflustigen Augen dieses Jungen sprach keine Hinterlist. Ohne sich seine Sorge anmerken zu lassen, antwortete er:

»Ich würde sagen, daß ein kleiner Gegenstand keineswegs ein Fläschchen sein muß. Hast du den Kutscher gefragt, ob er eins gesehen hat?«

Der Wachtmeister nickte. »Er wollte sich nicht festlegen und erklärte nur, es wäre etwas Kleines gewesen, das man in der Faust halten konnte, und es hätte geglänzt, als es durch die Luft flog. Leider war er außerstande, nähere Angaben zu machen.«

»Nun, dann hast du einen ehrlichen Zeugen befragt. Nun bitte ich dich, mir weitere Einzelheiten seiner Aussage zu verraten. Wo genau war der Junge, als er das kleine Ding in den Fluß warf? Hat der Diener diesen Vorgang auch beobachtet?«

»Der Kutscher berichtete, der Verfolger hätte kehrtgemacht und er selbst hätte sich erst danach umgedreht und gesehen, wie der Gegenstand ins Wasser flog. Der Diener konnte das nicht bemerkt haben. Und was die Position des Jungen angeht – er hatte zu diesem Zeitpunkt etwa die Hälfte der Zugbrücke zurückgelegt.«

Also hatte Edwin das rätselhafte Ding erst weggeworfen, als er sicher gewesen war, daß es ins Wasser fallen würde. Denn es war nur der äußere Teil der Brücke, der hochgezogen werden konnte. Aber vielleicht hatte er sich in seiner Hast verrechnet, und der Gegenstand war im Gestrüpp auf der Böschung gelandet, die bis zum Brückenpfeiler reichte. Dann könnte man ihn finden ... Jedenfalls hatte Aelfric jene Einzelheit nicht verschwiegen, denn er wußte nichts davon.

»Nun, deinen Ermittlungen zufolge war der Junge kurz zuvor an einem stehenden Wagen vorbeigerannt, dessen Fahrer ihm nachstarrte. Zweifellos wußte er, daß er auch von anderen Leuten beobachtet wurde, und er machte kein Geheimnis draus, daß er irgendwas loswerden wollte. Ich glaube nicht, daß sich ein Mörder, der sein Mordwerkzeug wegwerfen will, so verhalten würde. Findest du nicht auch?«

Der Wachtmeister hakte die Daumen in seinen Gürtel und lachte laut auf. »Du bist der beste Teufelsadvokat, der mir je untergekommen ist! Aber ein Bursche, der nach einer Verzweiflungstat in Panik geraten ist, kann keinen klaren Gedanken fassen. Und wenn es nicht das Fläschchen war, das er in den Severn geschleudert hat – was denn dann?« Mit diesen Worten trat er in die kalte Luft des frühen Abends hinaus und überließ Cadfael seinen düsteren Grübeleien.

Bruder Mark, der sich während der ganzen Unterredung in einer Ecke unsichtbar gemacht, aber aufmerksam gelauscht hatte, schwieg respektvoll, bis Cadfael wütend mit beiden Fäusten auf seine Knie schlug. Dann sagte der junge Mann vorsichtig: »Bis zur Abendandacht bleibt es noch eine Stunde hell. Glaubst du, daß es sinnvoll wäre, unter der Brücke nachzusehen?«

Bruder Cadfael hatte die Anwesenheit seines Gehilfen fast vergessen. Nun schaute er überrascht und anerkennend zu ihm auf. »O ja! Und deine Augen sind jünger als meine. Zumindest könnten wir gemeinsam das fragliche Gebiet abgrenzen. Komm! Versuchen wir unser Glück!«

Bruder Mark folgte ihm eifrig über den Hof und durch die Pforte. Ein bleierner Glanz lag auf dem Mühlenteich zu ihrer Linken. Das Haus dahinter wirkte still und leer. Bruder Mark starrte es neugierig an, während sie vorbeieilten. Er hatte Mistreß Bonel noch nie gesehen und wußte nichts von den alten Banden zwischen der Witwe und Cadfael. Doch er merkte es, wann immer sich sein Freund und Mentor für jemanden einsetzte, und seine eigene Ergebenheit galt – abgesehen von der Kirche – einzig und allein Cadfael. Und so überdachte er in tiefschürfender Gründlichkeit alles, was er im Schuppen gehört hatte, und versuchte einen praktischen Sinn darin zu entdekken. Als sie sich nach rechts wandten, um den schmalen Pfad zum Flußufer und den Abteigärten hinabzueilen, die an den fruchtbaren Severn-Wiesen lagen, fragte er: »Wir suchen also nach einem kleinen, glänzenden Gegenstand, der tunlichst keine Flasche sein soll, nicht wahr, Bruder?«

»Genau«, bestätigte Cadfael seufzend. »Aber ob es nun eine Flasche ist oder nicht – wir müssen uns bemühen, das

Ding aufzustöbern. Natürlich würde ich lieber was anderes finden – irgendwas Harmloses.«

Unter dem ersten Brückenpfeiler, wo es sich nicht lohnte, den Boden zu bebauen, wuchs dichtes Gebüsch, und das hohe Gras reichte bis zum Wasserrand hinab. Sie durchkämmten den Uferstreifen, den eine dünne weiße Eisschicht auf dem Wasser verbreiterte, bis es dunkel wurde und die Glocke zur Abendandacht läutete. Aber sie fanden nichts Kleines, vergleichsweise Schweres, das im Mittagslicht aufblitzen würde, wenn es durch die Luft flog – nichts, was mit jenem geheimnisvollen Gegenstand identisch sein könnte, den Edwin auf der Flucht weggeworfen hatte.

Nach dem Abendessen verzichtete Cadfael erneut auf die Teilnahme an der Bibellesung und lief mit einem Stück Brot, etwas Käse und einer Bierflasche zum Klosterstall auf dem Pferdemarktplatz. Die Nacht war klar, aber dunkel, denn der Mond war noch nicht aufgegangen. Eine helle Frostschicht würde den Platz am nächsten Morgen bedecken, und der Eisstreifen am Ufer des Severn würde noch breiter sein.

Er klopfte dreimal an die Dachbodentür. Nichts rührte sich, was er nur begrüßte. Er öffnete die Tür und drückte sie lautlos hinter sich zu. In der Dunkelheit konnte er nichts sehen, aber er roch den frischen, sauberen Duft des Heus, und ein leises Rascheln verriet ihm, wo sich der Junge erhob, um ihm entgegenzugehen. Er wandte sich in die Richtung, aus der das Geräusch gekommen war. »Fürchte dich nicht, ich bin's – Cadfael.«

»Ich wußte es«, antwortete Edwins Stimme. »Ich wußte, daß du kommen würdest.«

»Ist dir der Tag sehr lang geworden?«

»Ich habe die meiste Zeit geschlafen.«

»Wunderbar! Wo bist du...? Ah!« Cadfael berührte einen Ärmel, ergriff eine Hand, die ihn willkommen hieß. »Setzen wir uns, und halten wir uns nicht mit langen Vorreden auf, denn die Zeit ist knapp. Aber während wir beisammen sind, wollen wir es uns zumindest bequem machen. Hier habe ich dir etwas zu essen und zu trinken mitgebracht.« Unsichtbare Hände griffen dankbar nach den Gaben. Der Mönch und sein Schützling ließen sich nebeneinander im Heu nieder.

»Hast du gute Nachrichten für mich?« fragte Edwin atemlos.

»Noch nicht. Aber ich muß dir eine Frage stellen, junger Mann. Warum hast du mir nur die Hälfte der Geschichte erzählt?«

Edwin hatte gerade herzhaft in das Brot gebissen. Nun spürte Cadfael, wie der Junge erschrocken zusammenzuckte. »Das habe ich nicht getan! Ich habe dir die ganze Wahrheit gesagt! Warum hätte ich dir etwas verschweigen sollen – wo ich doch zu dir kam, um deine Hilfe zu erbitten?«

»Ja, warum? Aber der Wachtmeister sprach mit einem gewissen Kutscher. Dieser Mann war gerade aus der Stadt und auf die Brücke gefahren, als du aus dem Haus deiner Mutter ranntest. Er erklärte, du hättest etwas in den Fluß geworfen. Stimmt das?«

Ohne zu zögern, entgegnete der Junge: »Ja!« Seine Stimme klang verwirrt, verlegen und besorgt. Cadfael glaubte sogar zu wissen, was er im Dunkeln nicht sehen konnte – daß Edwin errötete, nicht aus Schuldbewußtsein, weil er den Zwischenfall nicht erwähnt hatte, sondern weil er zufällig bei einer Dummheit ertappt worden war.

»Warum hast du mir das gestern nicht anvertraut? Wenn ich Bescheid gewußt hätte, wäre es mir leichter gefallen, dir zu helfen.«

»Warum hätte ich davon sprechen sollen?« Nun schwang Trotz in Edwins Stimme mit. »Es hatte nichts mit dem Mord zu tun – und ich wollte es ganz schnell vergessen... Aber ich sage es dir, wenn es eine so große Rolle spielt. Es ist nichts Schlimmes.«

»Es spielt eine sehr große Rolle – was du allerdings nicht

wisses konntest, als du das Ding weggeworfen hast.« Cadfael beschloß, ihm den Grund zu verraten und ihm dadurch zu zeigen, daß er nicht an ihm zweifelte. »Der Wachtmeister glaubt, daß du ein leeres Giftfläschchen verschwinden lassen wolltest. Also sag mir lieber, was es wirklich war, und ich will versuchen, ihm klarzumachen, daß er auf der falschen Spur ist.«

Der Junge saß ganz still da – keineswegs erschüttert von diesem neuen Schicksalsschlag inmitten eines Leids, dessen Höhepunkt ihn bereits heimgesucht hatte, ohne seine Widerstandskraft zu schwächen. Geistesgegenwärtig erkannte er, welche Bedeutung jener kleine Gegenstand für Cadfael und für ihn selbst erlangen könnte. Langsam fragte er: »Und dir muß ich das nicht klarmachen?«

»Nein. Für einen kurzen Augenblick wurde ich stutzig – aber nicht länger. Und nun sag es mir endlich!«

»Ich wußte es nicht! Wie hätte ich wissen sollen, was geschehen würde!« Er holte tief Atem, und die Anspannung wich aus der Schulter, die er vertrauensvoll an Cadfael schmiegte. »Niemand wußte davon. Meurig habe ich nichts erzählt, und ich kam gar nicht dazu, es meiner Mutter zu zeigen. Ich lerne doch Schnitzen und arbeite auch ein bißchen mit Metall – und ich wollte beweisen, wie tüchtig ich bin. Deshalb machte ich ein Geschenk für meinen Stiefvater – nicht, weil ich ihn mochte«, fügte er freimütig hinzu. »Aber meine Mutter war so unglücklich über unseren Streit, und er ließ seine Wut auf mich an ihr aus. Früher war er viel netter zu ihr, denn er liebte sie – das weiß ich. Ich fertigte also dieses Geschenk an – sozusagen als Friedensangebot – und um ihm klarzumachen, daß ich meinen Lebensunterhalt auch ohne seine Hilfe verdienen kann. Er besaß eine Reliquie, die er sehr schätzte und die er vor langer Zeit in Waldingham gekauft hatte, auf einer Pilgerfahrt. Angeblich ist es ein Stück vom Mantel unserer lieben Frau, ein Teil des Saums – aber daran glaube ich nicht. Nun, er glaubte jedenfalls fest daran. Es ist ein winziger blauer Stoffstreifen, so lang wie mein kleiner Finger, mit einem eingewebten Goldfaden am Rand, und es ist in ein kleines goldenes Tuch gewickelt. Ich weiß, daß mein Stiefvater eine Menge Geld dafür bezahlt hat. Wie gesagt, an dieser Reliquie lag ihm sehr viel, und so stellte ich einen kleinen Schrein in der passenden Größe dafür her, eine Kassette mit Deckel aus Birnbaumholz. Der Deckel war mit einem Intarsienbild von unserer Jungfrau Maria geschmückt, aus Perlmutt und Silber, mit einem Mantel aus Lapislazuli. Ich fand es recht hübsch...« Edwins schmerzlicher Seufzer rührte Bruder Cadfaels erleichtertes Herz. Der Junge hatte seine Arbeit liebgewonnen und dann im Zorn von sich geschleudert, und nun war es sein gutes Recht, darum zu trauern.

»Und gestern wolltest du ihm das Kästchen überreichen?« fragte der Mönch sanft.

»Ja!« stieß Edwin hervor. Cadfael erinnerte sich, wie der Junge empfangen worden war, als er das Haus seines Stiefvaters tapfer betreten hatte, das Geschenk in der Tasche.

»Und als er dich mit seiner Bosheit aus dem Haus trieb, hieltest du es in der Hand... Ich kann deine Gefühle verstehen.«

»Er sagte, ich wäre wie ein Bettler zu ihm gekrochen, um mein Erbe zurückzugewinnen!« rief Edwin erbost. »Und er würde mir vielleicht verzeihen, wenn ich vor ihm niederkniete... Wie hätte ich ihm da mein Geschenk geben können? Er hätte es doch nur als Zeichen meiner Erniedrigung betrachtet... Das hätte ich nicht ertragen. Ich wollte ihm das Kästchen schenken – ohne eine Gegenleistung zu erlangen.«

»Ich hätte genauso gehandelt wie du, mein Junge. Ich wäre wütend aus dem Haus gelaufen, das Geschenk in der Faust.«

»Aber du hättest es wohl kaum in den Fluß geworfen«, meinte Edwin reumütig. »Ich weiß nicht, warum ich es tat – vielleicht, weil es für ihn bestimmt war und weil ich es in der Hand hatte... Und Aelfric rannte hinter mir her und schrie nach mir... Ich konnte nicht zurückgehen... Das Kästchen gehörte meinem Stiefvater nicht, und ich hatte irgendwie das Gefühl, daß es mir auch nicht mehr gehörte. Deshalb wollte ich es loswerden.«

Richildis und die anderen hatten nichts von Edwins Friedensangebot gewußt. Frieden oder Krieg... Das Geschenk hätte als versöhnliche Geste betrachtet werden und gleichzeitig die Unabhängigkeit des Jungen demonstrieren sollen. Beides hätte dem alten Autokraten mißfallen. Aber Edwin hatte es gut gemeint, und wenn man bedachte, daß er noch nicht einmal seinen fünfzehnten Geburtstag gefeiert hatte, war es eine bemerkenswerte Leistung, ein so kunstvolles Kästchen anzufertigen. Aber niemand hatte davon gewußt, niemand außer dem jungen Künstler hatte eine Gelegenheit gefunden, das Werk zu bewundern – was Richildis sicher getan hätte. Niemand hatte das kleine Bild aus Perlmutt, Silber und Lapislazuli gesehen, das funkelnd durch die Luft geflogen war.

»War der Deckel des Kästchens geschlossen, als es in den Fluß fiel?« fragte Cadfael.

»Ja.« Die Augen des Mönches hatten sich mittlerweile an das Dunkel auf dem Heuboden gewöhnt, und er sah Edwins verwirrtes Gesicht. »Ist das auch wichtig? Ich wünschte, ich hätte das Kästchen nicht weggeworfen – denn nun ist mir klar, daß ich damit alles nur noch schlimmer gemacht habe. Aber wie sollte ich das wissen? Damals ahnte ich noch nicht, daß man meinen Stiefvater ermordet hatte, daß man nach mir suchen würde und daß ich meine Unschuld beweisen muß.«

Eine kleine, verschlossene Holzkassette konnte nicht im Severn versinken. Sie wurde flußabwärts getragen. Viele Leute leben von der Flußfahrt und vom Fischfang, und es gibt auch Menschen, die alle Biegungen und Uferstellen zwischen Shrewsbury und Atcham kennen, wo so manche Gegenstände von Wasserwirbeln eingefangen werden. »Kopf hoch, mein Junge! Vielleicht siehst du dein Kunstwerk wieder, wenn der Landrat auf mich hört und die Wasserwacht alarmiert. Ich werde ihm das Kästchen beschreiben – keine Angst, ich verrate ihm natürlich nicht, woher ich diese Information habe. Und falls das Kästchen tatsächlich auftaucht, würde das zu deinen Gunsten sprechen. Dann müßte der Wachtmeister woanders nach dem Giftfläschchen suchen – an einem Ort, wo sich Edwin Gurney nicht aufgehalten hat und wo er demzufolge auch kein Mordwerkzeug wegwerfen konnte. Ein oder zwei Tage mußt du noch hier ausharren. Wirst du das ertragen? Wenn es sein muß, bringe ich dich in ein entlegeneres Versteck, wo du es bequemer hättest.«

»Ich halte es schon aus«, erwiderte Edwin, dann fügte er bedrückt hinzu: »Aber ich hoffe, daß es nicht mehr allzu lange dauert...«

Als die Klosterbrüder nach dem Abendgebet die Kirche verließen, erkannte Cadfael plötzlich, daß er ebenso wie alle anderen vergessen hatte, eine wichtige Frage zu stellen. Und der einzige Mensch, der sie beantworten könnte, war vermutlich Richildis. Es war noch nicht zu spät, um ihr einen Besuch abzustatten, wenn er auf die halbe Stunde in der Wärmestube verzichtete. Natürlich war es nicht besonders taktvoll, sie am Abend zu stören, aber die Sache eilte und Richildis würde besser schlafen können, wenn sie wußte, daß Edwin in Sicherheit und gut versorgt war. Cadfael zog sich die Kapuze über den Kopf und ging entschlossen zur Pforte.

Es war ein Pech, daß auch Bruder Jerome im selben Augenblick den Hof durchquerte, um dem Pförtner einen Auftrag zu erteilen oder sich wegen irgendwelcher Unregelmäßigkeiten zu beschweren. Bruder Jerome wähnte sich bereits in der erhabenen Position eines Schreibers, der dem künftigen offiziellen Abt diente, und war bestrebt, den Prior auf angemessene Weise zu repräsentieren – nachdem dieser ehrwürdige Herr schon jetzt alle Privilegien eines Abtes genoß. Gierig eignete sich Bruder Jerome die Bruder Richard übertragene und von diesem verschmähte Autorität an. Einige Novizen hatten bereits genügend Gründe gefunden, um seinen Übereifer zu beklagen.

Jerome lächelte scheinheilig. »Willst du zu so später Stunde eine barmherzige Mission erfüllen, Bruder? Hat das nicht Zeit bis morgen?«

»Nein – denn dann würde noch mehr Schaden entstehen!« fuhr Cadfael ihn an und eilte weiter, wobei er einen Blick aus schmalen Augen im Rücken spürte. Er besaß, innerhalb vernünftiger Grenzen, das Recht, zu kommen und zu gehen, wie es ihm beliebte, und durfte sogar den Gottesdiensten fernbleiben, wenn irgend jemand seine Hilfe brauchte. Und er hatte nicht die geringste Absicht, Bruder Jerome in seine Pläne einzuweihen, weder wahrheitsgemäß noch unaufrichtig – auch wenn weniger kühne Naturen den Schreiber umschmeichelt hätten, um dem Mißfallen des Priors zu entgehen. Sicher, es war ein Fehler gewesen, daß er Jerome so schroff abgefertigt hatte. Aber er hatte nichts Böses zu verbergen, und man hätte nur das Gegenteil angenommen, wenn er umgekehrt wäre, um Erklärungen abzugeben.

In der Küche des Hauses am Mühlenteich brannte noch ein kleines Licht, das er durch einen Spalt im Fensterladen schimmern sah. Ja, das hatte er übersehen – das Küchenfenster ging zum Teich hinaus, dessen Ufer nur wenige Schritte entfernt lag, und gestern hatte es offengestanden, damit der Rauch von der Kohlenpfanne abziehen konnte. Und man hätte auch eine kleine Flasche hindurchwerfen können, sobald sie entleert war, um sie für immer im Schlamm auf dem Grund des Teichs verschwinden zu lassen. Hätte es eine günstigere Möglichkeit gegeben, das Ding loszuwerden? Kein Fleck auf der Kleidung, kein Geruch, keine Gefahr, daß das Beweisstück jemals auftauchen würde...

Morgen werde ich das Ufer vor dem Küchenfenster absuchen, beschloß Cadfael voller Vorfreude. Vielleicht ist das Fläschchen irgendwo im Gras hängengeblieben...

Das wäre wunderbar. Selbst wenn es nicht auf den Täter hinweisen sollte, lassen sich vielleicht wichtige Schlüsse daraus ziehen…

Leise klopfte er an die Tür und erwartete, daß Aldith oder Aelfric nach seinen Wünschen fragen würden, aber es war Richildis Stimme, die er rufen hörte. »Wer ist da?«

»Cadfael! Ich muß mit dir reden.«

Sein Name genügte. Eifrig öffnete sie die Tür und zog ihn in die Küche. »Still! Aldith schläft in meinem Bett und Aelfric im Wohnzimmer. Ich kann kein Auge zutun – und so habe ich mich in die Küche gesetzt, um an meinen Jungen zu denken. Cadfael, bringst du mir Trost? Du wirst doch sein Freund bleiben?«

»Es geht ihm gut, und er ist immer noch frei.« Cadfael ließ sich neben ihr auf der Bank nieder, die an der Wand stand. »Aber denk daran – du weißt von nichts, wenn man dir Fragen stellt! Du kannst wahrheitsgemäß sagen, daß er nicht hier war und daß du keine Ahnung hast, wo er steckt.«

»Aber du weißt es!« Der sanfte Schein des Binsenlichts glättete die zarten Linien, die das Alter in ihr Gesicht gegraben hatte. Er gab keine Antwort – was sie nach Belieben deuten konnte. Und was immer sie auch erraten mochte – sie konnte reinen Herzens behaupten, daß sie nichts wüßte.

»Sonst hast du mir nichts mitzuteilen?« flüsterte sie atemlos.

»Ich weiß jetzt mit absoluter Sicherheit, daß er seinen Stiefvater nicht umgebracht hat. Und die Wahrheit wird ans Licht kommen, glaub mir.«

»O ja, ich glaube es – wenn du der Wahrheit zum Sieg verhilfst. O Cadfael, wenn ich dich nicht hätte – ich würde verzweifeln. Diese ständigen Alltagssorgen – wenn ich doch nur an Edwin denken kann und an sonst gar nichts! Und Gervase wird erst morgen beerdigt! Nach seinem Tod habe ich keinen Anspruch mehr auf sein Pferd. Vor Weihnachten werden viele Reisende erwartet, und man braucht den Platz im Stall. Deshalb muß ich das Tier woanders hinbringen lassen oder verkaufen... Aber Edwin wird es behalten wollen, wenn...« Bedrückt schüttelte sie den Kopf und brachte das Ende dieses letzten Satzes nicht über die Lippen. »Sie haben mir gesagt, daß sie das Pferd woanders unterbringen wollen, bis ich eine Lösung gefunden habe. Vielleicht kann Martin es aufnehmen...«

Diese kleinen Ärgernisse hätten ihr die Brüder vorerst ersparen können, dachte Cadfael erbost. Sie war ein bißchen näher zu ihm gerückt, ihre Schulter berührte die seine. Ihre flüsternden Stimmen in dem schwach erleuchteten Raum und die Wärme, die von der verglimmenden Asche in der Kohlenpfanne aufstieg, erinnerten ihn lebhaft an ein heimliches Treffen in der Scheune ihres Vaters... Nein, er wollte sich nicht noch tiefer in diesen seltsamen Bann ziehen lassen.

»Richildis, ich muß dich um eine Information bitten. Hat dein Mann Edwin schriftlich zu seinem Erben eingesetzt, und wurde dieses Dokument gesiegelt?«

»O ja!« entgegnete sie, sichtlich erstaunt über seine Frage. »Die Urkunde war rechtskräftig, wurde aber durch die spätere Vereinbarung mit dem Kloster ungültig. Das heißt...« Erst jetzt wurde ihr bewußt, daß Gervase Bonel gestorben war, bevor man die Übertragungsurkunde gesiegelt hatte. »Diese Vereinbarung ist jetzt hinfällig geworden. Also besteht Edwins Erbanspruch immer noch. Unser Rechtsanwalt hat jenes Dokument ordnungsgemäß abgefaßt und gesiegelt, und ich besitze eine Abschrift.«

»Demzufolge könnte Edwin sein Erbe antreten – würde ihm keine Verhaftung wegen eines Mordes drohen, den er nicht begangen hat. Sag mir eins, Richildis, wenn du es weißt. Nehmen wir einmal an, das Schlimmste geschieht – was ich bezweifle, und man verurteilt Edwin als Mörder deines Mannes. Was würde dann aus Mallilie werden? Die Abtei könnte das Landgut nicht beanspruchen, Edwin könnte es nicht erben. Wer wäre in einem solchen Fall der Erbe?«

Richildis unterdrückte ihre Gefühle und zwang sich, die rechtlichen Folgen einer so schrecklichen Möglichkeit nüchtern zu überdenken. »Ich glaube, ich würde meinen Witwenanteil bekommen. Aber das Landgut würde an den Oberlehnsherrn gehen, den Grafen von Chester, weil es keinen anderen legitimen Erben gibt. Er könnte mit Mallilie machen, was er wollte. Vermutlich würde er es einem seiner Günstlinge übergeben – Landrat Prestcote oder einem Beamten des Landrats.«

Diese Sachlage beraubte – abgesehen von Edwin – alle, die bis jetzt in den Fall verwickelt worden waren, der Hoffnung, durch Bonels Tod irgend etwas zu gewinnen, zumindest, soweit es um materielle Werte ging. Ein Feind, von maßlosem Haß verzehrt, könnte auch Bonels Tod an sich als ausreichenden Gewinn betrachten. Doch das wäre ein übertriebener Racheakt an einem Mann gewesen, der durch keinerlei Extreme aufgefallen war – so sehr er Edwin auch zugesetzt haben mochte.

»Bist du sicher? Hatte Bonel keinen Neffen oder Vetter irgendwo in dieser Grafschaft?«

»Nein, sonst hätte er mir niemals versprochen, das Landgut meinem Sohn zu vermachen. Sein eigenes Fleisch und Blut war ihm sehr wichtig.«

Cadfael hatte überlegt, daß irgend jemand geplant haben könnte, Bonel und Edwin mit einem Streich zu beseitigen, indem er ersteren ermordete und den Verdacht auf letzteren lenkte. Doch diese Möglichkeit schied offenbar aus. Außer Edwin gab es niemanden, der auf das Erbe hoffen durfte.

Um Richildis zu trösten und zu ermutigen, legte Cadfael seine schwieligen Finger auf Richildis' schmale Hände und sah im Lichtschein mit wachsender Zärtlichkeit ihre angeschwollenen Gelenke und die bläulichen Adern auf dem Handrücken – Spuren der Jahre, die ihn stärker berührten als einst die mädchenhafte Glätte ihrer Haut. Auch ihr Gesicht war immer noch schön, trotz ihres Alters, und spiegelte das Glück eines erfüllten Lebens wider, das durch diese kurze Phase der Verzweiflung nicht beeinträchtigt wurde. Cadfael brauchte nur den Verlust seiner eigenen Jugend zu beklagen – und keine Mängel, die Richildis erlitten haben könnte. Sie hatte den richtigen Mann geheiratet, eine gute Ehe geführt und den Irrtum ihrer zweiten Ehe mit dem falschen Mann überstanden, ohne ernsthaften Schaden zu nehmen – vorausgesetzt, ihr Liebling wurde gerettet. Das – und nur das ist meine Aufgabe, dachte Cadfael dankbar.

Die warmen Hände, die er berührte, drehten sich und umschlossen seine Finger. Tiefes Mitleid sprach aus ihren schönen Augen – und ein schlechtes Gewissen, mit dem sie sich selbst schmeichelte. »O Cadfael, warum hast du es so schwergenommen? Mußtest du ins Kloster gehen. Ich dachte so oft an dich – und wußte nicht, daß ich dir so weh getan hatte. Bitte, sag doch – hast du mir meinen Treuebruch verziehen?«

»Es war meine Schuld«, versicherte er mit leicht übertriebener Herzlichkeit. »Ich habe dir immer nur das Beste gewünscht.«

Er stand auf, und sie hielt seine Hände fest und erhob sich mit ihm. Sie war bezaubernd – aber gefährlich wie alle naiven Frauen.

»Erinnerst du dich an unseren Verlobungsabend?« fragte sie in dem Flüsterton, der dieser späten Stunde angemessen war, aber auch intime Vertrautheit andeutete. »Damals war auch Dezember. Ich muß immer daran denken, seit ich weiß, daß du hier lebst – als Benediktinermönch! O Cadfael, wir hätten uns niemals träumen lassen, daß es so enden würde. Aber du warst so lange auf Reisen.«

Jetzt war es wirklich an der Zeit zu gehen. Sanft entzog er ihr seine Hände und verabschiedete sich, bevor noch schlimmere Versuchungen an ihn herantreten konnten. Sollte sie ruhig glauben, daß ihn der Verlust ihrer Liebe ins Kloster getrieben hatte... Diese Überzeugung würde ihr Kraft geben, bis sie wieder auf sicherem Boden stand. Und er selbst bereute nichts, denn er fühlte sich wohl in seiner schwarzen Kutte.

Durch die Frostnacht kehrte er zurück in die Heimat, die er gewählt hatte, der er immer noch den Vorzug gab und die er stets lieben würde.

Als er sich der Klosterpforte näherte, löste sich ein schmaler Schatten aus dem Dunkel hinter Richildis' Haus und folgte ihm, blieb dicht am Straßenrand, um sofort zwischen die Büsche zu gleiten, falls er sich umdrehte. Aber Cadfael blickte nicht zurück. Soeben hatte er die Gefahren kennengelernt, die in der symbolischen Version eines solchen Tuns lagen, außerdem war es nicht seine Art.

6.

Die Kapitelsitzung am nächsten Morgen versprach so langweilig wie immer zu werden, sobald Bruder Andrew seinen Vortrag beendet hatte und die geschäftlichen Diskussionen begannen. Trotzdem spitzte Cadfael, der hinter seiner Säule döste, die Ohren, als Bruder Matthew, der Kellermeister, von der randvollen Gästehalle und der Notwendigkeit sprach, in den Ställen Platz für die Pferde weiterer Reisender zu schaffen. Aus diesem Grund müßte man einige Pferde und Maultiere, die dem Kloster gehörten, woanders unterbringen. Zur Zeit waren viele Kaufleute unterwegs, die den milden Herbst nach der Belagerung und den Unruhen während des Sommers nutzten und vor dem Weihnachtsfest heimkehrten. Und edle Ritter suchten ihre Landsitze in der Grafschaft auf, um das Fest fern vom Waffenklirren im Süden zu begehen. Es ließ sich nicht leugnen, daß die klösterlichen Ställe überfüllt waren und daß im großen Hof wachsende Betriebsamkeit herrschte.

»Es geht auch um das Pferd des armen Master Bonel, der heute begraben werden soll«, sagte Bruder Matthew.

»Wir sind nicht mehr verpflichtet, das Pferd zu beherbergen und zu füttern, wenn ich auch weiß, daß dieser Fall in der Schwebe ist, solange der Mord und die neuen Besitzverhältnisse nicht geklärt sind. Aber die Witwe hat keinesfalls das Recht, dieses Pferd in unserem Stall stehenzulassen. Ihre verheiratete Tochter lebt in der Stadt und wird das Tier sicher aufnehmen können. Bis das alles geregelt ist, müssen wir es natürlich versorgen, aber es ist überflüssig, daß wir ihm einen Platz in unserem Hauptstall zur Verfügung stellen. Ich würde es gern zusammen mit ein paar Ackergäulen in den Stall am Pferdemarktplatz bringen. Seid ihr damit einverstanden?«

Damit war Cadfael ganz und gar nicht einverstanden. Erschrocken richtete er sich auf und ärgerte sich mehr über sein unglücklich gewähltes Versteck als über Matthews praktischen Vorschlag. Doch – wie hätte er so etwas voraussehen können? Der Stall diente nur selten als Unterkunft für Reittiere – abgesehen von jenen Tagen, wo die Pferdemärkte und die Jahrmärkte von St. Peter abgehalten wurden und wo er seinen eigentlichen Zweck erfüllte. Wie sollte er Edwin rechtzeitig vom Heuboden herunterholen und vor der Entdeckung bewahren – am hellen Tag, während ihn religiöse Pflichten einengten?

»Das ist eine gute Idee«, stimmte Prior Robert zu. »Am besten läßt du die Pferde sofort hinausbringen.«

»Gut, dann werde ich den Reitknechten die nötigen Anweisungen geben. Habe ich auch deine Erlaubnis, Witwe Bonels Pferd hinauszuschaffen, Vater?«

»Selbstverständlich!« Roberts Interesse an der Familie Bonel hatte erheblich nachgelassen, da es zweifelhaft war, ob er das Landgut Mallilie jemals besitzen würde. Allerdings hegte er nicht die Absicht, seine Hoffnungen kampflos aufzugeben. Der Mord und seine Folgen brannten ihm auf der Seele, und er hätte am liebsten nicht nur das Pferd, sondern den gesamten Bonel-Haushalt entfernt, wäre das dem Gesetz nach möglich gewesen. Er wollte nicht, daß die Abtei mit einem so furchtbaren Verbrechen in Verbindung gebracht wurde, er wollte auch nicht, daß die Beamten des Landrats seine Gäste befragten oder daß auch nur der Hauch eines Skandals wie ein fauler Gestank über den Klostermauern hing. »Vorerst können wir uns nicht um die legalen Komplikationen kümmern, die sich an die Vereinbarung mit Bonel knüpfen. Diese ist natürlich hinfällig geworden – es sei denn, der neue Besitzer von Mallilie beschließt, den Willen des Verstorbenen zu erfüllen und das Dokument zu siegeln. Vor Master Bonels Bestattung darf in dieser Hinsicht nichts unternommen werden. Aber das Pferd können wir natürlich wegbringen. Ich bezweifle, daß die Witwe Bonel Verwendung für ein Reittier hat, doch das ist nicht unser Problem.«

Er bereut es schon, daß er in einer impulsiven mitleidigen Anwandlung ein Grab für Gervase Bonel im Kirchenquerschiff zur Verfügung gestellt hat, dachte Cadfael. Jetzt kann er das nicht mehr rückgängig machen, ohne seine Würde aufs Spiel zu setzen. Gott sei Dank wird Richildis jenen Trost finden, den ihr ein feierliches Begräbnis spenden kann, denn alles, was Robert organisiert, hat den Anstrich edler Größe. Bis jetzt war Gervase prunkvoll in der Totenkapelle aufgebahrt, und heute abend wird man ihn auf klostereigenem Grund und Boden bestatten. Das wird Richildis beruhigen. Sicher hat sie dem Toten gegenüber gewisse Schuldgefühle, und wenn sie allein ist, wird sie sich mit Selbstvorwürfen quälen. ›Hätte ich ihn bloß nicht geheiratet... Hätte ich doch Frieden zwischen Gervase und Edwin gestiftet – dann wäre er vielleicht noch am Leben...‹

Während man über den potentiellen Kauf eines Grundstücks sprach, das den Friedhof vergrößern würde, hörte Cadfael nicht mehr zu. Statt dessen überdachte er seine eigenen, viel dringlicheren Probleme. Es würde ihm nicht schwerfallen, einen Vorwand zu finden, um sich in der Nähe des Foregates aufhalten zu können, wenn die Reitknechte die Pferde in das neue Quartier brachten. Die Laienbrüder würden ihn kaum beachten. Wenn er den als

Mönch verkleideten Edwin unbemerkt auf den Heuboden gebracht hatte, konnte er ihn genausogut wieder herausholen – vorausgesetzt, er wählte den richtigen Zeitpunkt. Und wohin sollten sie sich dann wenden! Gewiß nicht in die Richtung des Pförtnerhauses. An der Straße nach St. Giles wohnten einige Leute, die er behandelt hatte, als sie krank gewesen waren, und er hatte dort schon so manches fiebernde Kind kuriert. Sicher würden sie einen jungen Mann aufnehmen, wenn er sie darum bat, doch der Gedanke, daß er sie dadurch in die Sache verwickeln würde, mißfiel ihm. Und am Ende der Straße stand das Lepra-Hospital von St. Giles, wo die jungen Brüder einen Teil ihres Noviziats abdienten, indem sie jene unglücklichen Menschen betreuten. Ja, es würden sich sicher Mittel und Wege finden, um Edwin zu schützen...

Cadfael wurde abrupt aus seinen Gedanken gerissen und horchte ungläubig auf, als sein Name genannt wurde. Bruder Jerome war von seinem Platz direkt neben dem Prior aufgestanden und erging sich in einem heftigen Wortschwall, die dünne Gestalt in täuschender Demut geneigt, die scharfen Augen in heiliger Milde halb geschlossen. Und soeben hatte er Bruder Cadfaels Namen in falscher Besorgnis und Zuneigung ausgesprochen.

»...ich will nicht behaupten, daß das Benehmen unseres lieben, hochgeschätzten Bruders unschicklich war, mein Vater. Ich bitte dich nur, seiner Seele beizustehen, denn er ist in Gefahr. Wie mir zu Ohren gekommen ist, unterhielt Bruder Cadfael vor vielen Jahren eine irdische Beziehung zu der Dame, die jetzt Mistreß Bonel heißt und als Gast auf unserem Grund und Boden wohnt. Nach dem Tod ihres Mannes nahm er wieder Verbindung auf, was ich ihm keineswegs zur Last lege, denn es war seine Pflicht, dem Sterbenden beizustehen, an dessen Bett man ihn gerufen hatte. Aber bedenk doch, Vater – welch einer schweren Prüfung wird das Pflichtgefühl eines Mönches unterzogen, wenn er plötzlich wieder an längst vergessene weltliche Dinge erinnert wird!«

Prior Roberts hochmütig erhobener Kopf und der emporgereckte Hals, der es ihm ermöglichte, aus noch erhabeneren Höhen auf den gefährdeten Bruder herabzublikken, ließen erkennen, daß er dies tatsächlich bedachte. Auch Cadfael begann die Lage zu sondieren, nachdem sein anfänglicher, staunender Zorn in kühles Begreifen übergegangen war. Er hatte Bruder Jeromes Frechheit ebenso unterschätzt wie seine Bosheit. Dieses große, knorpelige Ohr mußte sich ziemlich fest an Richildis' Schlüsselloch gepreßt haben, sonst hätte es nicht so viel erlauschen können.

»Willst du andeuten«, fragte Robert entsetzt, »daß Bruder Cadfael ein unerlaubtes Gespräch mit einer Frau geführt hat? Bei welcher Gelegenheit? Wir alle wissen, daß er an Master Bonels Totenlager saß, daß er dem Unglücklichen nach besten Kräften zu helfen suchte und daß auch die bedauernswerte Ehefrau anwesend war. Und wir dürfen ihm wahrlich nicht übelnehmen, daß er seiner Pflicht Genüge tat.«

Bruder Cadfael, an den man das Wort noch nicht gerichtet hatte, saß in grimmigem Schweigen da und wartete erst einmal ab, denn es war offensichtlich, daß dieser Angriff den Prior ebenso überrascht hatte wie ihn selbst.

»O nein, das würde ihm keiner von uns vorwerfen«, beeilte sich Jerome zu beteuern. »Es war seine Christenpflicht, Master Bonel jene Hilfe zu gewähren, zu der ihn seine Kenntnisse befähigen. Aber soviel ich weiß, hat er die Witwe danach noch einmal besucht – erst gestern abend. Zweifellos wollte er die unglückliche Frau trösten. Aber ich brauche wohl nicht auf die Gefahren hinzuweisen, die in einer solchen Begegnung liegen, Vater! Gott bewahre mich vor dem Gedanken, daß ein Mann, der seine Verlobte an einen anderen verlor, in späteren Jahren, nachdem er der Welt entsagt hatte, beim Anblick der einst Geliebten von unheiliger Eifersucht gepackt werden könnte... Nein, an so etwas wollen wir nicht denken!

Aber wäre es nicht besser, unseren geliebten Bruder vor gewissen Versuchungen zu schützen? Ich sage das wirklich nur, weil mir sein Seelenheil am Herzen liegt.«

Du sagst es, dachte Cadfael zähneknirschend, weil du jetzt endlich eine Waffe gegen den Mann gefunden hast, den du schon seit Jahren völlig wirkungslos mit deinem Haß verfolgst. Und wenn ich dir – Gott verzeihe mir – den dürren Hals umdrehen könnte, würde ich das mit Vergnügen tun.

Cadfael erhob sich und trat vor, so daß ihn alle sehen konnten. »Hier bin ich Vater Prior, ich will dir Rede und Antwort stehen. Bruder Jeromes Sorge um mein Seelenheil ist ziemlich übertrieben, und ich versichere dir, daß es ungefährdet ist.«

Prior Robert blickte ihn an, viel zu nachdenklich für Cadfaels Geschmack. Natürlich würde der Klostervorstand jeden Verdacht, eines seiner Schäfchen könnte sich ungehörig benommen haben, im Keim ersticken und seine Mönche – um seines eigenen Ansehens willen – vor aller Welt verteidigen. Andererseits würde er jede Gelegenheit begrüßen, die eigenmächtigen Aktivitäten eines Mannes einzuschränken, der ihm nie ganz geheuer gewesen war. Vielleicht, weil er in Cadfaels Unabhängigkeit einen gewissen Hang zu lebensfroher Satire entdeckt hatte... Robert war nicht dumm, und es konnte ihm nicht entgangen sein, daß man ihm einreden wollte, Cadfael wäre angesichts seiner verflossenen Geliebten von Eifersucht übermannt worden und hätte den Rivalen kurzerhand aus dieser Welt entfernt. Wer kannte die Heilpflanzen besser als er, wer wußte besser, wie man sie anwenden und wie man sie dosieren mußte, um dieses oder jenes Ergebnis zu erzielen. Gott möge ihn vor einem solchen Gedanken schützen, hatte Jerome scheinheilig betont und im gleichen Atemzug genau diesen Gedanken ins Gehirn des Priors gepflanzt.

Es war zweifelhaft, ob Robert ernsthaft solche Überlegungen anstellen würde – jedenfalls konnte er es Jerome nicht übelnehmen, daß er ihn darauf gebracht hatte, denn der Schreiber machte sich nützlich und diente ihm unterwürfig wie eh und je. Außerdem ließ sich nicht bestreiten, daß alles möglich war. Cadfael hatte das Eisenhutöl hergestellt und kannte die Eigenschaften dieser Arznei. Er hätte sie nicht einmal heimlich beschaffen müssen, da er für die medizinischen Vorräte verantwortlich war. Und wie wollte man wissen, ob er dem Rebhuhn nicht jenes Gift beigemischt hatte, dessen mörderische Wirkung er später heuchlerisch bekämpft hatte?

Ich sah Aelfric über den Hof gehen, dachte Cadfael. Wie leicht hätte ich ihn aufhalten können, um ein paar Worte mit ihm zu wechseln und um den Deckel von der köstlich duftenden kleinen Schüssel zu heben. Und nachdem ich erfahren hatte, für wen die Speise bestimmt war, hätte ich noch ein Gewürz aus meiner eigenen Werkstatt hinzufügen können... Aelfric hätte nur für einen kurzen Augenblick abgelenkt werden müssen – und schon wäre es geschehen... Wie schnell man doch in einen Verdacht geraten kann, der sich nicht entkräften läßt...

»Stimmt es, Bruder«, fragte Robert mit unheilvoller Stimme, »daß du in deiner Jugend, bevor du dein Gelübde ablegtest, eine intime Beziehung zu Mistreß Bonel hattest?«

»Das stimmt«, bekannte Cadfael freimütig, »falls du mit Intimität nichts weiter meinst als vertraute Nähe und Zuneigung. Bevor ich an den Kreuzfahrten teilnahm, verlobten wir uns, und niemand wußte davon. Das war vor über vierzig Jahren, und in der Zwischenzeit habe ich sie nicht gesehen. Während meiner Abwesenheit hat sie geheiratet, und als ich von meiner Reise zurückkehrte, ging ich ins Kloster.« Je weniger er zu diesem Thema sagte, desto besser.

»Warum hast du diese Dinge nicht erwähnt, als von jener Vereinbarung mit den Bonels die Rede war?«

»Ich wußte nicht, wer Mistreß Bonel ist, bevor ich sie am Todestag ihres Mannes wiedersah. Der Name sagte mir nichts, und ich war nur über ihre erste Ehe informiert. Wie du weißt, wurden Bruder Edmund und ich in Master Bonels Haus gerufen, als er seinen Anfall bekam, und ich ging ahnungslos hin.«

»Das erkenne ich an«, erwiderte Robert salbungsvoll. »Soweit ich es feststellen konnte, hast du dich dort ganz sicher einwandfrei und keineswegs unziemlich benommen.«

»Vater Prior!« warf Jerome hastig ein. »Ich wollte nicht andeuten, daß Bruder Cadfael sich in irgendeiner Weise vergangen hat...« Das gedehnte Ende seines Satzes schien stumm die Worte ›noch nicht‹ hinzuzufügen. »Ich möchte ihn nur vor den Fallstricken der Versuchung bewahren. Der Teufel kann auch hinter christlicher Nächstenliebe lauern.«

Prior Robert fuhr fort, Cadfael eingehend zu mustern, und wenn er den Mönch auch nicht verurteilte – die erhobenen Brauen und die bebenden Nasenflügel verrieten seine Mißbilligung nur allzu deutlich. Kein Bewohner seines Klosters durfte zugeben, daß er eine Frau auch nur zur Kenntnis nahm, wenn es sich nicht um die Erfüllung einer Christenpflicht oder geschäftliche Dinge handelte. »Sicher war es gut und richtig, daß du dich um den kranken Master Bonel gekümmert hast, Bruder Cadfael. Aber ist es tatsächlich wahr, daß du die Witwe gestern abend besucht hast? Warum? Wenn sie Trost braucht, soll sie sich doch an den Gemeindepfarrer von Shrewsbury wenden. Vor zwei Tagen hattest du einen stichhaltigen Grund, in dieses Haus zu gehen – gestern abend nicht.«

Geduldig gab Bruder Cadfael Antwort, denn es wäre sinnlos gewesen, die Geduld zu verlieren, und nichts konnte Bruder Jerome tiefer demütigen als freundliche Gelassenheit. »Ich habe Mistreß Bonel besucht, um ihr gewisse Fragen im Zusammenhang mit dem Mordfall zu stellen, Vater Prior. Wir alle wünschen, daß der Täter möglichst schnell gefunden wird, damit wieder Ruhe in unser Haus einkehrt.«

»Das ist Sache des Landrats und seiner Beamten«, entgegnete Robert kühl, »und braucht dich nicht zu kümmern. Soviel ich weiß, gibt es keine Zweifel an Edwin Gurneys Täterschaft. Man muß den jungen Mann, der dieses abscheuliche Verbrechen verübt hat, nur noch festnehmen. Deine Ausrede mißfällt mir, Bruder Cadfael.«

»Ich beuge mich gehorsam deinem Urteil, darf aber meine eigenen Ansichten nicht außer acht lassen. Nach meinem Ermessen ist Edwin Gurney unschuldig, und es wird nicht leicht sein, die Wahrheit zu beweisen. Außerdem war meine Erklärung keine Ausrede, sondern der Grund, warum ich Mistreß Bonel aufgesucht habe. Meine Arznei, die nichts weiter bewirken sollte, als Schmerzen zu lindern, wurde als Mordwerkzeug mißbraucht. Weder unsere Ordensgemeinde noch ich – ein Ordensmitglied – können in Frieden weiterleben, wenn die Wahrheit nicht ans Licht kommt.«

»Wenn du das sagst, bringst du zum Ausdruck, daß du den Fähigkeiten unserer Rechtspfleger kein Vertrauen schenkst, jener Männer, die – im Gegensatz zu dir – das Gesetz vertreten. Dies ist eine hochmütige Haltung, die ich beklage.« Im Grunde meinte Prior Robert mit diesen Worten, daß er die Benediktinerabtei St. Peter und St. Paul von dem abscheulichen Mord distanzieren wollte, den man auf ihrem Grund und Boden begangen hatte. Und er würde Mittel und Wege finden, um sämtliche Aktivitäten des Mannes zu unterbinden, der diesem Ziel zuwiderhandelte. »Ich glaube, Bruder Jerome hat recht, und es ist unsere Aufgabe, dich vor Dummheiten und Sünden zu bewahren. Du wirst keine Verbindung mehr mit Mistreß Bonel aufnehmen und in der Enklave bleiben, bis über die Zukunft der Witwe entschieden wurde – bis sie das Haus am Mühlenteich verläßt. In der Zwischenzeit wirst du deinen religiösen Pflichten und deiner Arbeit nur innerhalb dieser Mauern nachgehen.«

Jeder Widerspruch war sinnlos. Man konnte das Gelübde des Gehorsams, das man freiwillig abgelegt hatte, nicht brechen, sobald es einem unbequem erschien. Bruder Cadfael neigte den Kopf. Von einer Verbeugung konnte keine Rede sein – eher glich er einem Stier, der streitlustig seine gehörnte Stirn senkte. »Ich werde deinen Befehl befolgen, Vater«, sagte er grimmig, »so wie es mir die Pflicht gebietet.«

»Aber du, junger Mann«, sagte er eine Viertelstunde später zu Bruder Mark, mit dem er sich im Gartenschuppen eingeschlossen hatte, »brauchst dich nicht an die Anweisungen des Priors zu halten.«

»Genau das habe ich mir auch schon gedacht«, entgegnete der Gehilfe, der noch viel wütender war als Cadfael. »Doch ich hatte befürchtet, daß du es anders sehen würdest.«

»Gott weiß, daß ich dich niemals in meine sündige Verstrickung hineinziehen würde, wenn es nicht nötig wäre«, seufzte Cadfael. »Und vielleicht sollte ich es wirklich nicht tun – vielleicht müßte der Junge für sich selbst einstehen. Wenn er bloß nicht gegen eine solche Übermacht kämpfen müßte...«

»He!« Bruder Mark zog nachdenklich die Brauen zusammen und ließ seine dünnen Beine von der Bank baumeln. »Es geht wohl um den Burschen, der was weggeworfen hat, nicht wahr? Ein geheimnisvolles Ding, das wir nicht finden konnten und das keine Flasche sein darf... Soviel ich gehört habe, ist er noch ein halbes Kind. Und die Evangelisten sagen doch, daß wir uns um die Kinder kümmern sollen.«

Cadfael warf ihm einen sanften, abschätzenden, liebevollen Blick zu. Das eine Kind war vier Jahre älter als das andere. Um Mark hatte sich niemand gekümmert, seit er mit drei Jahren die Mutter verloren hatte. Die elementarsten Lebensnotwendigkeiten wie Nahrung und Obdach waren ihm nur widerstrebend gewährt worden. Der andere Junge war stets geliebt, verwöhnt und bewundert worden – bis vor wenigen Monaten der unselige Konflikt mit seinem Stiefvater begonnen und ihn später in eine verzweifelte Lage gebracht hatte.

»Er ist ein kluges, tüchtiges Kind, Mark, aber er verläßt sich auf mich. Ich habe die Verantwortung übernommen und ihm Ratschläge gegeben. Wäre er allein gelassen worden, käme er sicher genauso gut zurecht.«

»Sag mir, wohin ich gehen und was ich tun muß«, bat Mark, der seinen Zorn vergaß und von Abenteuerlust gepackt wurde.

»Also gut.« Cadfael verriet ihm, wo er Edwin untergebracht hatte. »Geh aber erst nach dem Hochamt hin! In der Kirche darfst du nicht fehlen, und du darfst nichts unternehmen, was deinen Ruf gefährden könnte. Wenn es Schwierigkeiten gibt, bring dich sofort in Sicherheit – verstanden?«

Bruder Mark grinste. »Verstanden.«

Um zehn Uhr morgens, als das Hochamt begann, hatte Edwin es gründlich satt, gehorsam und tugendhaft zu sein. Seit er zum erstenmal rebellisch aus der Wiege und in den Hof gekrochen war, um von einer wütenden Richildis zwischen rollenden Wagenrädern hervorgezogen zu werden, hatte er seinen Tatendrang nicht mehr bezähmen müssen. Nun quälte ihn der aufgezwungene Müßiggang bis aufs Blut. Trotzdem – er war es Bruder Cadfael schuldig, tapfer auszuharren, so wie er es versprochen hatte. Nur im Dunkel der Nacht hatte er sich hinausgewagt, um sich die Beine zu vertreten, die Gassen rings um den Pferdemarkt und das Foregate zu erforschen, die breite Straße, die nach London führte. Lange bevor sich der erste Lichtstreifen am östlichen Horizont gezeigt hatte, war er auf den Heuboden zurückgekehrt. Nun saß er auf einem ausgedienten Faß, schlug die Fersen gegen das Holz, verspeiste einen von Cadfaels Äpfeln und wünschte, daß irgend etwas geschehen würde. Seufzend starrte er auf den schwachen Lichtschimmer, der durch den schmalen Entlüftungsschlitz hereinfiel.

Wenn Wünsche Gebete sind, dann wurde Edwin erstaunlich schnell erhört. Er hatte sich längst an die Hufschläge der Pferde auf dem Foregate und an das Stimmengewirr, das von der Stadt herüberdrang, gewöhnt. Doch jetzt wurde plötzlich das breite Doppeltor des Stalls aufgestoßen, krachend schlugen die beiden Türflügel gegen die Wand. Die Hufe, die auf dem Kies des Marktplatzes knirschten und dann auf dem festgetretenen Erdreich im Stall stampften, verrieten deutlich, daß mehrere Pferde am Zügel hereingeführt wurden.

Edwin richtete sich auf und lauschte angespannt. Ein Pferd – noch eins – immer mehr, leichtere Schritte, von kleineren Hufen... Offenbar wurden auch Maultiere in den Stall gebracht, von mindestens zwei Pferdeknechten, vielleicht auch von drei oder vier. Wie erstarrt saß Edwin da und getraute sich nicht einmal mehr in seinen Apfel zu beißen. Nun, wenn sie nichts weiter vorhatten, als die Tiere im Stall unterzustellen, mußte er nichts befürchten und sich nur still verhalten.

Im Heuboden war eine schwere Falltür eingelassen, so daß die Pferdeknechte die Außentreppe nicht hinaufzusteigen und den Schlüssel zu der kleinen Tür nicht mitzunehmen brauchten, wenn sie oben zu tun hatten. Edwin streckte sich auf dem Boden aus und preßte sein Ohr an eine Ritze.

Eine jugendliche Stimme sprach besänftigend auf ein unruhiges Pferd ein, und Edwin hörte, wie der Hals des Tieres getätschelt wurde. »Ist ja gut, mein Freund! Ein schöner Bursche bist du! Der Alte hat was von Pferden verstanden, das muß man ihm lassen. Ein Jammer, daß dieser herrliche Hengst so wenig Bewegung hat! Was für eine Verschwendung!«

»Bring ihn da rüber und hilf mir, die Maultiere hereinzuführen«, befahl eine mürrische Stimme.

Während unten im Stall ein reges Kommen und Gehen herrschte, erhob sich Edwin lautlos und schlüpfte in die Benediktinerkutte. Das war seine beste Tarnung für den

Fall, daß man ihn entdeckte – wenn es auch nicht so aussah, als würde ihm Gefahr drohen. Er bezog wieder seinen Horchposten – gerade rechtzeitig, um eine dritte Stimme zu vernehmen. »Wir müssen die Heuhaufen füllen. Da oben gibt's genug Futter.«

Nun würden sie also doch noch in seine Zufluchtsstätte eindringen... Knarrend stieg ein Fuß auf die unterste Leitersprosse. Edwin sprang hastig auf. Jetzt bemühte er sich nicht mehr, keinen Lärm zu machen. Er rollte das große Faß über die Falltür. Im gleichen Augenblick wurden die Riegel an der Unterseite der Tür zurückgeschoben, ihr lautes Klappern übertönte das Poltern des Fasses. Edwin setzte sich auf seine Barrikade und wünschte, daß er dreimal so schwer wäre. Aber es ist nicht so einfach, die Arme über den Kopf zu heben und ein Gewicht nach oben zu stemmen. Diese Erfahrung mußte der Stallknecht, der auf der Leiter stand, jetzt machen, und Edwins schlanker Körper wog offenbar genug. Die Falltür unter seinen Füßen schwankte nur ein wenig, sonst geschah nichts.

»Sie klemmt!« rief eine ärgerliche Stimme. »Oder irgendein Narr hat sie an der Oberseite versperrt!«

»Da oben gibt's keine Riegel! Streng dich mal ein bißchen an! Du bist doch nicht aus Zucker!«

»Wenn's oben keine Riegel gibt, dann haben sie eben irgendwas Schweres auf die Tür gelegt. Ich sage euch doch – sie läßt sich nicht öffnen!«

»Dann komm runter und laß einen richtigen Mann ran!« knurrte die mürrische Stimme. Ein beängstigendes Rumpeln erklang, als schwerere Beine die Leiter heraufkletterten. Edwin hielt den Atem an und versuchte sich möglichst schwer zu machen, indem er alle Muskeln anspannte. Die Falltür zitterte, hob sich aber nicht einmal um einen Zoll. Der Pferdeknecht, der sich dagegenstemmte, keuchte und fluchte.

»Na, was habe ich dir gesagt. Will?« frohlockte sein Gefährte.

»Wir müssen eben durch die Außentür gehen. Zum

Glück habe ich beide Schlüssel mitgenommen. Komm, hilf mir das schwere Ding von der Falltür wegzuschieben und das Heu runterzuschaffen!«

Er hätte keinen Schlüssel gebraucht, denn die Heubodentür war offen. Seine Stimme wurde leiser, während er die Leiter hinabstieg, Schritte stapften durch die Stalltür. Zwei Pferdeknechte waren hinausgeeilt... Edwins Gedanken überschlugen sich. Es war nur noch eine Frage von Sekunden, bis sie ihn entdecken würden. Er hatte nicht einmal Zeit, sich im Heu zu vergraben. Doch diese Strategie würde ihm ohnehin nichts nützen, sobald sie mit ihren Heugabeln ankamen. Wenn es nur drei waren – warum sollte er sich nicht lieber mit einem herumschlagen, statt mit dreien? Eilig rollte er das Faß vor die Außentür, dann zog er mit aller Kraft am Griff der Falltür. Sie ließ sich so leicht hochheben, daß er fast nach hinten gestürzt wäre. Aber er fand sein Gleichgewicht sofort wieder und schwang sich durch die Öffnung, verschwendete keine Zeit damit, die Falltür wieder zu schließen, und konzentrierte seine ganze Aufmerksamkeit auf die Gefahren, die da unten lauerten.

Es waren vier – nicht bloß drei! Zwei waren bei den Pferden geblieben. Einer hatte ihm den Rücken zugewandt und häufte Heu in eine Futterkrippe am anderen Ende des Stalls. Der zweite – ein dünner, sehniger Mann mit zottigem, grauem Haar – kam gerade aus einer Box, nur wenige Schritte vom Fuß der Leiter entfernt.

Es war zu spät, um den Plan zu ändern, und Edwin zögerte nicht. Er kletterte ein paar Sprossen hinab und warf sich auf den Pferdeknecht. Der Mann hatte die plötzliche Bewegung bemerkt und sich zur Leiter gewandt, und da sah er Edwin in der viel zu großen Kutte herabfliegen wie eine schwarze Wolke. Er wurde rücklings zu Boden geworfen, die Luft blieb ihm weg. Welchen Vorteil die Kutte dem Jungen auch geboten haben mochte – nach diesem Angriff war sie nur mehr ein Hindernis. Der andere Stallknecht, der sich beim Schreckensschrei seines Kameraden umgedreht hatte, ließ sich nur für wenige Sekunden durch den Anblick des vermeintlichen Benediktinerbruders verwirren. Die seltsame Gestalt raffte mit einer Hand ihre Kutte, mit der anderen griff sie nach der Heugabel, die seinem Gefährten entfallen war. Keiner von den Mönchen, die der Stallknecht kannte, hatte sich jemals so aufgeführt. Er faßte sich ein Herz und rannte auf den Burschen zu, um sofort wieder stehenzubleiben, als die Heugabel herumgeschwungen wurde und die Zacken auf seinen Bauch zeigten. Mittlerweile war der andere wieder auf die Beine gekommen und stand zwischen dem Flüchtling und dem offenen Tor.

Es gab nur einen einzigen Weg, und den ging Edwin. Die erhobene Heugabel in den Händen, zog er sich in die nächstbeste Box zurück. Ohne den Blick von seinen Gegnern abzuwenden, sah er aus den Augenwinkeln das Pferd, das neben ihm stand – den Hengst, den der junge Stallknecht beruhigt und dessen Vernachlässigung er beklagt hatte. Der große, lebhafte Braune mit der helleren Mähne und dem weißen Fleck auf der Stirn stampfte erregt, grub sein Maul in Edwins Haar und winselte ihm ins Ohr. Er hatte sich von seiner Futterkrippe abgewandt, um den Kampf zu beobachten, und nun schlang Edwin einen Arm um seinen Hals und stieß einen Freudenschrei aus. »Rufus! O Rufus!«

Er ließ die Heugabel fallen, griff in die lange Mähne und schwang sich auf den Pferderücken. Was machte es schon aus, daß er weder Sattel noch Zaumzeug hatte? Oft genug hatte er auf Rufus' nacktem Rücken gesessen, in den Tagen, bevor er mit dessen Eigentümer in Streit geraten war. Er grub die Fersen in die Flanken des Hengstes, drückte ihm die Knie in die Rippen und setzte seinen bereitwilligen Komplizen in Bewegung.

Die Pferdeknechte waren zwar bereit gewesen, den falschen Mönch dingfest zu machen, doch sie hatten keine Lust, sich in den Weg des kräftigen Pferdes zu stellen. Wie ein Armbrustbolzen schoß es aus der Box. Sie sprangen so hastig beiseite, daß der ältere Mann über ein Heubündel stolperte und zum zweitenmal der Länge nach hinfiel. Edwin neigte sich tief über Rufus' muskulöse Schultern, flüsterte zusammenhanglose Worte der Dankbarkeit und Ermutigung in die zurückgelegten Pferdeohren. Der Braune sprengte auf den dreieckigen Marktplatz hinaus, und der Junge lenkte ihn instinktiv von der Stadt weg und galoppierte auf dem Foregate davon.

Die beiden Männer, die auf der Außentreppe nach oben gestiegen waren, hatten inzwischen die erstaunliche Entdeckung gemacht, daß die Tür unverschlossen war und sich trotzdem nicht aufstoßen ließ. Nun hörten sie das Trommeln der Hufe, wandten die Köpfe und starrten dem Reiter nach.

»Gott steh uns bei!« keuchte Watt und riß die Augen auf. »Das ist einer von den Brüdern! Warum hat er es denn so eilig?«

In diesem Augenblick zerrte der Wind die Kapuze von Edwins Kopf, sie sahen das dichte, zerzauste Haar, das jungenhafte Gesicht. Mit einem gellenden Schrei rannte Will die Stufen hinab. »Das ist kein Mönch! Er hat keine Tonsur! Das ist der Bursche, der vom Landrat gesucht wird! Wer sonst hätte sich in unserem Stall verstecken sollen?«

Aber Edwin hatte bereits einen großen Vorsprung, und im Stall stand kein Pferd, das sich mit Rufus hätte messen und ihn einholen können. Der junge Knecht hatte es klar erkannt – der vernachlässigte Hengst hatte sich nach Bewegung gesehnt, und jetzt, wo er dem Stall endlich entronnen war, sprengte er munter dahin. Nur ein einziges Hindernis versperrte den Weg in die Freiheit. Zu spät erinnerte sich Edwin an Cadfaels Rat, keinesfalls auf der Londoner Straße zu fliehen, denn bei St. Giles, hinter den letzten Vororten von Shrewsbury, würden die Spähtrupps, die nach dem Jungen suchten, alle Reisenden kontrollieren. An diese Warnung dachte er erst wieder, als er vier Reiter sah, die ihm langsam entgegenkamen. Sie waren soeben von einer anderen Truppe abgelöst worden und kehrten nun zum Schloß zurück.

Er konnte nicht zwischen ihnen hindurchsprengen, und die schwarze Kutte des Reiters, der in so halsbrecherischer Geschwindigkeit herangaloppierte, konnte sie keine Sekunde lang täuschen. Edwin hatte nur eine einzige Möglichkeit. Mit flehender Stimme und drängenden Knien versetzte er das widerstrebende Pferd in eine langsamere Gangart, dann schwang er es herum und sprengte den Weg zurück, den er gekommen war. Ein vierstimmiger Jubelschrei klang hinter ihm auf und ließ keinen Zweifel an der Tatsache, daß er nun von einem bewaffneten Trupp verfolgt wurde. Entschlossen hefteten sich die Männer an seine Fersen, überzeugt, daß sie einen Missetäter vor sich hatten, wenn sie seine Identität auch noch nicht kannten.

Nach dem Hochamt eilte Bruder Mark zum Pferdemarkt, mit dem Auftrag, den Heuboden unbemerkt zu betreten, damit man später nicht behaupten konnte, man hätte nur einen hineingehen, aber zwei herauskommen sehen. Er erreichte den Stall gerade rechtzeitig, um das erregte Geschrei der Pferdeknechte zu hören und zu beobachten, wie Edwin mit wehender Kutte, den Kopf tief über den Pferdehals gebeugt, auf dem Foregate davongaloppierte. Mark hatte Edwin Gurney nie zuvor gesehen. Trotzdem brauchte er nicht lange zu überlegen, wer dieser verzweifelte Flüchtling sein mochte, und er wußte auch, daß er selbst zu spät gekommen war. Man hatte den Gesuchten aus seinem Versteck gelockt, aber noch nicht festgenommen, und Bruder Mark konnte nichts tun, um ihm zu helfen.

Will, der beherzte Oberstallknecht, hatte in aller Eile das beste Tier aus einer der Boxen geholt und sich eben erst in den Sattel geschwungen, als er den Braunen wieder heransprengen sah. Er gab seinem Pferd die Sporen, um dem blitzschnellen Hengst den Weg abzuschneiden, obwohl das ein gewagtes Unterfangen war. Doch das Roß war nicht so mutig wie sein Reiter und scheute vor Rufus' gestrecktem Hals, den zurückgelegten Ohren und wild rollenden Augen zurück. Ein Knecht schleuderte eine Heugabel nach den donnernden Hufen, allerdings nur halbherzig, und Rufus machte nur einen kleinen, verwirrten Seitensprung, ohne sein Tempo zu drosseln, und sprengte weiter zur Stadt.

Will wäre ihm nachgeritten, wenn auch ohne jede Hoffnung, daß er den hellgelben, aufgebauschten Schwanz im Auge behalten würde. Aber da näherten sich bereits die Verfolger auf dem Foregate, und er war gern bereit, ihnen diese Aufgabe zu überlassen. Immerhin war es ihre und nicht seine Pflicht, Übeltäter einzufangen. Und was immer dieser Pseudo-Mönch sonst angestellt haben mochte – er hatte ganz gewiß ein Pferd gestohlen, das der Witwe Bonel gehörte und der Abtei überantwortet worden war.

Natürlich mußte man den Diebstahl sofort melden. Will ritt den herangaloppierenden Wachtposten entgegen und hob eine Hand, worauf sie ihre Pferde zügelten. Seine drei Gefährten eilten herbei, um auch aus ihrer Sicht zu schildern, was geschehen war.

Mittlerweile hatte sich eine große Zuhörermenge versammelt. Mehrere Reiter hatten ihre Reise unterbrochen, um herauszufinden, was dieser vielversprechende Tumult bedeutete, zahlreiche Leute waren aus den umliegenden Häusern gelaufen. Während der Spähtrupp und die Stallknechte Informationen austauschten, drängten sich interessierte Kinder heran, was die Fortsetzung der Verfolgungsjagd verzögerte. Mütter holten ihre Sprößlinge und versperrten den Weg für eine weitere volle Minute. Aber es schien keine vernünftige Erklärung für die Tatsache zu geben, daß das Pferd des Hauptmanns, als der Trupp endlich aufbrechen wollte, ärgerlich wieherte und sich aufbäumte und seinen Herrn beinahe abwarf. Dieser hatte nicht mit einem solchen Zwischenfall gerechnet und mußte weitere Minuten opfern, um das erregte

Tier wieder in seine Gewalt zu bringen, bevor er an der Spitze seiner Männer dem Flüchtling nachgaloppieren konnte.

Bruder Mark stand mit hochgerecktem Hals inmitten der neugierigen Schar und schaute der Patrouille nach, die zur Stadt ritt. Er war sicher, daß der Braune genügend Zeit gefunden hatte, um aus dem Blickfeld seiner Verfolger zu verschwinden. Alles weitere lag bei Edwin Gurney. Mark faltete seine Hände in den weiten Kuttenärmeln, zog sich die Kapuze in die Stirn, um sein ausdrucksloses Gesicht zu überschatten, und kehrte mit fragwürdigen Neuigkeiten zum Pförtnerhaus der Abtei zurück. Unterwegs warf er den zweiten Kieselstein weg, den er neben dem Stall vom Boden aufgehoben hatte. Auf dem Landgut seines Onkels war er schon als vierjähriger zur Arbeit angehalten worden und hatte sich seinen kargen Lebensunterhalt verdient, indem er mit einem Sack voller Steine hinter dem Pflug hergelaufen war. Diese Steine hatte er nach den Vögeln geschleudert, um sie von der Saat wegzuscheuchen. Zwei Jahre später hatte er gemerkt, daß er mit den hungrigen Vögeln sympathisierte und ihnen eigentlich gar nichts tun wollte. Doch er hatte sich inzwischen zu einem zielgenauen Schützen entwickelt, und diese Fähigkeit hatte er auch später nicht verlernt.

»Bist du ihnen bis zur Brücke gefolgt?« fragte Cadfael besorgt. »Der Brückenwärter hat ihn nicht gesehen? Und die Beamten des Landrats haben ihn nicht aufgespürt?«

»Er war wie vom Erdboden verschwunden«, berichtete Bruder Mark genüßlich. »Und er ist gar nicht in die Stadt geritten – zumindest nicht auf diesem Weg. Falls du Wert auf meine Meinung legst – er konnte nicht in eine der Gassen vor der Brücke biegen, denn das hätte man gesehen. Ich glaube, er ist hinunter zum Gaye geflüchtet, um zwischen den Obstbäumen Schutz zu suchen. Ich habe keine Ahnung, was er jetzt tun wird – aber sie haben ihn wenigstens nicht geschnappt, das steht fest. Natürlich werden sie wieder mal Martin Bellecotes Werkstatt und das Haus auf den Kopf stellen, aber dort werden sie Edwin nicht finden.« Verständnislos blickte er in Cadfaels furchtsames Gesicht. »Du wirst doch ohnehin beweisen, daß er nichts verbrochen hat. Warum regst du dich auf?«

Es war beängstigend genug zu wissen, daß das Wohl und Wehe eines jungen Menschen vom Sieg der Wahrheit abhing und somit von Bruder Cadfael. Doch die Ereignisse dieses Morgens lasteten zumindest nicht auf der Seele Bruder Marks, und dafür mußte man dankbar sein.

»Gehen wir essen«, sagte Cadfael, »und freue dich deines Lebens. Ein Mensch, der so fest an die Zukunft glaubt wie du, hat allen Grund, fröhlich zu sein. Noch dazu, wenn er eine bemerkenswerte Leistung vollbracht hat. Ich wußte gar nicht, daß du so gut mit Steinen zielen kannst... Da wir gerade davon reden – was für ein Berufsziel hast du eigentlich im Auge? Ein Bischofsamt?«

»Ich werde Papst oder Kardinal«, erwiderte Mark grinsend. »Mit geringeren Würden gebe ich mich erst gar nicht ab.«

»O nein!« entgegnete Cadfael ernsthaft. »Du würdest deine Talente vergeuden, wenn du über ein Bistum oder eine Landpfarrei hinausstrebst.«

Den ganzen Tag durchkämmten die Beamten des Landrates die Stadt, wo Edwin Gurney nach ihrer Überzeugung Zuflucht gesucht haben mußte. Irgendwie mußte es ihm gelungen sein, die Brücke unbemerkt zu überqueren. Nachdem sie keine Spur gefunden hatten, schickten sie Spähtrupps zu allen größeren Straßen, die von der Halbinsel wegführten. In der engen Biegung des Severn hatte Shrewsbury nur zwei Brücken. Auf der einen, die Edwin Gurney auf dem Weg in die Stadt benutzt haben mußte, gelangte man zur Abtei und nach London, auf der anderen zur Straße nach Wales, von der mehrere Wege in westlicher Richtung abzweigten.

Die Beamten glaubten, daß der Flüchtling durch die

Stadt und nach Wales geritten war, um den Bereich ihrer Rechtsprechung möglichst schnell zu verlassen, auch wenn er einer unsicheren Zukunft entgegeneilte. So war man einigermaßen verblüfft, als der Spähtrupp, der das Flußufer vor dem Kloster überwacht hatte, mit einem aufgeregten, etwa elfjährigen Mädchen ankam. Das Kind war über die Felder zu den Reitern gerannt und hatte gefragt, ob man wirklich nach einem Mann in schwarzer Kutte auf einem braunen Pferd mit gelber Mähne suchte. Den hätte es nämlich eben erst gesehen. Er wäre vorsichtig aus dem Dickicht da drüben gekommen und hätte sich nach Osten gewandt, als wollte er die nächste enge Flußbiegung überqueren und hinter St. Giles auf die Straße nach London stoßen. Da er diese Richtung schon am Morgen eingeschlagen und kehrtgemacht hatte, als sein Weg versperrt worden war, schenkte man dem Mädchen Glauben. Offenbar hatte er ein sicheres Versteck gefunden, erst einmal abgewartet und gehofft, man würde in der entgegengesetzten Richtung nach ihm suchen. Und nun glaubte er, daß er die Flucht gefahrlos antreten konnte. Die Kleine meinte, er wäre vermutlich zur Furt bei Uffington geritten.

Die Beamten dankten ihr herzlich, schickten einen Mann mit der Nachricht, daß man eine heiße Spur gefunden hätte, und der Bitte um Verstärkung ins Schloß und galoppierten frohen Mutes zur Furt. Alys schaute ihnen nach, bis sie aus ihrem Blickfeld verschwunden waren, dann rannte sie über die Brücke zum Stadttor. Niemand achtete auf das elfjährige Mädchen, das da ein und aus ging.

Jenseits der Furt von Uffington entdeckten die Jäger das gesuchte Wild, das fast gemächlich die schmale Straße nach Upton entlangtrabte. Als sich der Junge umblickte und die Verfolger sah, galoppierte er blitzschnell davon. Das braune Pferd mit der hellen Mähne war unverkennbar, und die Verfolger fragten sich, warum der Flüchtling die gestohlene Kutte nicht abgelegt hatte, die ihn eher verriet als tarnte, denn mittlerweile mußten alle Leute in meilenweitem Umkreis danach Ausschau halten.

Es war um die Mitte des Nachmittags, und das Tageslicht begann zu erlöschen. Die Verfolgungsjagd dauerte stundenlang. Der Junge schien alle Nebenstraßen und Schlupfwinkel zu kennen. Mehrmals konnte er die Truppe abschütteln, verließ immer wieder die Straßen, um sie in gefährliche Sumpfgebiete zu locken oder auf steinige Pfade, wo ein Pferd auf einen spitzen Kiesel trat und lahmte. Auf dem Weg durch Atcham, Cound und Cressage holte er einen großen Vorsprung heraus und verlor sie zeitweise aus den Augen. In den Wäldern hinter Acton ermüdete Rufus und stolperte, und dort stürzten sie sich auf ihn, griffen nach Kutte und Kapuze und hielten ihn fest. Sie fesselten ihm die Hände, und, weil er sie so lange an der Nase herumgeführt hatte, gingen sie ziemlich unsanft mit ihm um, was er widerstandslos und mit philosophischer Gelassenheit ertrug. Er bat nur, man möge dem Pferd zuliebe langsam nach Shrewsbury zurückreiten.

Irgendwann hatte er aus dem Gürtel, der zu seinem Mönchshabit gehörte, ein provisorisches Zaumzeug angefertigt. Dieser Strick erfüllte nun einen neuen Zweck. Sie setzten ihn hinter den leichtesten Mann aufs Pferd und banden ihn am Reiter fest, aus Angst, er könnte trotz der gefesselten Hände abspringen und zu Fuß durch die dunklen Wälder flüchten. So brachten sie ihren Gefangenen nach Shrewsbury und passierten am späten Abend die Klosterpforte, um den gestohlenen Hengst zurückzugeben. Und da der Pferdediebstahl bis jetzt das einzige Verbrechen war, das der Schurke erwiesenermaßen begangen hatte, mußte er im Klostergefängnis sitzen, während seine weiteren Taten überprüft wurden. Hier würde er erst einmal schmoren, bis die Rechtspfleger bereit waren, ihn wegen seiner schlimmeren Verbrechen zu belangen, die er außerhalb der Enklave verübt hatte und für die der Landrat zuständig war.

Die Beamten hatten dem Prior höflich mitgeteilt, daß sie den Jungen verhaftet hatten und daß er zumindest diese eine Nacht im Klostergefängnis verbringen müßte. Nun fühlte sich Robert hin- und hergerissen zwischen seiner Genugtuung über die zu erwartende Lösung der kriminellen Probleme im Fall Bonel und seinem Ärger über den Verbrecher, den er in seiner Domäne beherbergen mußte. Aber da die Beamten den Mörder schon am nächsten Morgen holen würden, ließ sich diese Unannehmlichkeit ertragen.

»Ist der Junge jetzt im Pförtnerhaus?« fragte er den Beamten, der in seine Wohnung gekommen war und ihn informiert hatte.

»Ja, Vater. Zwei Klosterwachtposten passen auf ihn auf. Befiehl ihnen bitte, den Burschen bis morgen früh zu beaufsichtigen, dann wird ihn der Landrat sicher aufgrund jener anderen, viel schlimmeren Anklage holen lassen. Möchtest du ihn wegen des Pferdediebstahls selbst verhören? Wenn du es für richtig hältst, könnte man ihn auch wegen des Angriffs auf deine Stallknechte belangen, was auch ohne den Diebstahl ein schweres Vergehen wäre.«

Prior Robert war nicht gefeit gegen allzu menschliche Neugier, und so beschloß er, einen Blick auf den jungen Dämon zu werfen, der seinen eigenen Stiefvater vergiftet und die Beamten des Landrats durch die halbe Grafschaft am Gängelband geführt hatte. »Gut, ich komme. Die Kirche darf dem Sünder nicht den Rücken kehren – sie darf nur seine Sünden beklagen.«

Der Junge saß im Pförtnerzimmer auf einer Bank vor dem Kaminfeuer, müde und voller blauer Flecken, aber keineswegs eingeschüchtert. Die Klosterwachtposten und die Beamten des Landrates standen um ihn herum, starrten ihn finster an und bestürmten ihn mit herrischen Fragen, die er nur beantwortete, wenn es ihm beliebte – und auch dann so knapp wie möglich. Die Männer waren schmutzig nach der langen Verfolgungsjagd, und einige hatten ihrerseits blaue Flecken und Kratzer aufzuweisen. Die hellen Augen des Jungen wanderten von einem zum anderen, und als er den Wachtmeister ansah, der in der Nähe von Cound Hals über Kopf aus dem Sattel in den Sumpf gefallen war, zuckten seine Mundwinkel, als könnte er sich nur mühsam ein Grinsen verkneifen. Sie hatten ihm den ausgeliehenen Habit ausgezogen und dem Pförtner übergeben. Nun war die schmale Gestalt des Jungen deutlich zu erkennen. Er hatte lichtbraunes Haar, eine helle glatte Haut und haselnußbraune, kluge Augen. Angesichts seiner kindlichen Schönheit blinzelte Prior Robert verwirrt. Manchmal zeigt sich der Teufel wahrhaft in Engelsgestalt...

»So jung und schon so verdorben!« sagte er. Diese Worte waren nicht für die Ohren des Jungen bestimmt, Robert sprach sie aus, bevor er über die Türschwelle trat. Aber mit vierzehn Jahren hat man ein scharfes Gehör. »So, mein Junge«, fuhr der Prior fort und kam näher. »Du bist also der Verbrecher, der unsere klösterliche Ruhe gestört hat. Du hast viel auf dein Gewissen geladen, und ich fürchte, es ist schon zu spät, um Gott anzuflehen, er möge dir genügend Zeit geben, so daß du für deine Sünden büßen kannst. Trotzdem werde ich für dich beten. Du weißt sehr wohl, daß Mord eine Todsünde ist, denn du bist alt genug.«

Der Junge sah ihm in die Augen und entgegnete gefaßt und mit Nachdruck: »Ich bin kein Mörder.«

»Mein Kind, es ist sinnlos zu leugnen, was doch allgemein bekannt ist. Genausogut könntest du behaupten, du hättest heute morgen kein Pferd aus unserem Stall gestohlen – wobei dich vier von unseren Knechten und viele andere Leute beobachtet haben.«

»Ich habe Rufus nicht gestohlen«, erwiderte der Junge prompt. »Er gehört mir, denn er war das Eigentum meines Stiefvaters, und ich bin Gervase Bonels rechtmäßiger Erbe. Seine Vereinbarung mit der Abtei wurde nicht gesiegelt, und das Testament, in dem er mich zu seinem Erben eingesetzt hat, ist unanfechtbar. Wie könnte ich etwas stehlen, was mir gehört? Und wem hätte ich es weggenommen?«

»Du unglückseliges Kind!« rief der Prior, wütend über diesen kühnen Widerstand und noch wütender angesichts seines wachsenden Verdachtes, daß es dieser Spitzbube trotz seiner schlimmen Lage wagte, sich zu amüsieren. »Bedenk, was du sagst! Du solltest lieber reumütig in dich gehen, solange du noch Zeit dazu hast. Begreifst du denn nicht, daß kein Mörder am Leben bleiben und sein Opfer beerben kann?«

»Ich habe bereits gesagt, daß ich kein Mörder bin. Und ich schwöre bei meiner Seele, beim heiligen Altar, bei allem, was du willst, daß ich meinem Stiefvater niemals etwas angetan habe. Deshalb gehört Rufus mir. Oder er wird mit gehören, wenn das Testament für rechtsgültig erklärt worden ist und der Oberlehnsherr seine Zustimmung gegeben hat, was er bereits versprochen hat. Dann wird Rufus ebenso mein Eigentum sein wie Mallilie und alles andere. Ich habe nichts verbrochen, und niemand kann mich veranlassen, etwas zu gestehen, wofür ich nicht verantwortlich bin.« Plötzlich blitzten die Augen des Jungen herausfordernd auf. »Und niemand kann mir einen Mord in die Schuhe schieben!«

»Du verschwendest deine Mühe, Vater!« stieß der Wachtmeister hervor. »Das ist ein verstockter, unverbesserlicher Schurke, der bald am Galgen baumeln wird. Glaub mir – sein Übermut wird sich bald legen.« Vor den gestrengen Augen des Priors wagte er nicht, den Jungen zu ohrfeigen, was er unter anderen Umständen vermutlich getan hätte. »Denk nicht mehr an ihn, laß ihn hinter Schloß und Riegel bringen – und vergiß ihn, denn er ist es nicht wert, daß du dir seinetwegen den Kopf zerbrichst. Die Vertreter des Gesetzes werden sich um ihn kümmern.«

»Seht zu, daß er genug zu essen bekommt«, sagte Robert nicht ohne Mitleid, denn er erinnerte sich, daß dieses

Kind den ganzen Tag auf dem Pferderücken oder in Schlupfwinkeln verbracht hatte. »Sein Lager soll hart, aber trocken und warm sein. Und sollte er sich einsichtig zeigen... Mein Junge, hör' auf mich und denk an dein Seelenheil! Soll sich einer der Brüder zu dir setzen und mit dir beten, bevor du einschläfst?«

Der Junge sah zu Prior Robert auf, mit einem strahlenden Blick, der als Ausdruck hoffnungsvoller Reue mißdeutet wurde, und erwiderte mit trügerisch sanfter Stimme: »Ja, Vater, ich wäre dir sehr dankbar, wenn du Bruder Cadfael zu mir schicken würdest.« Es war an der Zeit, daß er endlich wieder an seine eigene Haut dachte. Für heute hatte er sicherlich genug getan.

Er erwartete, daß dieser Name ein mißbilligendes Stirnrunzeln hervorrufen würde, und er täuschte sich nicht, doch der Prior hatte ihm eine Gnade gewährt, und die konnte er ihm nicht wieder entziehen und auch keine Bedingungen daran knüpfen. Würdevoll wandte er sich an den Pförtner, der neben der Tür stand. »Bitte Bruder Cadfael zu uns und sag ihm, daß ein Gefangener seinen Beistand braucht.«

Der Pförtner entfernte sich. Es war fast schon Schlafenszeit, und er nahm an, daß die meisten Mönche in der Wärmestube sitzen würden. Aber dort traf er weder Bruder Cadfael noch Bruder Mark an. Er fand sie im Gartenschuppen, wo sie keinerlei geheimnisvolle Arzneien brauten, sondern mit düsteren Mienen beisammensaßen und sich leise unterhielten. Die Neuigkeit von der Verhaftung hatte sich noch nicht herumgesprochen. Wäre der Junge tagsüber festgenommen worden, hätte sich die Nachricht in Windeseile verbreitet. Natürlich war es allgemein bekannt, wie die Beamten des Landrats den vergangenen Tag verbracht hatten, aber von ihrem Erfolg, der Krone aller Mühen, ahnte man nichts.

»Bruder Cadfael, du wirst im Pförtnerhaus gebraucht.«

Erstaunt blickte Cadfael zu dem Mann auf, der am Türrahmen lehnte und erklärend hinzufügte: »Da ist ein junger Bursche, der seelischen Beistand verlangt – obwohl er den gar nicht braucht, wenn du mich fragst. Er hat alle seine fünf Sinne beisammen, das hat er sogar dem Prior deutlich klargemacht. Kurz vor dem Ende der Komplet kamen die Männer des Landrats mit einem Gefangenen an. Ja, endlich haben sie den jungen Gurney erwischt.«

So sollte es also zu Ende gehen – nach allen Anstrengungen, die Mark unternommen hatte, nach Cadfaels Gebeten und sinnlosen Spekulationen und Hoffnungen. Bedrückt erhob sich der Mönch. »Ich werde zu ihm gehen – von Herzen gern. Nun hängt sein Leben an einem seidenen Faden, und wir haben nicht mehr viel Zeit. Der arme Junge! Aber warum haben sie ihn nicht gleich in die Stadt gebracht?« Für diese kleine Gnade war er allerdings dankbar, da er selbst in den Klostermauern festsaß.

»Bis jetzt können sie ihm nur beweisen, daß er heute morgen ein Pferd gestohlen hat«, antwortete der Pförtner, »und das ist auf unserem Grund und Boden geschehen. Deshalb ist dafür das Klostergericht zuständig. Morgen werden sie ihn dann holen und wegen Mordes anklagen.«

Bruder Mark folgte ihnen zum Pförtnerhaus, niedergeschlagen und unfähig, ein tröstendes Wort zu sagen. In seinem Herzen verspürte er ein Gefühl, das Sünde war – Verzweiflung. Er verzweifelte nicht um seiner selbst willen, sondern an der Wahrheit, an der Gerechtigkeit und an der Zukunft der elenden Menschheit. Niemand hatte ihn gebeten, mitzukommen. Trotzdem begleitete er Cadfael und den Pförtner, um an einem Schicksal teilzuhaben, von dem er nicht viel wußte – abgesehen von der Jugend des Betroffenen und der Tatsache, daß Cadfael bedingungslos an ihn glaubte. Das genügte ihm.

Cadfael betrat das Pförtnerzimmer schweren Herzens, aber nicht verzweifelt. Denn Verzweiflung war ein Luxus, den er sich nicht leisten konnte. Alle Augenpaare wandten sich zu ihm, und das war verständlich, denn der Raum war von drückendem Schweigen erfüllt. Roberts gutgemeinte, aber herablassende Ermahnungen waren verstummt, und die Beamten hatten ihren Versuch aufgegeben, den Gefangenen zu einem Geständnis zu bewegen, begnügten sich damit, daß er hinter Schloß und Riegel saß, und freuten sich auf ihre Betten im Hauptquartier. Die großen, bewaffneten Männer standen zu beiden Seiten eines schlanken Jungen, der kerzengerade auf einer Bank an der Wand saß, in rauhen Wollstoff gekleidet, trotz der kalten Nacht ohne Mütze und Mantel. Sein Gesicht war vom Kaminfeuer gerötet und zeigte, so unglaublich das auch anmuten mochte, einen zufriedenen, selbstgefälligen Ausdruck. Klare, von dunklen Wimpern umrahmte Augen begegneten Cadfaels Blick – haselnußbraune Augen, in denen grünliche Pünktchen tanzten. Sein hellbraunes Haar erinnerte an abgelagertes Eichenholz. Er war schmal gebaut und groß für sein Alter, müde und schmutzig und voller blauer Flecken, und es ließ sich unschwer erkennen, daß er am liebsten laut gelacht hätte.

Bruder Cadfael betrachtete ihn lange und aufmerksam und begann einiges zu begreifen, zumindest wußte er, daß er sich keine allzu großen Sorgen wegen eines Sachverhalts machen mußte, den er noch nicht verstand. Er sah die Anwesenden der Reihe nach an, und zu guter Letzt wandte er sich an Robert.

»Vater Prior, ich danke dir, daß du nach mir geschickt hast, und ich will die mir auferlegte Pflicht gern erfüllen und dem Gefangenen beistehen. Aber ich muß dir sagen, daß sich diese werten Herren im Irrtum befinden. Ich bezweifle nicht, daß sie die Jagd nach dem Jungen und seine Festnahme wahrheitsgemäß geschildert haben, rate ihnen jedoch, zu überprüfen, wie und wo er den Vormittag verbracht hat, wo er angeblich aus dem Stall der Abtei geflohen ist, auf Mistreß Bonels Pferd. Meine Herren...« Cadfael drehte sich zu den verwirrten Mitgliedern des Spähtrupps um und erklärte mit ernster Miene: »Ihr habt nicht Edmund Gurney gefangengenommen, sondern Edwy Bellecote, seinen Neffen.«

7.

Das Klostergefängnis bestand aus zwei kleinen Zellen hinter dem Pförtnerhaus, sehr sauber und mit Bettbänken eingerichtet, die nicht unbequemer waren als die Lagerstätten der Novizen. Es wurde nur selten benutzt. Nur zur Sommerzeit, wenn der St.-Peter-Markt stattfand, waren die Zellen besetzt, meist von Dienern oder Laienbrüdern, die hier ihren Rausch ausschliefen und ihre geringfügigen Geld- und Freiheitsstrafen widerspruchslos hinnahmen, weil die genossenen Freuden aller nachfolgenden Unbilden wert gewesen waren. Manchmal kam es auch zu ernsthaften Zwischenfällen, wenn haßerfüllte Laienbrüder plötzlich gewalttätig wurden, wenn Diener stahlen oder Novizen gegen das Klostergesetz verstießen. Doch das Klostergericht wurde nicht allzu häufig beansprucht.

In einer der beiden Zellen saßen Bruder Cadfael und Edwy gemütlich beisammen. In die Tür war ein kleines Gitterfenster eingelassen, doch es war unwahrscheinlich, daß sie um diese späte Stunde belauscht wurden. Der Bruder, der den Schlüssel verwahrte, war müde und interessierte sich nicht für die Gründe, die zu Edwys Verhaftung geführt hatten und stellte Cadfael nur vor ein einziges Problem, er wußte nicht, ob er laut genug gegen die Tür hämmern und den Mann wecken konnte, wenn er gehen wollte.

»Es war gar nicht so schwer.« Edwy lehnte sich zufrieden zurück, nachdem er heißhungrig den Brei verschlungen hatte, die milde Gabe eines mitfühlenden Kochs. »Am Fluß wohnt ein Vetter meines Vaters, gleich hinter eurem Grundstück am Gaye. Er hat dort einen Obstgarten und einen Schuppen für seinen Esel und den Karren, groß genug, so daß er Rufus drin verstecken konnte. Sein Sohn kam in die Stadt, um uns zu verständigen, und ich ritt auf dem Pferd meines Vaters hinaus. Niemand kümmerte sich um einen klapprigen, knochigen alten Schecken wie unseren Japhet, niemand beachtete mich, als ich über die

Brücke trabte, und ich nahm mir auch viel Zeit, um keinen Verdacht zu erregen. Alys saß hinter mir auf einem Sattelkissen, und als ich zu Edwin in den Schuppen ging, hielt sie draußen Wache – für den Fall, daß die Spähtrupps zu nahe kamen. Wir tauschten unsere Kleider und Pferde, und Edwin machte sich auf den Weg nach...«

»Sag es mir nicht!« fiel Cadfael ihm hastig ins Wort.

»Nein, du kannst wahrheitsgemäß behaupten, daß du es nicht weißt. Jedenfalls ritt er nicht in die gleiche Richtung wie ich. Es hat lange gedauert, bis sie mich fanden«, fuhr Edwy verächtlich fort, »obwohl Alys ihnen half. Aber nachdem sie mich entdeckt hatten, mußte ich sie natürlich möglichst lange beschäftigen, damit sich Edwin in Sicherheit bringen konnte. Ich hätte sie gern noch länger an der Nase herumgeführt, aber Rufus wurde müde, und so ließ ich mich gefangennehmen. Jedenfalls hatten sie ein paar Stunden zu tun gehabt. Sie schickten einen Boten zu den anderen Spähtrupps, um die Jagd abzublasen. Edwin hat vorerst nichts zu befürchten. Was glaubst du, was sie mit mir machen werden?«

»Wärest du nicht schon in der Obhut des Klosters gewesen, hätten sie dir die Ohren langgezogen, weil du sie zum Narren gehalten hast. Und damit hätten sie sicher im Sinne des Priors gehandelt. Aber seine Würde verbietet ihm, so etwas zu erlauben, außerdem hat die weltliche Gerichtsbarkeit in seiner Enklave nichts zu bestellen. Allerdings glaube ich«, fügte Cadfael hinzu und betrachtete mitfühlend die blauen Flecken auf Edwys Kinn, »daß sie's dir bereits heimgezahlt haben.«

Der Junge zuckte geringschätzig mit den Schultern. »Ich kann mich nicht beklagen. Sie haben auch einiges abgekriegt. Du hättest sehen sollen, wie der Wachtmeister in den Morast fiel – und du hättest ihn hören sollen, als er sich wieder hochgerappelt hatte. Es war ein Riesenspaß, und was am allerwichtigsten ist – Edwin konnte entwischen. Außerdem – auf so einem Pferd habe ich nie zuvor gesessen. Es hat sich wirklich gelohnt. Aber was wird nun geschehen? Mich können sie doch nicht des Mordes anklagen. Sie können mir auch nicht vorwerfen, daß ich Rufus und die Kutte gestohlen habe – denn ich war heute morgen nicht in eurem Stall, sondern in der Werkstatt meines Vaters und in unserem Hof. Dafür habe ich viele Zeugen.«

»Du hast nicht gegen die Gesetze verstoßen – aber die Vertreter des Gesetzes auf den Arm genommen, und so was mißfällt den Amtsträgern. Sie könnten dich eine Zeitlang im Schloß einsperren, weil du Edwin zur Flucht verholfen hast. Vielleicht werden sie dir sogar mit allem möglichen drohen – in der Hoffnung, daß Edwin auftauchen wird, um dich aus deiner üblen Lage zu befreien.«

Edwy schüttelte heftig den Kopf. »Das wird er nicht tun, denn er weiß, daß sie nicht das Recht haben, mich wie einen Verbrecher zu behandeln. Und ich kann solchen Drohungen besser standhalten als er. Edwin verliert sehr leicht die Beherrschung. In letzter Zeit hat er sich zwar gebessert, aber er ist immer noch furchtbar hitzig.« War er wirklich so unbeschwert, wie er sich gab? Hatte er keine Angst vor dem nächsten Morgen? Cadfael wußte es nicht. Jedenfalls schien sich der ältere dieser beiden Jungen für seinen ungebärdigen Onkel verantwortlich zu fühlen, vielleicht schon seit den frühen Kindertagen. »Ich kann den Mund halten und abwarten«, versicherte Edwy gelassen.

Cadfael seufzte tief auf. »Nun, der Prior hat darauf bestanden, daß der Landrat dich morgen früh holt. Leider kann ich nicht viel für dich tun. Doch ich werde zumindest dabei sein und sehen, was sich machen läßt. Der Prior hat mich beauftragt, dir seelischen Beistand zu gewähren, und deshalb habe ich auch ein Wörtchen mitzureden. So, und jetzt mußt du schlafen. Ich bin zu dir gekommen, um dich auf den Weg der Besserung zu führen, aber um die Wahrheit zu gestehen – ich finde, daß du dich ebensowenig zu bessern brauchst wie ich, und es wäre anmaßend, wenn ich dir meine Weisheiten aufdrängen würde. Doch wenn du mit mir beten willst, wird der liebe Gott sicher auf uns hören.«

»Das tu' ich gern.« Wie ein gehorsames kleines Kind sank Edwy auf die Knie, faltete ehrfürchtig die Hände und schloß die Augen. Und während sie beteten, zuckte ein kleines Lächeln um seine Lippen. Vielleicht erinnerte er sich an die eher weltlichen Worte, die der Wachtmeister ausgestoßen hatte, als er tropfnaß aus dem Sumpf gekrochen war.

Cadfael stand schon eine Stunde vor der Prim auf, um sich bereitzuhalten, falls die Eskorte des Gefangenen frühzeitig eintreffen würde. Prior Robert hatte sich maßlos über die Komödie am vergangenen Abend geärgert, fand jedoch eine gewisse Befriedigung in der Tatsache, daß er den Landrat mit Fug und Recht auffordern konnte, ihm den Missetäter, der ihn überhaupt nichts anging, schnellstens vom Hals zu schaffen. Dies war nicht der Junge, der eine Benediktinerkutte und ein Pferd aus einem Benediktinerstall gestohlen hatte, sondern ein Spitzbube, der das eine Diebesgut angezogen und das andere geritten hatte, um ein paar leichtgläubige Beamte zu hänseln. Sie sollten ihn nur mitnehmen! Aber der Prior fand, es wäre seiner Würde als Klostervorstand angemessen, daß der Landrat oder dessen Stellvertreter persönlich erschien, um wiedergutzumachen, was die Ordensgemeinde hatte erdulden müssen, und um jenes lästige Element zu entfernen. Robert wollte in aller Öffentlichkeit demonstrieren, daß die Verantwortung nun bei den weltlichen Amtsträgern lag und nicht mehr innerhalb seiner geheiligten Mauern.

Bruder Mark stand an Cadfaels Seite, als die Eskorte um halb neun, kurz vor dem zweiten Gottesdienst, in den Hof ritt – vier Bewaffnete und ein dunkelhaariger, schlanker junger Edelmann auf einem großen, lebhaften, gescheckten Pferd, das alle Farben von Schwarz bis Weiß aufwies. Mark hörte, wie Bruder Cadfael beim Anblick dieses Reiters erleichtert aufatmete, und fühlte auch in seinem eigenen Herzen neue Hoffnung aufsteigen.

»Anscheinend ist der Landrat in den Süden gereist, um mit dem König Weihnachten zu feiern«, sagte Cadfael beglückt. »Endlich hat uns Gott eine Gnade erwiesen! Dies ist nicht Gilbert Prestcote, sondern sein Stellvertreter, Hugh Beringar von Maesbury.«

»Ich habe den Prior besänftigt«, berichtete Beringar eine Viertelstunde später, »und versprochen, ich würde ihn von diesem übermütigen Jungen befreien. Als sich seine Laune gebessert hatte, schickte ich ihn zur Messe und zur Kapitelversammlung und bat ihn, auf deine Teilnahme an beiden Veranstaltungen zu verzichten, mein Freund, da du mir einige Fragen beantworten müßtest.« Er schloß die Tür des Pförtnerzimmers, nachdem er seiner Eskorte befohlen hatte, im Hof zu warten, und setzte sich gegenüber von Cadfael an den Tisch. »Und das mußt du auch – allerdings in einem anderen Sinne, als es der Prior vermutet. Bevor wir die kleine Krabbe aus ihrer Schale holen, erzähl mir bitte alles, was du über diese merkwürdige Sache weißt. Sicher bist du darüber besser informiert als alle anderen, mag mein Wachtmeister auch noch so zuversichtlich glauben, daß er den Fall aufgeklärt hat. Die klösterliche Monotonie könnte niemals so eklatant durchbrochen werden, ohne daß du Wind davon bekämst. Also, sag mir alles.«

Da Beringar die amtliche Verantwortung trug, während Prestcote pflichtschuldigst an der festlichen Tafel seines Königs saß, sah Cadfael keinen Grund, irgend etwas zu verschweigen – zumindest, was seine eigene Rolle in der ganzen Geschichte anging. Und so schilderte er freimütig, was er erlebt hatte.

Beringar musterte ihn nachdenklich. »Er kam also zu dir, und du hast ihn versteckt.«

Cadfael nickte. »Das würde ich wieder tun, unter solchen Umständen.«

»Cadfael, du mußt ebensogut wie ich wissen, daß vieles

gegen den Jungen spricht. Wer sonst könnte Vorteile aus Bonels Tod ziehen? Aber ich kenne dich, und deshalb bezweifle ich wie du, daß der Junge schuldig ist.«

»Das bezweifle ich nicht nur – ich weiß, daß er den Mord nicht begangen hat«, entgegnete Cadfael mit fester Stimme. »Und der Gedanke, jemanden zu vergiften, wäre seinem Wesen völlig fremd. Ich unterzog beide Jungen einer Prüfung, als sie bei mir Zuflucht suchten, und sie wußten nicht einmal, wie der Mann gestorben war. Sie glaubten mir, als ich ihnen sagte, er wäre erdolcht worden. Ich hielt Edwin das Gift unter die Nase, und er zuckte mit keiner Wimper. Er erinnerte sich nur, daß das Öl, mit dem man im Hospital Bruder Rhys' Schulter einzureiben pflegt, genauso scharf riecht.

»Ich nehme das alles zur Kenntnis – aber es ist kein Beweis. Vielleicht unterschätzen wir alle beide die Tücke dieser Jungen – nur weil sie noch so jung sind...«

»Das wäre möglich«, stimmte Cadfael mit einem schwachen Grinsen zu. »Auch du bist jung an Jahren und ich weiß, daß deine Tücke keine Grenzen kennt. Aber glaub mir, diese beiden sind von anderem Schrot und Korn als du. Davon konnte ich mich überzeugen, denn im Gegensatz zu dir habe ich mich lange mit ihnen unterhalten. Ich muß meine Pflicht tun, so wie es meinen Erkenntnissen entspricht. Auch du mußt deine Pflicht erfüllen, so wie es dir dein Amt gebietet. Das bestreite ich nicht. Ich weiß nicht, wo Edwin Gurney steckt, ich kann es nicht einmal erraten, sonst würde ich ihn vielleicht bitten, sich zu stellen und auf deine Integrität zu vertrauen. Ich brauche dich nicht darauf hinzuweisen, daß dieser loyale Neffe, der seinem Onkel zuliebe einiges ertragen hat, über dessen Aufenthaltsort informiert ist. Du kannst ihn danach fragen, aber er wird nichts sagen. Und bei einem Verhör würden ihn weder deine noch Prestcotes Taktik zum Reden bringen.«

Hugh trommelte mit den Fingern auf die Tischplatte. »Cadfael, ich muß dich warnen. Ich werde nach dem Jungen suchen und dabei alle Finten anwenden, die mir zu Gebote stehen. Also sei auch du auf der Hut.«

»Ich weiß es zu schätzen, daß du mich darauf aufmerksam machst. Wir waren schon einmal Rivalen in einem fintenreichen Kampf und gingen als Verbündete daraus hervor. Aber was meine Aktivitäten betrifft – die werden dich schrecklich langweilen. Hat es dir der Prior nicht gesagt? Er hat mir verboten, das Kloster zu verlassen.«

Hugh hob die schwarzen Brauen. »Großer Gott, was hast du verbrochen?« Seine Augen funkelten belustigt. »Sicher etwas Ungeheuerliches...«

»Ich führte ein langes Gespräch mit Witwe Bonel, und ein allzu neugieriges Ohr entnahm unseren Worten, daß wir uns vor vielen Jahren, als wir noch jung waren, sehr gut gekannt hatten.« Cadfael hatte nicht geglaubt, daß es nötig sein würde, Hugh von diesen Dingen zu erzählen, aber er sah keinen Grund, ihm etwas zu verheimlichen. »Du hast mich mal gefragt, warum ich nie verheiratet war, und ich antwortete, ich hätte mich mit solchen Absichten getragen, bevor ich ins Heilige Land ging.«

»Ja, ich erinnere mich. Du hast einen Namen genannt. Und jetzt hat die Dame Kinder und Enkelkinder... Stimmt es, Cadfael? Ist sie deine Richildis?«

»Sie ist Richildis –, aber nicht meine Richildis. Vor dem Tod ihrer beiden Ehemänner hatte ich vorübergehend gewisse Ansprüche auf sie – das ist alles.«

»Ich muß sie sehen! Sicher lohnt es sich, die Bekanntschaft der Frau zu machen, die du einmal geliebt hast. Wärest du nicht der Mann, der du bist, würde ich sagen, daß dein Einsatz für ihren Sohn fragwürdig erscheint. Aber da ich dich kenne, weiß ich, daß du dich um jeden anderen unglücklichen Jungen genauso bemühen würdest. Jedenfalls werde ich sie besuchen. Sie wird Rat oder Hilfe brauchen, denn da gibt es offensichtlich einige Verwicklungen, die entwirrt werden müssen.«

»Du kannst noch etwas tun. Und wenn deine Bemühungen zum Ziel führen, wirst du vielleicht ebenso an die

Unschuld des Jungen glauben wie ich. Ich habe dir erzählt, daß er behauptet, er hätte eine kleine Holzschachtel mit einem Intarsienbild in den Fluß geworfen.« Cadfael beschrieb die Kassette, so gut er es vermochte. »Wenn sie wieder auftaucht, würde das zu seinen Gunsten sprechen. Ich darf das Kloster nicht verlassen, sonst würde ich selbst zu den Fischern und Bootsfahrern gehen und sie bitten, nach der Schachtel zu suchen – an den Stellen, wo solche Dinge normalerweise an Land getrieben werden. Aber du kannst dich drum kümmern, Hugh. Gib den Leuten Bescheid. Ich glaube, es ist der Mühe wert.«

»Ja, das werde ich tun«, versprach Beringar bereitwillig. »Ich kenne einen Mann, dessen grimmige Aufgabe es ist, genau zu wissen, wo die Leichen armer ertrunkener Seelen an Land geschwemmt werden. Ich weiß nicht, ob kleine Gegenstände derselben Strömung folgen – aber er wird es wissen, und ich werde ihn bitten, Ausschau zu halten. So, nachdem nun alles gesagt wurde, wollen wir den kleinen Racker aus dem Gefängnis holen. Ein Glück für ihn, daß du ihn kennst – denn ihm hätten sie sicher nicht geglaubt, daß er der falsche Junge ist. Sehen sich die beiden wirklich so ähnlich?«

»Wenn sie nebeneinander sitzen, kann man nur eine gewisse Familienähnlichkeit feststellen. Aber wenn man sie einzeln betrachtet, könnte man sie schon miteinander verwechseln, vor allem, wenn man sie nicht so gut kennt. Und deine Männer waren hinter dem Reiter jenes Pferdes her – und demzufolge glaubten sie der richtigen Spur zu folgen. Komm und schau ihn dir an!«

Als sie zu der Zelle gingen, wo Edwy in wachsender Besorgnis wartete, wußte Cadfael noch immer nicht, was Beringar mit dem Gefangenen vorhatte – wenn er auch nicht befürchtete, daß dem Jungen ein Leid geschehen könnte. Was immer Hugh von Edwins Schuld oder Unschuld halten mochte – er war nicht der Mann, der Edwys unerschütterliche Solidarität mit seinem Onkel allzu streng bestrafen würde.

»Komm heraus ins Tageslicht und laß dich ansehen, Edwy!« Beringar hielt die Zellentür auf. »Ich will ganz genau wissen, wen ich vor mir habe – um gewappnet zu sein, wenn ihr zwei das nächstemal die Rollen tauscht.« Gehorsam stand Edwy auf und trat in den Hof hinaus, nachdem er sich mit einem nervösen Seitenblick vergewissert hatte, daß auch Cadfael zur Stelle war. Der Stellvertreter des Landrats legte ihm einen Finger unter das Kinn, hob sein Gesicht zu sich empor und musterte es aufmerksam. Die blauen Flecken hatten sich inzwischen violett gefärbt, aber die haselnußbraunen Augen strahlten. »So, jetzt werde ich dich überall wiedererkennen«, meinte Hugh zuversichtlich. »Also, junger Mann – du hast uns eine Menge Ärger gemacht, und wir haben deinetwegen viel Zeit vergeudet. Um nicht noch mehr von unserer kostbaren Zeit zu verschwenden, will ich's nicht aus dir herausprügeln. Deshalb frage ich dich nur ein einziges Mal – wo ist Edwin Gurney?«

Die Formulierung der Frage und der Ausdruck in Hughs Augen ließen nicht erkennen, was er zu tun gedachte, wenn er keine Antwort auf seine Frage bekam. Trotz seiner sanften Stimme durfte nicht bezweifelt werden, daß es unzählige Möglichkeiten gab. Edwy fuhr sich mit der Zunge über die trockenen Lippen und sagte im versöhnlichsten, respektvollsten Ton, den Cadfael je aus diesem Mund gehört hatte: »Herr, Edwin ist mein Verwandter und mein Freund, und wenn ich bereit wäre, dir sein Versteck zu verraten, hätte ich nicht soviel Mühe auf mich genommen, um ihm zur Flucht zu verhelfen. Sicher wirst du einsehen, daß ich schweigen muß.«

Beringar schaute Bruder Cadfael an und behielt seine ernste Miene bei, obwohl seine Augen funkelten. »Nun, Edwy, offen gestanden habe ich nichts anderes erwartet. Freundestreue ist kein Verbrechen. Aber ich möchte dich stets zu meiner Verfügung und auch die Gewißheit haben, daß du keine weiteren verrückten Rettungsaktionen planst.«

Edwy sah sich bereits im Kerker des Chrewsbury-Schlosses und machte sich mit stoischem Gesicht auf das Schlimmste gefaßt.

»Schwöre mir bei deiner Ehre, daß du keinen Fuß aus dem Hause deines Vaters setzen wirst, bevor ich es dir erlaube«, fuhr Beringar fort, »dann darfst du heimgehen. Warum sollte dich die öffentliche Hand während der Feiertage durchfüttern – wenn ich der festen Überzeugung bin, daß du dein Wort niemals brechen würdest? Nun, was sagst du dazu?«

»O ja, ich schwöre es!« keuchte Edwy, verwirrt und maßlos erleichtert. »Ich werde zu Hause bleiben, so lange du es wünschst. Und vielen Dank!«

»Gut. Ich verlasse mich auf dein Wort, und du kannst dich auf meines verlassen. Es ist nicht meine Aufgabe, deinen Onkel oder sonst jemanden wegen des Mordes an Bonel zu verhaften – koste es, was es wolle, sondern den wahren Mörder zu finden, und dazu bin ich fest entschlossen. Komm jetzt, ich bringe dich nach Hause. Ich möchte mit deinen Eltern reden, das kann nichts schaden.«

Kurz vor dem Hochamt um zehn Uhr hatten sie das Kloster verlassen. Edwy saß hinter Beringar auf einem Sattelkissen. Der kräftige Schecke trug das Gewicht der beiden Reiter mühelos, und die Eskorte folgte ihm in Zweierreihen. Erst während des Gottesdienstes erkannte Cadfael – statt sein Sinnen auf höhere Dinge zu richten – zu seinem nicht geringen Ärger, daß er es versäumt hatte, Hugh zwei weitere Bitten vorzutragen. Martin Bellecote besaß zur Zeit kein Pferd, die Ordensgemeinde wollte Rufus loswerden, und Richildis würde sicher froh sein, wenn sie ihn bei ihrem Schwiegersohn einquartieren könnte. Dann wäre sie dem Kloster nicht mehr wegen der Unterbringung und Verpflegung des Hengstes verpflichtet. Sicher hätte es Beringar Spaß gemacht, dem Zimmermann einen Ersatz für Japhet zu bringen, unter dem Vorwand, er hätte die Abtei von einem lästigen Gast befreien müssen. Aber die zweite Sache war noch wichtiger. Cadfael hatte geplant, am vergangenen Tag das Ufer des Teichs nach dem Giftfläschchen abzusuchen. Statt dessen hatte er den Tag in den Klostermauern verbringen müssen. Warum hatte er vergessen, Beringar diesen Hinweis zu geben – obwohl er das kleine Reliquiar erwähnt hatte, das möglicherweise ans Ufer des Severn geschwemmt worden war? Jetzt war es zu spät, und er konnte Beringar nicht in die Stadt folgen, um den Fehler wieder gutzumachen. Wütend auf sich selbst ließ er sich sogar dazu hinreißen, Bruder Mark anzuschreien, als der treu ergebene junge Mann nach den morgendlichen Ereignissen fragte. Doch der Gehilfe nahm sich das nicht sonderlich zu Herzen und folgte ihm nach dem Mittagessen ins Gartensanktuarium.

»Ich bin ein alter Narr«, gestand Cadfael, nachdem er seine Depressionen überwunden hatte, »und ich habe eine wunderbare Gelegenheit verpaßt, andere mit einer Aufgabe zu betrauen, die ich nicht selbst erfüllen kann, weil ich hier festsitze. Aber das ist nicht deine Schuld, und es tut mir leid, daß ich meinen Zorn an dir ausgelassen habe.«

»Wenn irgend etwas außerhalb der Klostermauern erledigt werden muß«, warf Mark scharfsinnig ein, »warum sollte ich dir heute weniger nützlich sein als gestern?«

»Da hast du recht, aber ich habe dich schon tief genug in diese Affäre hineingezogen. Wenn ich vernünftiger gewesen wäre, hätte ich Herrn Beringar auf diese mögliche Spur aufmerksam gemacht. Andererseits«, fuhr Cadfael zögernd fort, »sind keine Gefahren damit verbunden. Man müßte nur ein Fläschchen suchen...«

Mark runzelte nachdenklich die Stirn. »Neulich haben wir was gesucht, was alles andere sein durfte – bloß kein Fläschchen. Schade, daß wir's nicht finden konnten.«

»Das stimmt – aber diesmal müßte es ein Fläschchen sein – falls das Omen, daß Beringar statt Prescote ins Kloster gekommen ist, irgendwas zu bedeuten hat. Und ich will dir auch sagen, wo man suchen müßte.« Cadfael weihte den jungen Mann in seine Überlegungen ein und wies ihn auch auf die Bedeutung des Südfensters hin, daß an jenem Tag offen gestanden hatte.

»Bin schon unterwegs!« rief Mark. »Du kannst inzwischen guten Gewissens ein Schläfchen halten. Meine Augen sind jünger als deine.«

»Nimm ein Taschentuch mit, und wenn du das Fläschchen findest, wickle es sorgfältig ein. Faß es nicht öfter an, als unbedingt nötig. Ich muß sehen, wo das Öl über das Glas geronnen und getrocknet ist.«

Als das Tageslicht zu erlöschen begann, kam Bruder Mark zurück. Bis zur Abendandacht war noch eine halbe Stunde Zeit, aber selbst wenn die Notwendigkeit bestanden hätte – es wäre sinnlos gewesen, das hohe Ufergras im Dämmerschein nach einem winzigen Gegenstand abzusuchen. Die Wintertage beginnen so spät und enden so früh, wie die schnell dahinschwindende Lebensspanne nach drei Jahrzehnten.

Cadfael hatte Marks Rat befolgt und den Nachmittag verschlafen. Er konnte nirgendwo hingehen und nichts unternehmen, und er hatte nichts Wichtiges zu tun. Plötzlich schreckte er aus dem Reich der Träume auf und sah Bruder Mark vor sich stehen, eine unscheinbare und dünne, aber stolz aufgerichtete Gestalt, ein gütiges Lächeln auf dem zeitlosen Priesterantlitz, das Cadfael bereits aufgefallen war, als jenes verängstigte, widerstrebende Kind sein Noviziat begonnen hatte. Die sanfte, frohe Stimme ließ die Jahre vergessen, die seither verstrichen waren. Immerhin war Mark erst achtzehn – ein sehr kindlicher Achtzehnjähriger.

»Wach auf! Ich hab' was für dich!« Wie ein kleiner Junge, der seinem Vater ein Geburtstagsgeschenk überreicht und sagt: ›Sieh mal, das habe ich für dich gemacht...‹

Ein sorgsam zusammengefaltetes, weiches Tuch wurde auf Cadfaels Schoß gelegt. Bruder Mark öffnete es vorsichtig und zeigte triumphierend auf seinen Fund – eine kleine, unregelmäßig geformte Phiole aus grünem Glas, an einer Seite von gelblichem Braun überzogen, bedeckt vom Rest einer Flüssigkeit, die sich immer noch zäh bewegte.

»Mach die Lampe an!« bat Cadfael und hob das Tuch hoch, um das Fläschchen genauer zu betrachten. Mark hantierte eifrig mit Flintstein und Zunder, ein Funke entzündete den Docht der kleinen Öllampe in der Tonschale, doch der Kampf des verglimmenden Tageslichts mit dem kleinen Flämmchen verbesserte die Sicht nur geringfügig. Aufgeregt schnüffelte Cadfael an dem Teil des Tuchs, der die braungefärbte Seite der Phiole berührt hatte. Der Geruch war schwach, aber unverkennbar, war trotz des Frostes nicht völlig verflogen. An der Außenseite der Flasche war eine dünne, verkrustete, längst getrocknete Ölspur zu sehen.

»Ist es das, was du haben wolltest?« Bruder Mark beugte sich zu seinem Lehrmeister herab, hoffnungsvoll und ängstlich zugleich. »Habe ich dir das Richtige gebracht?«

»Allerdings, mein Junge! Dieses winzige Ding hat den Tod enthalten, und man kann es in der Faust verbergen. Lag es auf dieser Seite, als du es fandest? Da, wo sich der Flüssigkeitsrest in der Flasche gesammelt hat? Und außen ist auch diese Ölspur zu sehen... Der Mörder hat die Phiole in aller Hast zugestöpselt und eingesteckt. Vermutlich weist seine Kleidung Ölflecken auf. Die lange, dünne, getrocknete Linie läßt erkennen, daß die Flasche nicht fest verschlossen war, als sie gestohlen wurde. Und nun setz dich und sag mir, wo du sie gefunden hast, denn davon hängt sehr viel ab. Könntest du mir die Stelle zeigen?«

»O ja – ich habe sie markiert!« Beglückt über seinen Erfolg nahm der junge Gehilfe neben Cadfael Platz und lehnte sich eifrig an seinen Arm. »Du kennst doch die Häuser mit den kleinen Gärten, die fast bis zum Wasserrand reichen. Daneben führt nur ein schmaler Fußweg am

Ufer des Teichs entlang. Ich wollte mir keinen Vorwand ausdenken, um die Gärten betreten zu können, außerdem sind sie schmal und steigen steil an. Es wäre nicht schwer gewesen, irgendwas halbwegs Gewichtiges vom Haus aus zum Wasserrand und darüber hinaus zu werfen – nicht einmal für jemanden, der es eilig hat. Ich suchte also erst mal die Wegstrecke in der Reichweite des Küchenfensters ab. Doch da habe ich die Flasche nicht gefunden.«

»Nein?« fragte Cadfael verwundert.

»Nein – daneben. Inzwischen hat sich ein Froststreifen am Ufer gebildet. Aber durch die Strömung, die vom Mühlenrad erzeugt wird, kann das Wasser in der Mitte des Teichs nicht gefrieren. Ich entdeckte das Fläschchen auf dem Rückweg, nachdem ich alle Grasbüschel und Sträucher durchsucht hatte. Da dachte ich mir, daß ich auch mal auf der anderen Seite des Weges nachschauen könnte, am Wasserrand. Und da lag es, halb im Eis vergraben. Ich habe die Stelle mit einem Haselzweig gekennzeichnet. Und das Loch im Eis, wo ich's herausgezogen habe, müßte auch zu sehen sein – solange es nicht taut. Ich glaube, das Fläschchen wurde über den Eisrand hinausgeworfen, aber nicht weit genug, um von der Mühlenströmung erfaßt zu werden. Weil es zugestöpselt war, trieb es auf dem Wasser, wurde zum Ufer zurückgetragen, und als es gefror, blieb es im Eis stecken. Aber es kann unmöglich aus dem Küchenfenster geworfen worden sein, Cadfael. Dazu war es zu weit unten am Wegrand.«

»Bist du sicher? Wo war es? War es die Entfernung, die dir zu groß erschien?«

»Nein – die Richtung stimmte nicht. Es lag zu weit rechts, hinter einem dichten Gestrüpp. Wenn man es aus dem Küchenfenster geworfen hätte, wäre es nicht da gewesen, wo ich es gefunden habe. Aber es wäre möglich, daß es aus dem Fenster des anderen Raumes geschleudert wurde. Erinnerst du dich, daß auch dieses Fenster offen war? In dem Zimmer, wo sie gegessen haben?«

Cadfael dachte an den Augenblick zurück, wo ihn die

verzweifelte Richildis hastig ins Schlafzimmer geführt hatte, durch den Wohnraum, vorbei an dem Scherbenhaufen auf dem Eßtisch und am Boden ... »Ja, das Fenster stand offen, denn die Mittagssonne schien herein. Aus diesem Raum war Edwin wütend hinausgelaufen, durch die Küche, wo er – nach der Überzeugung des Wachtmeisters – sein Verbrechen begangen hatte, um sich dann später des Beweisstückes zu entledigen. Aber er war nicht einmal für Sekunden allein im Wohnzimmer gewesen. Erst bei seiner überstürzten Flucht war er aus dem Blickfeld der Anwesenden verschwunden. Weißt du, was das bedeutet, Mark? Nach allem, was du sagst, wurde die Phiole entweder aus dem Wohnzimmer geworfen, oder jemand, der den Weg entlangging, ließ sie in den Teich fallen. Edwin kann weder das eine noch das andere getan haben. Vielleicht hat er sich, wie der Wachtmeister glaubt, kurz in der Küche aufgehalten. Aber er rannte bestimmt nicht den Uferweg entlang, bevor er sich zur Brücke wandte – sonst hätte Aelfric ihn eingeholt. Nein – er wäre sogar vor Edwin bei der Brücke gewesen, oder sie wären sich an der Klosterpforte begegnet. Später hätte Edwin keine Gelegenheit mehr gefunden. Er fühlte sich elend und verkroch sich im Holzschuppen seines Schwagers, bis Edwy ihn aufstöberte, und von da an blieben die beiden zusammen, bis sie zu mir kamen. Mark – dieses Fläschchen beweist, daß Edwin ebenso unschuldig ist wie du oder ich.«

»Aber es verrät uns nicht, wer der Täter ist«, erwiderte Mark.

»Nein ...« Cadfael runzelte die Stirn. »Wenn es tatsächlich aus dem Wohnzimmerfenster geworfen wurde, muß das lange nach dem Mord geschehen sein – denn ich bezweifle, daß irgend jemand allein in diesem Raum war, bevor der Wachtmeister gekommen und gegangen ist. Und wenn der Mörder das schlecht verschlossene Fläschchen die ganze Zeit in der Tasche hatte, muß seine Kleidung mit Öl befleckt sein. Wahrscheinlich hat er versucht, diese Spuren zu beseitigen, aber solche Ölflecken lassen sich nicht so leicht herauswaschen. Und wer kann es sich schon leisten, Kleidungsstücke wegzuwerfen? Also müßten die Ölspuren immer noch zu finden sein.«

»Und wenn es jemand war, der sich an jenem Tag gar nicht in Master Bonels Haus aufhielt... Du hast doch mal überlegt, ob nicht der Koch oder seine Gehilfen...«

»Ich behaupte nicht, daß das unmöglich wäre. Aber ist es wahrscheinlich? Wäre der Täter den Weg entlanggegangen, als er sich des Fläschchens entledigte, hätte er es weit hinausgeworfen, in die Mitte des Teichs. Selbst wenn es nicht gesunken wäre – und er hätte genügend Zeit gehabt, um dafür zu sorgen –, wäre es von der Strömung erfaßt, zum Bach und dann in den Fluß getrieben worden. Aber wie du festgestellt hast, ist es dicht am Ufer ins Wasser gefallen.«

»Was machen wir jetzt?« fragte Bruder Mark tatendurstig.

»Wir gehen in die Kirche, sonst kommen wir zu spät zur Abendandacht. Und morgen besuchst du Hugh Beringar und zeigst ihm dieses Beweisstück.«

Wie üblich erschienen nur wenige weltliche Gläubige zur Abendandacht, aber diesmal war Martin Bellecote gekommen, um erst Gott und dann Cadfael für die Heimkehr seines Sohnes zu danken. Nach dem Gottesdienst wartete er im Kreuzgang, bis die Mönche die Kirche verlassen hatten und eilte Cadfael am Südtor entgegen.

»O Bruder, möge es dir der Herr lohnen, was du für uns getan hast! Wir sind dir zu tiefstem Dank verpflichtet, weil der Junge nach Hause gekommen ist, wenn auch wie ein begossener Pudel, und weil er nicht im Kerker des Schlosses schmachten muß.«

»Mein Verdienst ist nur gering, denn ich hätte ihn nicht befreien können. Es war Hugh Beringar, der ihn laufen ließ. Und glaub mir – was immer die Zukunft bringen mag, du kannst auf Beringars Gerechtigkeitssinn bauen. Wenn du ihn siehst, sag ihm immer nur die Wahrheit.«

Bellecote lächelte schmerzlich. »Ja, die Wahrheit – aber nicht die ganze Wahrheit, obwohl er so großzügig zu meinem Sohn war. Solange der andere nicht in Sicherheit ist, werde ich sein Versteck geheimhalten. Nur dich will ich einweihen, Bruder...«

»Nein«, fiel Cadfael ihm rasch ins Wort, »sag mir nichts. Ich hoffe, er kann seinen Schlupfwinkel bald verlassen. Leider ist es noch nicht soweit. Wie geht es deiner Familie – vor allem Edwy? Hat er sein Abenteuer gut überstanden?«

»Und ob! Ohne die blauen Flecken hätte es ihm nur halb soviel Spaß gemacht. Er hat sich das alles ganz allein ausgedacht. Aber zur Zeit hält er es für angebracht, die Hörner ein bißchen einzuziehen. Er war noch nie so fügsam wie jetzt, und ich kann nicht behaupten, daß mir das mißfällt. Sein Pflichteifer hat sich gewaltig gesteigert. Nicht daß wir vor Weihnachten viel zu tun hätten, aber nachdem Edwin verschwunden ist und Meurig die Feiertage bei seinen Verwandten verbringt, sind wir nur zu zweit, und ich kann dem Spitzbuben genug Arbeit aufhalsen.«

»Besucht Meurig seine Verwandten regelmäßig?«

»Ja, immer zu Weihnachten und zu Ostern. Sein Onkel und seine Vettern leben oben im Grenzland. Am Jahresende kommt er zurück. Meurig nimmt seine Familienpflichten sehr ernst.«

Ja, diesen Eindruck hatte Cadfael schon gewonnen, als er dem jungen Mann zum erstenmal begegnet war. ›Meine Familie ist die Familie meiner Mutter, und an die halte ich mich‹, hatte Meurig gesagt. ›Mein Vater ist kein Waliser.‹ Es war nur natürlich, daß er mit seinen Verwandten Weihnachten feiern wollte.

»Hoffen wir, daß wir den Geburtstag unseres Herrn in Frieden und Freude begehen können!« bemerkte Cadfael – viel optimistischer gestimmt, seit das kleine Beweisstück gefunden war, das nun auf einem Regal in seinem Gartenschuppen lag.

»Amen, Bruder! Meine Familie und ich sind dir zutiefst

verbunden, und wann immer du unsere Hilfe brauchst, kannst du auf uns zählen.«

Nachdem Martin Bellecote seiner Dankespflicht genügt hatte, kehrte er in seine Werkstatt zurück, und Cadfael ging mit Bruder Mark zum Abendessen – wobei ihnen die Erfüllung einer anderen Pflicht noch bevorstand.

»Morgen früh laufe ich in die Stadt«, wisperte Bruder Mark in Cadfaels Ohr, als sie nach der Mahlzeit in einer Ecke des Kapitelsaals saßen und Bruder Francis' langatmige Lateinlesung über sich ergehen ließen. »Bei der Prim werde ich fehlen – aber was macht es schon aus, wenn ich mir eine Strafe einhandle?«

»Das wirst du nicht tun!« flüsterte Bruder Cadfael energisch zurück. »Du wartest bis nach dem Mittagessen. Dann darfst du deinen eigenen Interessen nachgehen, und es ist ein wichtiges und legitimes Werk, das du vollbringen mußt. Aber ich will nicht, daß du deswegen gegen die Klosterregeln verstößt.«

»Was du natürlich niemals tun würdest!« meinte Mark, und sein schüchternes Gesicht verzog sich zu einem Grinsen, das Cadfael an Edwin oder Edwy erinnerte.

»Nur, wenn's um Leben und Tod geht. Und für meine Missetaten bin ich allein verantwortlich. Du steckst nicht in meiner Haut und solltest meine Sünden nicht imitieren. Außerdem ist es gleichgültig, ob du vor oder nach dem Essen in die Stadt gehst«, fügte Cadfael besänftigend hinzu. »Frag nach Hugh Beringar und sprich mit keinem anderen – denn ich habe nur zu ihm volles Vertrauen. Führ ihn zum Teich und zeig ihm, wo du die Phiole gefunden hast. Dann wird Edwin bald nach Hause kommen.«

Sie schmiedeten ihre Pläne vergeblich. Die Kapitelsitzung am nächsten Morgen machte alle Erfolge zunichte.

Bevor die Alltagsgeschäfte besprochen wurden, erhob sich Bruder Richard, der Subprior, und erklärte, er hätte eine dringliche Angelegenheit vorzubringen und müßte den Prior um Aufmerksamkeit bitten.

»Von unserer Schafhürde in der Nähe von Rhydycroesau bei Oswestry kam ein Bote zum Bruder Kellermeister. ,Laienbruder Barnabas hat Brustschmerzen und Fieber, und Bruder Simon muß sich allein um die Herde kümmern. Er bezweifelt, daß er den kranken Bruder erfolgreich behandeln kann, und läßt anfragen, ob wir ihm einen Helfer senden könnten.«

Prior Robert runzelte die Stirn. »Ich dachte mir schon immer, daß wir da draußen mehr Leute einsetzen sollten, nicht bloß zwei. Immerhin weiden zweihundert Schafe auf diesen abgeschiedenen Bergen. Aber wie konnte uns Bruder Simon einen Boten senden, wenn sein einziger Gefährte krank ist?«

»Nun, er nutzte den glücklichen Umstand, daß unser Verwalter derzeit die Verantwortung für das Landgut Mallilie trägt. Anscheinend liegt es nur wenige Meilen von Rhydycroesau entfernt. Bruder Simon ritt hinüber und bat, man möge uns verständigen – worauf sich sofort ein Reitknecht auf den Weg machte. Wenn wir Bruder Simon noch heute einen Helfer schicken, hätten wir keine Zeit verloren.«

Als Mallilie erwähnt worden war, hatte Prior Robert die Ohren gespitzt. Auch Cadfael war aus seinen eigenen Gedanken aufgeschreckt, da dies offensichtlich mit den Problemen zusammenhing, die ihn beschäftigten. Mallilie war also nur wenige Meilen von den Schafhürden der Abtei bei Oswestry entfernt. Er hatte nie bedacht, daß die Lage des Gutshauses bedeutsam werden könnte, und diese Erleuchtung entfesselte eine Flut neuer Ideen.

»Natürlich müssen wir das tun«, sagte Robert, und es war ihm beinahe anzusehen, wie er überlegte, daß man den Kräuterfachmann und Apotheker des Klosters mit dieser Aufgabe betrauen müßte. Dadurch würde man ihn nicht nur aus Witwe Bonels gefährlicher Nähe entfernen, sondern auch verhindern, daß er sich weiterhin mit den tragischen Ereignissen befaßte, die sie zur Witwe gemacht hatten. Der Prior wandte den imposanten, silbergrauen

Kopf und blickte geradewegs in Bruder Cadfaels Augen, was er normalerweise lieber vermied. Die gleichen Spekulationen hatte auch Cadfael angestellt, mit dem gleichen erfreulichen Ergebnis. Wenn ich das alles selber eingefädelt hätte, dachte er, so hätte es sich nicht besser fügen können. Nun braucht der junge Mark seinen Auftrag nicht auszuführen. Er wird hierbleiben und nicht die geringste Schuld auf sich laden.

»Bruder Cadfael, ich glaube, wir sollten dich zur Schafhürde schicken, da du über umfassende medizinische Kenntnisse verfügst. Hast du die Arzneien vorrätig, die unser kranker Bruder benötigen wird?«

»O ja, Vater«, antwortete Cadfael so diensteifrig, daß Prior Robert an der Weisheit seiner Entscheidung zu zweifeln begann.

Warum freute sich der Mann auf den langen Ritt durch die winterliche Kälte – auf die harte Arbeit an Bruder Barnabas' Krankenlager und bei der Schafherde? Und das, nachdem er seine Nase so beharrlich in die Angelegenheiten des Bonel-Haushalts gesteckt hatte, daß man annehmen müßte, er würde lieber hierbleiben? Nun, von Rhydycroesau aus würde er sich nicht mehr in diese Dinge einmischen können.

»Sicher wird man deine Hilfe da draußen nicht lange beanspruchen. Wir wollen alle für Bruder Barnabas' baldige Genesung beten. Wenn du unseren Beistand brauchst, schick einen Reitknecht von Mallilie zu uns. Besitzt dein Novize Mark ausreichende Kenntnisse, so daß er während deiner Abwesenheit leichtere Krankheitsfälle behandeln könnte? Wenn ein Bruder ernsthaft erkranken sollte, würden wir den Arzt rufen.«

»Bruder Mark ist fleißig und tüchtig«, erwiderte Cadfael mit fast väterlichem Stolz, »und absolut vertrauenswürdig, denn wenn er auf den Rat eines erfahrenen Mediziners angewiesen ist, wird er das in aller Bescheidenheit sagen. Außerdem hat er alle Medikamente, die um diese Jahreszeit gebraucht werden, in großen Mengen zur Verfügung. Wir haben uns gegen einen strengen Winter gewappnet.«

»Großartig! Da du eine so dringliche Pflicht erledigen mußt, darfst du den Kapitelsaal sofort verlassen und deinen Aufbruch vorbereiten. Hol dir ein gutes Maultier aus dem Stall und nimm alle erforderlichen Arzneien mit. Falls ein Patient im Hospital liegt, den du vor deiner Abreise noch einmal aufsuchen solltest, so tu das. Man wird Bruder Mark zu dir schicken, denn du möchtest ihm sicher noch einige Anweisungen geben, bevor du das Kloster verläßt.«

Bruder Cadfael eilte aus dem Saal und überließ die anderen Mönche ihren Alltagsproblemen. Gott ist uns immer noch gnädig gesinnt, dachte er, während er in den Gartenschuppen rannte und verschiedene Medikamente zusammensuchte – Mittel gegen Hals-, Brust- und Kopfschmerzen, eine Salbe, mit der man die Brust einreiben konnte, Gänsefett und Heilkräuter. Sonst würde Barnabas nichts weiter brauchen als ein warmes Bett, gute Pflege und die richtige Nahrung. In Rhydycroesau gab es genug Hühner und gute Milchkühe... Er steckte noch etwas ein, das er nur nach Shrewsbury befördern würde, die kleine grüne Glasflasche, in das weiße Tuch gewickelt.

Bruder Mark stürmte atemlos herein, nachdem man ihn von Bruder Pauls Lateinunterricht dispensiert hatte. »Ich habe gehört, daß du weggehst – und daß ich hier nach dem Rechten sehen soll. O Cadfael, was werde ich nur ohne dich anfangen? Und das Beweisstück, das ich Hugh Beringar bringen muß...«

»Überlaß das mir. Wenn man nach Rhydycroesau reitet, muß man die Stadt durchqueren. Ich werde das Fläschchen selbst ins Schloß bringen. Du brauchst dich nur an das zu halten, was du von mir gelernt hast, und ich weiß, daß du stets ein guter Schüler warst. Meine Gedanken werden bei dir sein. Wenn du Schwierigkeiten hast, stell dir vor, daß du mich fragst – dann wird dir die Antwort einfallen.« Cadfael hielt einen Salbentopf in der einen

Hand, mit der anderen tätschelte er geistesabwesend die jugendliche, glatte, von dichtem, kräftigem, strohblondem Haar umgebene Tonsur. »Bruder Barnabas wird bald wieder auf den Beinen sein. Und jetzt hör zu, liebes Kind – ich habe erfahren, daß Mallilie in der Nähe unserer Schafhürde liegt, wo meine Hilfe gebraucht wird. Und ich glaube, daß ich unsere Probleme dort viel eher lösen kann als hier.«

»Glaubst du wirklich?« fragte Bruder Mark hoffnungsvoll und vergaß seine eigenen Sorgen.

»O ja, und ich habe da eine Idee – eigentlich ist es nur eine unbestimmte Ahnung... So, und jetzt mach dich nützlich! Such ein gutes Maultier für mich aus und pack diese Sachen in die Satteltaschen. Ich muß noch ins Hospital gehen.«

Bruder Rhys saß an seinem Lieblingsplatz vor dem Kaminfeuer, döste zufrieden und zusammengesunken in seinem Sessel, schlief aber nicht, so daß er sofort ein scharfes Auge öffnete, wann immer er Bewegungen oder Stimmen wahrnahm. Er war gerade in der richtigen Stimmung, um einen Besucher willkommen zu heißen, und seine Lebensgeister regten sich entzückt, als Cadfael erzählte, daß er in den Nordwesten reiten würde, zu den Schafhürden von Rhydycroesau.

»In deine Heimat, Bruder! Soll ich im Grenzland Grüße von dir bestellen? Sicher hast du dort immer noch viele Verwandte, drei Generationen.«

»Allerdings!« Bruder Rhys' welke Lippen verzogen sich zu einem verträumten, zahnlosen Grinsen. »Solltest du meinen Vetter Cynfrith ap Rhys sehen oder seinen Bruder Owain, segne sie in meinem Namen. O ja, da oben leben sehr viele Mitglieder meiner Familie. Frag nach meiner Nichte Angharad, der Tochter meiner Schwester Marared – meiner jüngsten Schwester, die Ifor ap Morgan geheiratet hat. Ich glaube, er ist schon tot, aber wenn du hörst, daß er noch lebt, sag ihm, daß ich mich gut an ihn erinnere

– und richte ihm Grüße und Segenswünsche von mir aus. Das Mädchen müßte mich wirklich mal besuchen – jetzt, wo ihr Sohn hier in der Stadt arbeitet. Ich weiß noch gut, wie sie als kleines Kind aussah, nicht viel größer als eine Margarite, und so hübsch...«

»Angharad hat als Dienstmädchen in Bonels Haus gearbeitet, nicht wahr?« fragte Cadfael sanft. »Auf Mallilie?«

»Ja, ein Jammer war das! Aber jetzt sind sie schon so viele Jahre hier, die Sachsen. Mit der Zeit gewöhnt man sich an diese ausländischen Familien. Weiter sind sie zum Glück nicht gekommen. Mallilie ist bloß ein Dorn im Land von Cynllaith – sonst nichts. Er steckt tief drin – aber eines Tages könnte er rausgerissen werden! Die Ländereien von Mallilie reichen kaum bis ins Sachsengebiet hinüber, höchstens eine Handbreit...«

»Ist das die Möglichkeit!« rief Cadfael. »Dann liegt das Landgut also genaugenommen, obwohl es seit drei Generationen den Engländern gehört, in Wales?«

»Es ist so walisisch wie Snowdon!« erwiderte Bruder Rhys, in dessen Augen ein Funke seines alten, patriotischen Feuers aufglomm. »Und alle Nachbarn sind Waliser, auch die meisten Pächter. Ich wurde westlich von Mallilie geboren, bei der Kirche von Llansilin, und die steht in der Mitte von Cynllaith. Das alles ist walisisches Land, seit unsere Welt erschaffen wurde!«

Walisisches Land! Das ließ sich nicht ändern, nur weil während der Regentschaft des William Rufus ein gewisser Bonel dort eingedrungen war und ein paar Morgen Land in seinen Besitz gebracht hatte – und weil sich die Bonels seither dort breitmachten, unter der Schirmherrschaft des Grafen von Chester. Warum habe ich nicht schon früher gefragt, wo dieses verflixte Mallilie liegt, wunderte sich Cadfael. »Und in Cynllaith amtieren vermutlich walisische Richter – die sich an das Gesetz von Hywel Dda halten – nicht an das normannische?«

»Klar! In Wales gibt's eine zuverlässige ordentliche Gerichtsbarkeit. Die Bonels haben ihre Grenzstreitigkeiten und dergleichen immer nach dem Recht geregelt, das ihnen gerade in den Kram paßte – nach walisischem oder englischem Gesetz. Aber die Leute da oben lieben ihr walisisches Recht, und sie halten sich an die Zeugenaussagen von Nachbarn, denn das ist der beste Weg, einen Streit zu schlichten. Und der einzig richtige Weg!« bekräftigte Bruder Rhys und nickte mehrmals. »Aber warum interessiert dich das? Willst du prozessieren?« erkundigte er sich kichernd.

»Ich nicht«, entgegnete Cadfael und stand auf. »Aber ich kenne jemanden, der das vielleicht vorhat...«

Nachdenklich verließ er das Hospital. Als er den großen Hof durchquerte, kam die tiefstehende Wintersonne plötzlich hinter den Wolken hervor und blendete ihn. Und in seiner sekundenlangen Blindheit sah er endlich den Weg, den er gehen mußte.

8.

Auf der Wyle-Straße hätte er seinen Ritt gern unterbrochen, um mit Martin Bellecote zu sprechen und sich zu vergewissern, daß die Familie nicht von den Gesetzeshütern bestürmt wurde. Aber er verzichtete darauf, weil er erstens eine wichtigere Aufgabe erfüllen mußte und weil er zweitens keine unnötige Aufmerksamkeit auf Bellecotes Haus lenken wollte. Er kannte Hugh Beringars unabhängige Denkungsart und seinen ausgeprägten Gerechtigkeitssinn, aber die Landratsbeamten von Shorpshire folgten anderen Leitlinien und richteten sich eher nach Gilbert Prestcote – was verständlich war, denn er war in dieser Grafschaft der offizielle Repräsentant des Königs. Und wenn es tatsächlich zu einer Gerichtsverhandlung kam, würde Prestcote strenger und kurzsichtiger urteilen als Beringar. Vor allem würde er Wert auf ein schnelles, unproblematisches Ende des Prozesses legen. Wenn der

Landrat auch in Westminster war und Beringar vorübergehend das Amt verwaltete – die Wachtmeister und ihre Leute würden in gewohnter Weise vorgehen und immer noch nach dem Jungen fahnden, den sie für schuldig befunden hatten. Falls ein Wachtposten vor Bellecotes Werkstatt stand, hatte Cadfael nicht vor, den Mann zu provozieren. Und wenn das Haus nicht bewacht wurde – um so besser. Dann hatte Beringars Methode gesiegt.

Und so ritt Cadfael unauffällig und gemächlich die Wyle-Straße hinauf und an Bellecotes Hof vorbei, ohne einen Seitenblick darauf zu werfen. Sein Weg nach Nordwesten führte über die Brücke nach Wales, doch er ritt auch daran vorbei und stieg zum High Cross hinauf. Von dort ging es ein Stück bergab und dann wieder bergauf, zur Schloßpforte.

König Stephens Garnison war seit der sommerlichen Belagerung in fester Hand, und die Wache gab sich selbstsicher und unbeschwert, vernachlässigte aber keineswegs ihre Pflichten. Cadfael stieg ab und führte das Maultier die Einfahrt hinauf, in den Schatten des Pförtnerhauses. Der Wachtposten blickte ihm freundlich entgegen. »Guten Morgen, Bruder? Was hast du auf dem Herzen?«

»Ich möchte mit Hugh Beringar von Maesbury reden. Sag ihm, daß Bruder Cadfael hier ist, dann wird er sicher Zeit für mich finden.«

»Du hast Pech, Bruder. Hugh Beringar ist nicht hier, und er wird vor dem Abend nicht zurückkommen. Er ist mit Madog den Fluß hinabgefahren, im Totenkahn. Offenbar will er irgendwas suchen.« Diese Neuigkeit beglückte Cadfael ebenso heftig, wie ihn die Nachricht von Hughs Abwesenheit entmutigt und bedrückt hatte. Es wäre also doch besser gewesen, die Phiole Bruder Mark zu überlassen, der später noch einmal hierhergekommen wäre, wenn sein erster Besuch seinen Zweck verfehlt hätte. Cadfael kannte niemanden in diesen Mauern, dem er so bedingungslos traute wie Beringar, und nun war er in eine Situation geraten, die er hätte voraussehen müssen. Hugh hatte keine Zeit verloren und war aufgebrochen, um nach Edwins Reliquiar zu suchen – noch besser, er nahm die Sache selbst in die Hand, statt einen Untergebenen damit zu beauftragen. Aber Cadfael konnte unmöglich auf ihn warten, denn er mußte sich um seinen kranken Bruder Barnabas kümmern. Je früher er die Schafhürde erreichte, desto besser. Er überlegte, ob er das kostbare Beweisstück jemandem anvertrauen oder behalten sollte, bis er es Beringar persönlich übergeben konnte. Immerhin war Edwin noch in Freiheit und nicht unmittelbar bedroht.

»Wenn es um den Giftmord geht«, sagte der hilfsbereite Wachtposten, »sprich doch mit dem Wachtmeister, der hier die Aufsicht hat. Ich habe gehört, daß in der Abtei seltsame Dinge geschehen sind. Sicher werdet ihr froh sein, wenn ihr wieder eure Ruhe habt und der Schurke hinter Schloß und Riegel sitzt. Tritt doch näher, Bruder, ich werde dein Maultier festbinden und William Warden mitteilen, daß du hier bist.«

Nun, es konnte nicht schaden, Beringars Vertreter in Augenschein zu nehmen. Cadfael wartete in einem Vorzimmer im Pförtnerhaus und beschloß, den Zweck seines Besuchs in der Tasche zu lassen, bis er eine Entscheidung getroffen hatte. Nach einem ersten Blick ins Gesicht des Wachtmeisters, der bald darauf eintrat, stand es fest, daß die Phiole in ihrem Versteck bleiben würde. Es war der bärtige, kräftige, selbstbewußte Beamte mit der Habichtsnase, der die ersten Ermittlungen in Bonels Haus durchgeführt hatte und seither glaubte, seine Nase hätte die richtige Spur erschnüffelt. Auch Warden erkannte Cadfael sofort wieder. Ein verächtliches Grinsen entblößte große weiße Zähne, die in seinem buschigen Bart aufblitzten.

»Schon wieder du, Bruder? Erfindest du immer noch ein Dutzend Gründe, warum der junge Gurney unschuldig sein muß – obwohl wir viel dringender einen Zeugen bräuchten, der ihn bei der Tat beobachtet hat? Bist du gekommen, um uns Sand in die Augen zu streuen – während er sich in Wales herumtreibt?«

»Ich bin gekommen«, entgegnete Cadfael nicht ganz wahrheitsgemäß, »um mich zu erkundigen, ob sich etwas Neues ergeben hat – im Zusammenhang mit dem Gespräch, das ich gestern mit Hugh Beringar geführt habe.«

»Nichts hat sich ergeben, und es wird sich auch nichts ergeben. Du warst es also, der ihn auf diese alberne Idee gebracht hat, die Flußufer abzusuchen! Das hätte ich mir denken können. Ein gerissener kleiner Schuft erzählt dir ein Märchen, und du nimmst das alles für bare Münze und steckst auch noch einen hohen Beamten mit deiner Leichtgläubigkeit an! Was für ein Unfug! Was für eine Zeitverschwendung! Da rudern Leute, die was viel Besseres zu tun hätten, in der Eiseskälte den Severn rauf und runter, um nach einem Reliquiar zu fahnden, das niemals existiert hat! Du wirst eine ganze Menge verantworten müssen, Bruder!«

»Zweifellos«, erwiderte Cadfael freundlich, »so wie wir alle – auch du. Aber es ist Beringars Pflicht, nach der Wahrheit zu suchen und Gerechtigkeit zu üben, ebenso wie deine und meine. Ich bemühe mich nach bestem Wissen und Gewissen, diese Pflicht zu erfüllen, klammere mich nicht an die erste beste Lösung des Rätsels, die sich aufgedrängt hat, und verschließe meine Augen nicht vor allem anderen – nur um mir eine lästige Arbeit vom Hals zu schaffen und wieder meinen Frieden zu haben. Nun – anscheinend habe ich dich umsonst bemüht. Aber laß Hugh Beringar bitte wissen, daß ich hier war und ihn sprechen wollte.«

Er musterte den Wachtmeister aufmerksam und ahnte, daß Beringar nichts von seinem Besuch erfahren würde. Nein – ein wichtiges Beweisstück, das in eine unerwünschte Richtung wies, konnte man unmöglich diesem Mann anvertrauen, der sich seiner Sache so sicher war, daß er womöglich Tatsachen verschleiern oder Beweismittel verschwinden lassen würde, die seiner Meinung widersprachen. Es blieb ihm nichts anderes übrig – er mußte die Phiole nach Rhydycroesau mitnehmen und warten, bis Bruder Barnabas genesen war und sich wieder um seine Schafe kümmern konnte.

»Du meinst es sicher gut, Bruder«, sagte William Warden großzügig, »aber du entfernst dich ziemlich weit von deinen klösterlichen Kreuzgängen, um dich mit solchen Dingen zu befassen. Überlaß das lieber den Leuten, die einschlägige Erfahrungen gesammelt haben.«

Cadfael verabschiedete sich, ohne zu protestieren, stieg auf sein Maultier und ritt durch die Stadt zurück zum Fuß des Hügels, wo die Straße nach rechts zur Westbrücke abzweigte. Zumindest war nichts verloren, und Beringar folgte der Spur, auf die er ihn hingewiesen hatte. Nun war es an der Zeit, sich auf die bevorstehende Reise zu konzentrieren. Richildis und ihrem Sohn konnte er sich erst wieder widmen, wenn er Bruder Barnabas kuriert hatte.

Die Straße von Shrewsbury nach Oswestry war einer der Hauptverkehrswege in dieser Region und gut instand gehalten. Die alten Römer hatten sie vor langer Zeit gebaut, als sie in Britannien geherrscht hatten. In südöstlicher Richtung führte dieselbe Straße nach London, wo König Stephen jetzt im Kreise seiner Edelleute das Weihnachtsfest vorbereitete und Kardinalbischof Alberic von Ostia ein Konzil abhielt, um die Kirche zu reformieren und Abt Heribert Unannehmlichkeiten zu machen. Hier, in der entgegengesetzten Richtung war die Straße breit und gerade und nur an manchen Stellen von Gras überwachsen. Am Rand der Wildnis zog sie sich durch fruchtbares Ackerland und dichte Wälder bis zur Stadt Oswestry, die nur achtzehn Meilen entfernt lag. Cadfael ritt zügig dahin, aber nicht zu schnell, um das Maultier nicht zu ermüden. Wenn er die Stadt erreicht hatte, würde er noch vier Meilen bis zur Schafhürde zurücklegen müssen. Während er im schwindenden Tageslicht nach Westen strebte, sah er in der Ferne die blauen, majestätischen Waliser Berge aufragen, den großen, welligen Bergrücken des Berwyn, der mit einem nebligen Himmel verschmolz.

Bevor die Dunkelheit hereinbrach, kam er zu einem kleinen, leerstehenden Bauernhof in einer schmalen Senke. Die Brüder bewohnten eine festgefügte Holzhütte, und dahinter lagen die größeren Ställe und Scheunen, wo die Schafe an eisigen, verschneiten Wintertagen Zuflucht suchten. Jenseits dieser Nebengebäude durcheilten lange, graue Steinmauern die Weidehänge, wo die Schafe während dieses vergleichsweise milden Winteranfangs immer noch grasten. Und wenn das Gras zur Neige ging, wurden sie mit Wurzeln und Getreide gefüttert. Die kräftigsten, zähesten Tiere durften immer noch frei in den Bergen umherstreifen. Bruder Simons Hund begann zu bellen und spitzte die Ohren, um auf die Hufschläge zu lauschen, die sich fast lautlos auf dem Wiesenweg näherten.

Vor der Hüttentür stieg Cadfael ab, und Simon kam aufgeregt aus der Hütte gelaufen, um ihn zu begrüßen – ein dünner, sehniger Mönch mit zerzaustem Haar, etwa vierzig Jahre alt und immer noch unbeholfen wie ein Kind, wenn irgendwelche Probleme auftauchten, die nichts mit seinen Schafen zu tun hatten. Die Schafe kannte er so gut wie Mütter ihre Kinder, aber Bruder Barnabas' Krankheit hatte ihn völlig aus der Bahn geworfen. Er umklammerte Cadfaels Hände, schüttelte sie in inniger Dankbarkeit und war unendlich erleichtert, weil er nicht mehr mit seinem Patienten allein war.

»Es hat ihn schlimm erwischt, Cadfael, und bei jedem Atemzug hört man seine Herzklappen rascheln, und das hört sich furchtbar an – genauso, als würde man im Herbst über welkes Laub gehen. Ich habe ihn heftig schwitzen lassen, aber ich krieg's einfach nicht raus aus ihm. Ich habe mein Bestes getan ...«

»Wir werden's noch mal versuchen«, sagte Cadfael besänftigend und trat in die dunkle, nach Holz duftende Hütte. Drinnen war es angenehm warm und trocken. Holz ist die beste Waffe gegen das Wetter, wenn man keine Feuersbrunst fürchten muß – und dazu bestand in dieser einsamen Gegend kein Grund. Der Raum war spärlich, aber ausreichend eingerichtet. Im Nebenzimmer lag Bruder Barnabas auf seinem Bett, weder schlafend noch wachend, sondern in einem qualvollen Dämmerzustand. Mit jedem Atemzug rang sich ein raschelndes Geräusch aus seiner Brust, so wie es Simon geschildert hatte. Seine Stirn war heiß und trocken, der Blick der halb geöffneten Augen trüb und leer. Der große, muskulöse Mann besaß genügend Kraftreserven, um gegen die Krankheit anzukämpfen – man mußte ihm dabei nur ein wenig helfen.

Cadfael nahm seinen Ranzen von den Schultern und öffnete ihn am Fuß des Bettes. »Kümmere dich um deine Schafe und überlaß ihn mir, Simon.«

»Soll ich dir irgendwas bringen?« fragte Simon besorgt.

»Heißes Wasser, einen Lappen und einen Becher – das ist alles. Wenn ich sonst noch was brauche, werde ich's schon finden.«

Glücklicherweise wurde er beim Wort genommen. Bruder Simon glaubte in kindlicher Zuversicht an alle Menschen, die geheimnisvolle Fähigkeiten besaßen. Cadfael verarztete Barnabas den ganzen Abend lang, im Schein einer Kerze, die Simon entzündet hatte, nachdem das Tageslicht erloschen war. Ein heißer Stein, in walisischen Flanell gewickelt, wärmte die Füße des Kranken. Cadfael hatte ihm die Brust und den Hals mit einer Salbe aus Gänseschmalz, Senf und anderen hitzefördernden Kräutern eingerieben und dann den Oberkörper ebenfalls in Flanell gehüllt. Auf der trockenen Stirn lag ein kühler Lappen. Später flößte er Barnabas ein scharf gewürztes, heißes Getränk aus Borretsch und anderen Kräutern ein, die das Fieber steigern sollten. Barnabas' verkrampfter Körper hatte sich entspannt, er konnte leichter atmen, und schluckte die Medizin willig und geduldig. Er schlief unruhig, und mitten in der Nacht brach ihm der Schweiß aus, durchtränkte das Bett wie ein Regenschauer. Als das Schlimmste überstanden war, hoben die beiden fürsorglichen

Krankenpfleger den Patienten hoch, zogen das nasse Leintuch unter ihm weg, breiteten ein frisches über das Bett, wickelten ihn in ein zweites und deckten ihn wieder warm zu.

»Geh jetzt schlafen«, sagte Cadfael. »Er ist auf dem Wege der Besserung. Im Morgengrauen wird er mit einem Bärenhunger aufwachen.«

Er irrte sich um ein paar Stunden, denn Bruder Barnabas war in einen tiefen Schlaf gefallen und schlummerte bis mittags. Als er die Augen aufschlug, war sein Blick klar, sein Atem ging ruhig und gleichmäßig, aber er fühlte sich so schwach wie ein neugeborenes Lamm.

»Das macht nichts«, meinte Cadfael fröhlich. »Selbst wenn du schon aufstehen könntest, würden wir dich in den nächsten Tagen nicht rauslassen. Sieh zu, daß du erst mal ganz gesund wirst, und genieße die Mußestunden. Wir zwei kommen schon zurecht mit deinen Schafen.«

Diesen Rat befolgte Bruder Barnabas nur zu gern. Anfangs aß er nur zögernd, denn das Fieber hatte seinen Geschmackssinn stark beeinträchtigt, aber allmählich fand er wieder Freude an seinen Mahlzeiten, und sein Appetit verwandelte sich in einen wahren Heißhunger.

»Ein gutes Zeichen!« rief Cadfael. »Ein Mann, der herzhaft ißt und auch noch Spaß dran hat, wird sich bald von seinem Krankenlager erheben.« Sie ließen den Patienten wieder schlafen, gingen zur Herde hinaus, versorgten auch die Hühner, die Kuh und die restlichen Bewohner des kleinen Anwesens.

»Bis jetzt war das ein angenehmer Winter.« Bruder Simon betrachtete zufrieden seine langbeinigen, kräftigen Bergschafe. Die Tiere, so walisisch wie Bruder Cadfael, starrten nach Südwesten zum langgezogenen Gebirgsrücken des Berwyn. Sie hatten lange, hochmütige, unergründliche Gesichter, scharfe Ohren und wissende gelbe Augen, deren Blick sogar einen Heiligen aus der Fassung bringen konnte. »Nachdem das Gras bis zum Spätherbst gewachsen ist, haben wir immer noch genug übrig, und nach der Ernte konnten sie sich so richtig mit guten Stoppeln vollstopfen. Die Rübenblätter sind auch sehr nahrhaft. Wenn sie das nächstemal geschoren werden, dürfen wir uns auf eine bessere Wolle freuen als sonst – es sei denn, der Winter wird doch noch härter.«

Sie standen auf dem Grat des Hügels, oberhalb der ummauerten Hürden. Auch Cadfael schaute nach Südwesten, wo sich der lange Bergrücken zum Tiefland hinabzog, das zwischen niedrigeren Hügeln eingebettet war. »Irgendwo da drüben in diesem geschützten Gebiet muß Mallilie liegen.«

»Ja, das Haus steht zwischen den Hängen, drei Meilen entfernt, und das Land öffnet sich nach Südosten. Ein gutes Land, zumindest für diese Gegend. Und als ich einen Boten brauchte, war ich heilfroh, daß die Abtei einen Verwalter nach Mallilie beordert hat. Willst du dort was erledigen, Bruder?«

Gervase Bonels Haus mußte noch weiter drinnen im walisischen Land liegen als diese Hochweiden. Die Benediktiner hatten in Wales wenig zu bestellen, denn die Waliser zogen ihren alten keltischen Christenglauben, die heiligen Einsiedler, die sich selbst verbannt hatten, und das gemütliche kleine Kollegium keltischer Mönche den tatkräftigen, verstandesbetonten Ordensgemeinden vor, die eifrig nach Rom blickten. Im Süden waren die normannischen Abenteurer tiefer ins Land vorgedrungen, aber hier mußte Mallilie tatsächlich wie ein einziger großer Dorn tief im Fleisch von Wales stecken. Bruder Rhys hätte es nicht besser ausdrücken können.

»Man braucht nicht lange, um nach Wales zu reiten«, fuhr Simon fort, sichtlich bemüht, seinem Bruder gefällig zu sein. »Unser Pferd ist alt, aber stark, und es hat ohnehin viel zu wenig Bewegung. Wenn du morgen rüberreiten willst – ich komme sehr gut allein zurecht.«

»Wir wollen erst mal abwarten, wie es Bruder Barnabas morgen gehen wird«, entgegnete Cadfael.

Seit Bruder Barnabas nicht mehr fieberte, machte seine

Genesung rasche Fortschritte. Noch bevor die Nacht hereinbrach, war er es leid, im Bett zu liegen, und bestand darauf, sich ein wenig die immer noch schwachen Beine zu vertreten. Seine angeborene Körperkraft und sein widerstandsfähiges Herz genügten jetzt vollauf, um ihn wieder ganz gesund zu machen. Trotzdem trank er gottergeben die Medizinen, die Cadfael ihm aufdrängte und ließ sich noch einmal mit der Salbe einreiben.

»Nun müßt ihr euch nicht mehr mit mir herumplagen«, meinte er. »Bald werde ich so frisch und munter sein wie ein junger Hund. Und wenn ich in den nächsten beiden Tagen noch nicht in die Berge gehen kann – was ich natürlich könnte, wenn ihr's erlauben würdet – werde ich die Hausarbeit erledigen und die Hühner und die Kuh versorgen.«

Am nächsten Morgen stand er auf, um an der Prim teilzunehmen, und wollte danach nicht mehr ins Bett gehen. Als ihm die beiden anderen Vorhaltungen machten, setzte er sich gemütlich ans Feuer und unternahm keine weiteren Anstrengungen, als Brot zu backen und das Mittagessen vorzubereiten.

»Nun, dann will ich heute nach Mallilie reiten, wenn du mich entbehren kannst, Simon«, sagte Cadfael. »Wenn ich jetzt aufbreche, kann ich das Tageslicht nutzen und bin rechtzeitig wieder hier, um dir bei der abendlichen Arbeit zu helfen.«

Bruder Simon begleitete ihn bis zu einer Wegbiegung und erklärte, Cadfael würde nach dem Dörfchen Croesau Bach zu einer Kreuzung kommen. Dort müßte er sich nach rechts wenden. Von dieser Stelle aus würde er sehen, wie sich die Hügel vor ihm teilten, und wenn er geradewegs auf dieses enge Tal zuritt, würde er Mallilie erreichen. Dahinter führte der Weg weiter nach Westen bis Llansilin, der Hauptstadt des Bezirks Cynllaith.

Der Morgen war dunstig, aber die Sonne schien hell durch den dünnen Nebel, das Gras war feucht, von funkelndem, schmelzendem Rauhreif überzogen. Cadfael hatte beschlossen, das Pferd von der Schafhürde zu reiten, denn sein Maultier hatte auf dem Weg nach Norden genug geleistet und verdiente eine Ruhepause. Das Pferd war ein häßlicher, aber gutmütiger, diensteifriger Rotbrauner. Es war angenehm, allein durch den schönen Wintermorgen zu traben, über das weiche Gras, zwischen den Hügeln seiner Jugend, ohne Alltagspflichten und die Notwendigkeit, mit den Leuten zu reden – abgesehen von gelegentlichen Grußworten, die er den Bäuerinnen zurief, wenn er sie in ihren Höfen Holz hacken sah, oder den Männern, die ihre Schafherden zu neuen Weiden trieben. Und auch das war ein Vergnügen, denn er merkte, daß er instinktiv walisisch sprach. Hier lagen die Höfe weit verstreut. Erst hinter Croesau kam er in tiefer gelegenes, ertragreicheres Land, das dichter besiedelt war. Bei Anblick sorgsam kultivierter Felder ahnte er, daß er sich bereits auf dem Grund und Boden von Mallilie befand. Zur Rechten entsprang ein Bach und begleitete ihn bis zu dem Tal, wo die Berghänge zu beiden Seiten eng zusammenrückten. Nach einer Meile verbreiterte sich der Wasserlauf zu einem Flüßchen. An den Ufern erstreckten sich flache Wiesen, dahinter lagen die dunklen Rechtecke gepflügter Äcker. Die oberen Hänge waren bewaldet, das Tal zog sich nach Südosten der Morgensonne entgegen. Ein schönes Land, das seine Bewohner schützte und gut versorgte... In der Tiefe des Engpasses erreichte er das Gutshaus am Fuß des rechtsgelegenen Hanges, halbkreisförmig von einem Wäldchen umgeben.

Ein hoher Lattenzaun friedete das Anwesen ein, aber das Haus stand auf einer Anhöhe und überragte ihn. Es war aus heimischem Gestein erbaut, aus grauem Granit, und die Schieferplatten des massiven Daches glänzten wie Fischschuppen in der Sonne, nachdem sich der Frost in Tau verwandelt hatte. Cadfael überquerte den Fluß auf einer Plankenbrücke und ritt durch ein offenes, in den Zaun eingelassenes Tor. Nun sah er das Haus in seiner ganzen Länge vor sich. Eine Steintreppe schwang sich zum Eingang des Wohntraktes zur Linken empor. Drei ebenerdige Tore, breit genug, um Heuwagen hindurchzulassen, führten offenbar in ein unterirdisches Gewölbe, wo man in Belagerungszeiten Vorräte aufbewahren konnte. Giebelfenster verrieten, daß es über der Küche noch einen kleinen Raum gab. Die großen Hallenfenster waren mit steinernen Mittelpfosten versehen. An der Innenseite des Lattenzauns standen die Nebengebäude, die Stallungen, Scheunen und Lagerhäuser. Dies war in der Tat ein Besitz, nach dem sowohl normannische Herren, als auch enterbte junge Burschen und Benediktinerabteien trachten mochten. Und Richildis hatte bei ihrer zweiten Hochzeit eine erstaunlich gute Partie gemacht.

Vermutlich arbeitete Bonels Dienerschaft immer noch hier, unter neuer Herrschaft. Ein Reitknecht eilte herbei, um Cadfaels Pferd zu übernehmen. Offensichtlich hielt er es nicht für nötig, einen Mann im Benediktinerhabit nach seinem Begehr zu fragen. Nur wenige Leute gingen im Hof ihrem Tagewerk nach, und diese wenigen wirkten zufrieden und selbstsicher. So eindrucksvoll das Haus war, es bedurfte keiner großen Dienerzahl. Sicher waren nur Einheimische auf Mallilie beschäftigt, also Waliser, wie jene Dienstmagd, die ihrem Herrn das Bett gewärmt und ihm einen kaum beachteten Sohn geboren hatte. Vielleicht war Bonel sogar ein attraktiver Mann gewesen und hatte ihr nicht nur ein Kind, sondern auch Freuden geschenkt. Nun, zumindest hatte er sie hinterher bei sich behalten und auch den Jungen versorgt, allerdings nur als geduldete Abhängige, nicht als seine Verwandten. Ein Mann, der sich nicht mehr genommen hatte, als ihm von Rechts wegen zustand, der aber auch auf nichts verzichtet hätte, was in diesen Bereich gefallen war – ein Mann, der einem hungernden jüngeren Sohn aus freier Familie einen Leibeigenenhof zu Leibeigenenbedingungen überlassen und dann, im Einklang mit dem Gesetz, den Sohn jenes Mannes als Leibeigenen beansprucht hatte...

In diesem umstrittenen Grenzland, wo verschiedene

Rechtsgepflogenheiten aufeinanderprallten, fühlte sich Cadfael ganz und gar als Waliser, konnte jedoch nicht leugnen, daß sich der Engländer ebenso leidenschaftlich auf seine Gesetze berufen hatte, im festen Glauben an sein gutes Recht. Bonel war kein schlechter Mensch gewesen, nur ein Kind seiner Zeit und dieses Ortes. Und er war ermordet worden...

Genaugenommen hatte Cadfael nichts in diesem Haus zu suchen. Trotzdem stieg er die Steintreppe hinauf und betrat den Korridor, der zur Halle führte. Ein Junge kam aus der Küche, grinste ihn dreist an und lief an ihm vorbei. Offenbar zählte er ihn zu den Leuten, die sich hier auch ohne Hilfe zurechtfanden. Cadfael durchquerte die Halle mit der hohen Balkendecke und gelangte ins Sonnenzimmer. Dies mußte der Raum sein, für den Bonel bei Martin Bellecote eine Wandtäfelung bestellt hatte. Und dabei war er zum erstenmal Richildis Gurney begegnet und hatte sein Herz an sie verloren – an die ehemalige Richildis Vaugham, Tochter eines ehrbaren, bescheidenen Kaufmanns.

Martin hatte gute Arbeit geleistet und die Paneele geschickt und liebevoll eingepaßt. Das Sonnenzimmer war kleiner als die Halle. In einer Nische befand sich eine winzige Kapelle. Die polierte, reich geschnitzte Eichentäfelung verströmte einen angenehmen Duft und glänzte im Sonnenlicht, das durch das große Fenster hereinfiel. Edwin hatte einen guten Schwager und einen guten Lehrmeister, und er bräuchte sich nicht zu beklagen, wenn er sein herrschaftliches Erbe verlieren würde.

»Verzeih, Bruder!« Eine respektvolle Stimme klang hinter Cadfaels Rücken auf. »Man hat mir nicht mitgeteilt, daß ein Bote aus Shrewsbury eingetroffen ist.«

Verwirrt drehte sich Cadfael um. Der Verwalter des Klosters stand vor ihm, ein weltlicher Rechtskundiger – jung genug, um seinem Dienstherren mit Ehrfurcht zu begegnen, aber doch schon so reif, daß er seine Domäne völlig unter Kontrolle hatte.

»Ich bin es, der sich entschuldigen muß«, erwiderte Cadfael, »weil ich hier hereingeplatzt bin. Um die Wahrheit zu gestehen – ich habe hier nichts zu tun, nur in der Nachbarschaft. Und weil ich neugierig war, wollte ich unser neues Haus begutachten.«

»Wenn es tatsächlich euch gehört,« bemerkte der Mann seufzend und hob vielsagend die Brauen, um anzudeuten, wie viel die Abtei zu verlieren hatte. »Anscheinend ist das im Augenblick zweifelhaft. Natürlich macht das keinen Unterschied bezüglich meines Auftrags, Mallilie in Ordnung zu halten – wer immer es letzten Endes besitzen wird. Das Landgut wurde umsichtig verwaltet und wirft beträchtlichen Gewinn ab, das steht fest. Aber – nachdem du nicht zu uns geschickt wurdest, Bruder – wo wohnst du? Solange wir die Verantwortung für das Haus tragen, können wir dir ein Gästezimmer anbieten – falls du hierbleiben willst.«

»Das darf ich nicht. Der Prior hat mich zu den Schafhürden von Rhydycroesau geschickt, wo ich einen kranken Bruder pflegen muß, einen Schäfer. Außerdem soll ich seine Pflichten übernehmen, bis er genesen ist.«

»Ich hoffe, dein Patient befindet sich bereits auf dem Wege der Besserung?«

»Ja, es geht ihm wieder gut, daß ich es wagen konnte, ihn für ein paar Stunden zu verlassen und mir das Landgut anzusehen, das uns vielleicht durch die Finger schlüpfen wird. Hast du einen unmittelbaren Grund zu der Annahme, daß man die Vereinbarung für ungültig erklären wird? Abgesehen von der offenkundigen Tatsache, daß sie nicht rechtzeitig gesiegelt wurde?«

Der Verwalter runzelte die Stirn und kaute nachdenklich an seiner Unterlippe. »Durch Bonels Tod hat sich eine seltsame Situation ergeben, denn sowohl der weltliche Erbe als auch die Abtei haben ihre Ansprüche verloren, und die Zukunft von Mallilie ist ungewiß. Graf von Chester, der Oberlehnsherr, kann nach Belieben darüber verfügen, und ich bezweifle, daß er das Landgut in diesen unruhigen, schwierigen Zeiten einer Ordensgemeinde überlassen wird. Sicher, wir könnten ihn darum bitten – aber erst, wenn Shrewsbury wieder einen richtigen Abt hat, mit allen Vollmachten. In der Zwischenzeit bleibt uns nichts anderes übrig, als die Ländereien zu verwalten, bis eine rechtskräftige Entscheidung gefallen ist. Willst du mit mir zu Mittag essen, Bruder, oder wenigstens einen Schluck Wein trinken?«

Die Einladung zum Essen lehnte Cadfael ab, denn es war noch früh, und er wollte die restlichen Stunden des Tageslichts nutzen. Aber den Wein nahm er erfreut an. Sie setzten sich auf eine Bank im Sonnenzimmer, und der dunkelhaarige, walisische Küchenjunge brachte eine Flasche und zwei Trinkhörner.

»Hattest du keinen Ärger mit den Walisern im Westen?« fragte Cadfael.

»Nein – niemals. Die Leute haben sich schon vor Jahren an die Nachbarschaft der Bonels gewöhnt, und es gab kein böses Blut, weder auf der einen noch auf der anderen Seite. Allerdings habe ich wenig Kontakt mit den Walisern, abgesehen von unseren Pächtern. Du weißt, daß die Waliser und Engländer hier im Grenzland eng zusammenleben. Teilweise sind sie sogar miteinander verwandt.«

»Einer unserer ältesten Brüder stammt aus dieser Gegend, aus einem Dorf zwischen Mallilie und Llansilin. Als er erfuhr, daß ich nach Rhydycroesau reiten würde, sprach er von seiner Verwandtschaft. Ich würde den Leuten gern Grüße von ihm bestellen, wenn ich wüßte, wo sie zu finden sind. Er erwähnte zwei Vettern – Cynfrith und Owain ap Rhys. Kennst du die beiden? Außerdem hat er noch einen Schwager, einen gewissen Ifor ap Morgan – allerdings muß es schon viele Jahre her sein, seit er zum letztenmal mit diesen Leuten zusammenkam, und Ifor ap Morgan ist womöglich schon lange tot. Er müßte in Rhys' Alter sein – und nur wenige Menschen leben so lange.«

Der Verwalter schüttelte zweifelnd den Kopf. »Von

Cynfrith ap Rhys habe ich gehört. Er besitzt einen Hof, eine halbe Meile westlich von Mallilie. Von Ifor ap Morgan weiß ich nichts. Aber wenn er noch am Leben ist, wird ihn der Junge kennen, denn er kommt aus Llansilin. Frag ihn doch, bevor du gehst – am besten auf Walisisch, obwohl er gut Englisch kann. Wenn du ihn in seiner Muttersprache anredest, wird er dir viel bereitwilliger Auskunft geben«, fügte er grinsend hinzu. »Sie haben nichts gegen die Engländer, aber sie sind lieber unter sich, und ich beobachte immer wieder, daß ihre Englischkenntnisse versagen, wenn sie die Fremden ausschließen wollen.«

»Ich werde es versuchen – und vielen Dank für den guten Rat.«

»Dann wirst du mir verzeihen, wenn ich dich nicht hinausbegleite. Wenn du allein mit dem Jungen sprichst, kriegst du sicher mehr aus ihm heraus.«

Cadfael verstand den Wink mit dem Zaunpfahl, verabschiedete sich und ging durch die Halle zur Küche. Der Junge nahm gerade mit hochrotem Gesicht ein Blech voller frischgebackener Brotlaibe aus dem Ofen. Vorsichtig drehte er sich um, während er seine Bürde auf die Tonplatte des Herds setzte, damit sie langsam auskühlen konnte. Es war weder Furcht noch Mißtrauen, was ihn zögern ließ, sondern die angeborene Wachsamkeit eines wilden, freiheitsliebenden Geschöpfs, das sich einem anderen Lebewesen gegenübersieht – neugierig und gleichermaßen bereit, freundlich oder skeptisch zu reagieren oder zu verschwinden.

»Gott segne dich, mein Sohn!« begann Cadfael auf walisisch. »Wenn du das ganze Brot aus dem Herd geholt hast, könntest du ein gutes Werk tun. Begleite mich bitte zum Tor und zeig einem Fremdling den Weg zu Cynfrith ap Rhys' Hof – oder zu seinem Bruder Owain.«

Der Junge starrte ihn an, und seine Augen leuchteten auf, als er so beiläufig in seiner Muttersprache angeredet wurde. »Bist du ein Mönch aus Shrewsbury, Herr?«

»Ja, das bin ich.«

»Und trotzdem aus Wales?«

»Ich bin Waliser wie du, aber nicht aus dieser Gegend. Meine Heimat ist das Tal von Conwy bei Trefriw.«

»Und was willst du von Cynfrith ap Rhys?« erkundigte sich der Junge freimütig.

Nun weiß ich, daß ich in Wales bin, dachte Cadfael. Wenn es ein englischer Diener überhaupt wagen sollte, nach den Absichten von Standespersonen zu fragen, würde er das hintenherum unterwürfig tun, aus Angst, man könnte ihm die Ohren langziehen. Aber ein walisischer Bursche nimmt sich nicht einmal ein Blatt vor den Mund, wenn er mit Fürsten spricht.

»In unserer Abtei lebt ein alter Bruder«, erklärte Cadfael liebenswürdig, »ein gewisser Rhys ap Griffith. Er ist Cynfriths und Owains Vetter. Als ich Shrewsbury verließ, bat er mich, den beiden Grüße auszurichten, und diesen Wunsch will ich ihm gern erfüllen, wenn ich sie finde. Und wenn wir schon davon reden – er nannte mir noch einen Namen. Vielleicht kannst du mir sagen, ob der Mann noch am Leben ist. Er muß schon sehr alt sein. Rhys' Schwester hieß Marared. Sie heiratete Ifor ap Morgan, und die beiden bekamen eine Tochter, die sie Angharad tauften. Soviel ich weiß, ist sie gestorben. Aber wenn Ifor noch lebt, würde ich ihn gern aufsuchen.«

Als der Junge diese vielen walisischen Namen hörte, taute er auf und lächelte strahlend. »Ifor ap Morgan lebt tatsächlich noch, Herr, in der Nähe von Llansilin. Ich werde dir den Weg zeigen.«

Leichtfüßig hüpfte er vor Cadfael die Steintreppe hinab und rannte zum Tor. Cadfael folgte ihm und führte sein Pferd am Zügel. Sein Blick folgte dem Zeigefinger des Jungen, der zwischen die westlichen Berge wies.

»Zu Cynfrith ap Rhys' Haus ist es nur eine halbe Meile. Er wohnt auf der rechten Seite des Weges, und sein Hof ist von einem Weidenzaun umgeben. Auf der kleinen Wiese wirst du seine weißen Ziegen sehen. Um Ifor ap Morgan zu besuchen, mußt du ein ganzes Stück weiterreiten. Bleib auf dem Weg, bis du den Bergpaß hinter dir hast und ins Tal hinabschauen kannst. Dann biegst du nach rechts und kommst zu der Furt durch unseren Fluß, kurz vor seiner Mündung in den Cynllaith. Nach einer halben Meile wendest du dich wieder nach rechts und reitest zwischen die Bäume. Bald wirst du ein kleines Holzhaus sehen. Dort wohnt Ifor. Er ist schon uralt, aber er lebt immer noch allein.«

Cadfael dankte ihm und stieg auf sein Pferd.

»Und was Owain betrifft«, fuhr der Junge hilfsbereit fort, »den könntest du in Llansilin treffen, wenn du noch zwei Tage in dieser Gegend bleibst, dann tritt nämlich das Bezirksgericht zusammen. Er führte einen Prozeß, der bei der letzten Sitzung verschoben wurde. Die Richter wollten sich erst mal die Ländereien ansehen, um die es geht. Das Urteil wird übermorgen verkündet. Sie wollen nicht, daß es über Weihnachten böses Blut zwischen den Leuten gibt. Owains Hof liegt hinter der Stadt, aber du wirst ihn sicher in der Kirche von Llansilin finden. Einer seiner Nachbarn hat einen Grenzstein woanders aufgestellt – zumindest behauptet er das.«

Der Junge hatte mehr verraten, als ihm bewußt war, und er ahnte nichts von dem Eindruck, den er auf Cadfael gemacht hatte. Eine Frage, vielleicht die allerwichtigste, war beantwortet worden, ohne daß Cadfael sie gestellt hatte.

Cynfrith ap Rhys – die Verwandtschaft schien von Rhyses zu strotzen, und vermutlich mußte man in manchen Fällen die Familiengeschichte um drei Generationen zurückverfolgen, wenn man sie voneinander unterscheiden wollte – war leicht zu finden und keineswegs abgeneigt, sich mit einem Benediktinermönch zu unterhalten, nachdem er festgestellt hatte, daß dieser Walisisch sprach. Freundlich bat er Cadfael in sein Haus, und die Einladung wurde bereitwillig angenommen. Er bewohnte nur ein einziges Zimmer, an das eine winzige Küche grenzte – offensichtlich die Domäne eines Junggesellen. Außer Cynfrith, ein paar Hühnern und Ziegen ließen sich keine Lebewesen blicken. Er war ein vierschrötiger, grobknochiger Waliser mit drahtigem schwarzem Haar, das an den Schläfen ergraute und am Oberkopf eine kleine Glatze einrahmte. Zahllose Fältchen umgaben seine gutmütigen Augen, so wie bei den meisten älteren Menschen, die einen Großteil ihres Lebens im Freien verbracht haben. Er bot Cadfael Brot, Ziegenkäse und süße, verschrumpelte Äpfel an.

»Die gute alte Seele lebt also immer noch! Ich habe oft an Rhys gedacht. Er ist der Vetter meiner Mutter, nicht meiner, aber ich kannte ihn recht gut. Jetzt muß er an die Achtzig sein. Und er fühlt sich immer noch wohl in seinem Kloster? Ich würde ihm gern ein Fläschchen Schnaps schicken, wenn du so nett wärst, es mitzunehmen, Bruder. Ich habe ihn selbst gemacht, und er wird ihm gerade im Winter guttun. Ab und zu ein kleiner Schluck – das stärkt das Herz und kann dem Hirn nicht schaden. Also denkt er noch an uns, ja, ja... Wenn ich meinen Bruder Owain sehe, werde ich ihm von Rhys erzählen. Er hat eine gute Frau und zwei erwachsene Söhne, das mußt du Rhys sagen. Elis, der ältere, will im Frühling heiraten. Übermorgen werde ich Owain treffen, im Bezirksgericht von Llansilin. Er wartet dort auf eine Urteilsverkündung.«

»Das hat man mir in Mallilie mitgeteilt«, bemerkte Cadfael. »Ich wünsche deinem Bruder viel Glück.«

»Nun ja, er behauptet, daß sein Nachbar Hywel Fychan einen Grenzstein versetzt hat, und das glaube ich – aber ich will nicht verraten, was Owain dem alten Hywel schon alles angetan hat. So was ist ein beliebter Zeitvertreib bei uns. Dir brauche ich das nicht zu sagen, weil du einer von den unseren bist. Die Leute machen alles wieder rückgängig, wenn das Gericht sie dazu verpflichtet, und ein paar Wochen später versuchen sie's wieder. Das ist nicht böse gemeint. Zu Weihnachten werden Owain und Hywel sicher miteinander trinken.«

»Das sollten wir alle tun«, erwiderte Cadfael salbungsvoll.

Sobald es die Höflichkeit erlaubte, verabschiedete er sich, wobei er wahrheitsgemäß erklärte, er hätte noch etwas zu erledigen, und die Dunkelheit würde bald hereinbrechen. Dann ritt er weiter den Fluß entlang, gerührt über Cynfriths offenherzige Gastfreundschaft. Die kleine Flasche mit dem hausgemachten Schnaps schaukelte in seinem Ranzen, und er war froh, daß er jene andere Flasche, die Giftphiole, bei der Schafhürde zurückgelassen hatte.

Bald lag das Tal von Cynllaith vor ihm, und der Weg zur Rechten zog eine schmale Linie durch das hohe Gras und führte dann bei der Furt durch den Nebenfluß. Nach einer halben Meile gelangte er zu einem bewaldeten Hang. Im Sommer, wenn die Äste ihr grünes Kleid trugen, war es sicher schwierig, das niedere Holzhaus zwischen den Stämmen zu entdecken. Aber jetzt, wo die Blätter gefallen waren, stand es deutlich sichtbar hinter den kahlen Zweigen, wie ein zufriedenes Huhn in seinem Käfig. Bis zum Zaun wuchs dichtes Gras, auch an der Seite, wo die Bäume einen Halbkreis bildeten, der wie ein Vorhang wirkte. Cadfael ritt auf das Haus zu und durch das Gras zur Rückfront, nachdem er festgestellt hatte, daß es an der Vorderseite keine Tür gab. Ein Hengst, an einer langen Leine festgebunden, trottete um die Giebelwand herum und weidete friedlich. Er war ebenso groß, kräftig und häßlich wie das Pferd, auf dem Cadfael saß, aber vermutlich um einige Jahre älter. Bei seinem Anblick blinzelte der Mönch, dann stieg er aus dem Sattel.

Ein knochiger alter Schecke – natürlich mußte es viele Pferde geben, auf die diese Beschreibung paßte. Auf dieses traf sie jedenfalls zu, vor allem auf die bizarren Flecken in allen Schattierungen von Schwarz bis Weiß. Würde es auch auf einen gewissen Namen hören?

Cadfael ließ den Zügel seines Hengstes los und ging langsam zu dem Tier, das seelenruhig weitergraste und ihm nach einem kurzen Seitenblick keine Beachtung mehr schenkte. »Japhet!« rief er leise.

Der Schecke spitzte die langen Ohren, hob den kantigen Kopf, reckte treuherzig das Maul und die erweiterten Nüstern in die Richtung, aus der das vertraute Wort zu ihm drang. Nachdem er entschieden hatte, daß es keine Täuschung gewesen war, näherte er sich zutraulich der ausgestreckten Hand des Mönches. Cadfael streichelte die hohe Stirn, den langen Hals. »Japhet – Japhet, mein Freund, was machst du hier?«

Schritte raschelten im trockenen Gras, während alle vier Beine des sanftmütigen Tiers stillstanden, und Cadfael schaute rasch zur Hausecke. Dort stand ein gebrechlicher Greis und musterte ihn schweigend – ein hochgewachsener Mann mit weißem Haar und weißem Bart, aber immer noch schwarzen Brauen, so dicht wie Stechginster. Seine Augen leuchteten so blau wie der Winterhimmel. Er trug schlichte Kleider aus dem rauhen Wollstoff der Landbevölkerung, doch seine würdevolle Haltung verwandelte sie in Königspurpur.

Cadfael wandte sich zu ihm, eine Hand immer noch auf Japhets Hals gelegt. »Du mußt Ifor ap Morgan sein. Ich heiße Cadfael – und früher war ich Cadfael al Meilyr ap Dafydd aus Trefriw. Rhys ap Griffith, der Bruder deiner Frau, der jetzt dem Benediktinerorden von Shrewsbury angehört, hat mich gebeten, dir Grüße zu bestellen.«

Eine tiefe, erstaunlich melodische Stimme kam über die strengen, trockenen Lippen. »Bist du sicher, daß du mich aufsuchen willst, Bruder – und nicht meinen Gast?«

»Ich wollte nur zu dir – jetzt möchte ich euch beide sprechen. Aber zuerst sollten wir das Pferd verschwinden lassen. Wenn ich es nach Edwys Beschreibung erkannt habe, dürfte das anderen Leuten auch nicht schwerfallen.«

Der alte Mann bedachte Cadfael mit einem langen, prüfenden Blick. »Komm herein!« sagte er dann, drehte sich um und ging voran. Bevor Cadfael ihm folgte, führte er Japhet hinter das Haus und verkürzte die Leine, so daß sich das Tier nicht mehr so weit von der Mauer entfernen konnte. Dann band er auch sein eigenes Pferd fest. Der alte Mann stand in seiner halbdunklen, verräucherten, nach Holz duftenden Stube, eine Hand schützend auf Edwins Schulter gelegt. Auf kindliche Art strahlte Edwin etwas von der anmutigen Würde des Greises aus. Er stand ebenso still und kerzengerade da, mit hoch erhobenem Kopf, und was ihm an der Erfahrenheit des Alters fehlte, ersetzte er durch jugendliche Zuversicht.

Ifor brach das Schweigen. »Edwin hat mir erzählt, daß du ein Freund bist. Und seine Freunde sind mir willkommen.«

»Bruder Cadfael war immer gut zu mir«, versicherte der Junge, »auch zu meinem Neffen Edwy, wie Meurig erzählt hat. Gott hat mir wunderbare Freunde zur Seite gestellt... Aber – wie hast du mich gefunden, Bruder Cadfael?«

»Indem ich nicht nach dir gesucht habe«, antwortete der Mönch. »Im Gegenteil, ich habe mich sehr bemüht, nicht herauszufinden, wo du steckst, und ich bin gewiß nicht hierhergeritten, um dich aufzuspüren. Ich wollte Ifor ap Morgan nur Grüße bestellen, von jenem alten Bruder, den du mit Meurig im Hospital besucht hast. Lieber Ifor, der Bruder deiner Frau, Rhys ap Griffith, ist noch am Leben, und für sein Alter geht es ihm recht gut. Als er hörte, daß ich in diese Gegend reisen würde, bat er mich, seinen Verwandten Grüße und Segenswünsche zu überbringen. Er hat seine Familie nicht vergessen, obwohl er lange nicht mehr bei euch war – und ich bezweifle, daß er je wieder zu euch kommen wird. Ich war schon bei Cynfrith ap Rhys und habe ihn ersucht, Rhys' Grüße an seinen Bruder Owain weiterzuleiten. Wenn noch andere aus dieser Generation leben – oder irgendwelche Leute, die sich an Rhys erinnern, sei bitte so freundlich und sag ihnen bei Gelegenheit, daß er sich immer noch an seine Blutsbande und an seine Heimat erinnert und an alle, die wie er hier verwurzelt sind.«

»Das werde ich tun«, versprach Ifor. Ein plötzliches Lächeln erhellte sein strenges Gesicht. »Er war immer ein getreuer Verwandter, er liebte mein Kind und die übrige Jugend im Clan, nachdem ihm selbst keine Nachkommenschaft vergönnt war. Leider verlor er seine Frau schon in jungen Jahren, sonst wäre er wohl bei uns geblieben. Setz dich zu mir, Bruder, und berichte mir von ihm – und wenn du ihm ausrichten würdest, daß ich seine Grüße erwidere, wäre ich dir dankbar.«

Cadfael ließ sich neben dem alten Mann auf einer Bank nieder, die vor einem rohgezimmerten Tisch stand. »Als Meurig den Jungen hierherbrachte, hat er dir sicher eine ganze Menge von Rhys erzählt, und viel mehr kann ich dir auch nicht sagen. Ist er nicht hier?«

»Mein Enkel macht gerade die Runde bei allen Verwandten und Freunden«, erklärte der Greis. »In letzter Zeit kommt er nur mehr selten in diese Gegend, und deshalb möchte er möglichst viele von seinen alten Gefährten sehen. In ein paar Tagen wird er wieder hier sein. Er hat erwähnt, daß er Rhys zusammen mit Edwin besucht hat, doch er blieb nur eine Stunde, bevor er weiterritt. Nach seiner Rückkehr werden wir genug Zeit finden, um uns zu unterhalten.«

Cadfael überlegte, daß auch er seinen Aufenthalt nicht allzu lange ausdehnen dürfte. Zwar war er nie auf den Gedanken verfallen, daß die Beamten des Landrats ihn überwachen könnten, seit er Shrewsbury verlassen hatte, doch nachdem es so einfach gewesen war, Edwin aufzustöbern, erfüllte ihn eine bange Sorge. Natürlich hatte er weder erwartet noch gewünscht, den Jungen hier zu finden. Aber Hugh Beringar und vor allem seine Untergebenen vermuteten womöglich das Gegenteil. Vielleicht hatten sie einen diskreten Verfolger auf seine Spur gesetzt. Andererseits brachte er es nicht übers Herz, sich schon nach wenigen Minuten wieder zu verabschieden und den alten Mann zu verlassen, dem es sichtlich Freude bereitete, alte Erinnerungen aufzufrischen. Glücklich sprach er von den Zeiten, als seine Frau noch gelebt hatte und seine Tochter ein hübsches, lebhaftes Kind gewesen war. Jetzt waren ihm nur ein einziges Enkelkind und seine eigene unantastbare Würde geblieben.«

Das unfreiwillige Exil und die Zuflucht, die Edwin an diesem entlegenen Ort gefunden hatte, übten eine starke Wirkung auf ihn aus. Er zog sich in eine dunkle Ecke zurück, um die Männer nicht zu stören, sprach keine Bitte aus, erkundigte sich nicht nach der neuesten Entwicklung der Dinge, die ihn betrafen. Schweigend brachte er zwei Becher und einen Krug mit Met, bediente die beiden zuvorkommend und unaufdringlich, voller Demut, aber nicht unterwürfig, und entfernte sich dann wieder. Danach wagte er sich nicht mehr in ihre Nähe, bis Ifor einen langen Arm ausstreckte und ihn zum Tisch zog.

»Mein Lieber, du willst Bruder Cadfael sicher ein paar Fragen stellen und ihm einiges erzählen.«

Dem Jungen hatte es keineswegs die Sprache verschlagen. Nachdem man ihn dazu aufgefordert hatte, redete er genauso wortgewandt und lebhaft wie eh und je. Zuerst wollte er wissen, wie es Edwy ging, und zeigte sich sehr besorgt, was ihm in Gegenwart seines Neffen niemals eingefallen wäre. Als er hörte, daß das Abenteuer ein gutes Ende genommen hatte, war er maßlos erleichtert. »Daß Hugh Beringar so gerecht und großzügig war... Und er hat wirklich auf dich gehört? Er sucht mein Reliquiar? Wenn er es nur fände! Ich war gar nicht glücklich, als Edwy in meine Rolle schlüpfte, aber er ließ sich nicht davon abbringen. Ich führte Japhet auf einem Umweg in ein Unterholz am Fluß, wo wir früher oft spielten. Dort traf ich Meurig. Er gab mir ein Unterpfand, das ich seinem Großvater zeigen sollte, und beschrieb mir den Weg hierher. Am nächsten Tag kam er selbst – so wie er es versprochen hatte.«

»Und was wirst du tun, wenn die Wahrheit für immer verborgen bleibt?« fragte Cadfael. »Wenn du nie mehr zurückgehen kannst? Wenn Gott auch verhüten möge, daß es so enden wird, und ich mit Gottes Hilfe alles darein setzen werde, um das zu verhindern...«

Das Gesicht des Jungen war ernst und furchtlos. Er hatte gründlich nachgedacht in diesem stillen Hafen und das edle Antlitz seines Gastgebers so oft betrachtet, daß seine eigenen Züge jetzt einen Teil dieser inneren Größe widerspiegelten. »Ich bin jung und stark, und wenn es sein muß, kann ich mir meinen Lebensunterhalt auch in Wales verdienen – sogar als Ausländer. So manche Männer mußten wegen ungerechter Anschuldigungen ihr Heim verlassen und machten ihren Weg in dieser Welt. Warum sollte ich das nicht schaffen? Natürlich möchte ich lieber zurückgehen. Ich will meine Mutter nicht im Stich lassen – jetzt, wo sie allein ist und einer ungewissen Zukunft entgegenblickt. Und die Leute sollen mich nicht in schlechter Erinnerung behalten, als den Mann, der seinen Stiefvater vergiftet hat und davongelaufen ist – wo ich ihm doch niemals etwas Böses wünschte...«

»Das wird nicht geschehen«, versicherte Cadfael. »Bleib noch ein paar Tage in deinem Versteck und vertraue auf Gott. Ich glaube, daß wir die Wahrheit bald erfahren werden, und dann kannst du froh und stolz nach Hause zurückkehren.«

»Glaubst du das wirklich? Oder willst du mir nur Mut machen?«

»Ich glaube es allen Ernstes. Einen Jungen wie dich kann man nicht mit falschen Versprechungen ermutigen. Und ich würde dich niemals belügen – nicht einmal, wenn ich einen guten Grund dafür hätte.« Trotzdem – in diesem Haus lasteten Lügen oder unausgesprochene Wahrheiten schwer auf Cadfaels Seele, und so beschloß er, sich zu verabschieden. Das schwindende Tageslicht diente ihm als Vorwand. »Jetzt muß ich wieder nach Rhydycroesau reiten«, sagte er und stand auf, »denn ich habe Bruder Simon die ganze Arbeit überlassen. Bruder Barnabas steht immer noch ziemlich wackelig auf den Beinen. Ich habe vergessen, euch zu erzählen, daß ich zur Weide geschickt wurde, um einen Kranken zu pflegen und seine Pflichten zu übernehmen, während er genest.«

»Wirst du wiederkommen, wenn es Neuigkeiten gibt?« Edwins Stimme klang ruhig, aber sein Blick war voller Angst und Sorge.

»Ja – *wenn* es Neuigkeiten gibt.«

»Vermutlich wirst du dich noch ein paar Tage lang um deinen Patienten kümmern«, meinte Ifor ap Morgan. »Sicher werden wir dich wiedersehen, sobald du etwas mehr Zeit hast.«

Er begleitete seinen Gast zur Tür, die rechte Hand wieder auf Edwins Schulter. Plötzlich hielt er inne, streckte die andere Hand mit gespreizten Fingern aus, um ihnen zu bedeuten, daß sie stehen bleiben und schweigen sollten. Das Alter hatte Ifors Gehör nicht beeinträchtigt. Er war der erste, der die gedämpften Stimmen vernommen hatte. Nicht die Ferne dämpfte sie, denn sie waren vor dem Haus aufgeklungen und absichtlich gesenkt worden. Das trockene Gras raschelte. Zwischen den Bäumen wieherte eines der Pferde, die dort festgebunden standen, und kündigte die Ankunft mehrerer Artgenossen an.

»Das sind keine Waliser, sondern Engländer«, wisperte Ifor. »Edwin, geh in das andere Zimmer!«

Der Junge gehorchte augenblicklich und widerspruchslos, kam aber gleich wieder zurück. »Sie sind da – zwei Bewaffnete, vor dem Fenster...«

Die Stimmen hatten sich der Haustür genähert, das Flüstern wurde lauter und verriet tiefe Befriedigung. Nun bemühten sich die Männer nicht mehr, ihre Anwesenheit geheimzuhalten.

»Das ist dieses gescheckte Biest – ganz unverkennbar!«

»Was habe ich dir gesagt? Ich wußte es ja – wenn wir den einen finden, dann finden wir auch den anderen.«

Ein triumphierendes Lachen ertönte, Fäuste hämmerten an die Tür.

»Aufmachen, im Namen des Gesetzes!« Doch sie hielten sich nicht mit weiteren Formalitäten auf und öffneten die Tür. Sie flog nach innen auf, prallte krachend gegen die Wand. Der bärtige Wachtmeister aus Shrewsbury überquerte die Schwelle, begleitet von zwei Bewaffneten. Nur wenige Schritte trennten Bruder Cadfael von William Warden. Heißer Zorn erfüllte den einen – der andere grinste hämisch.

»So sieht man sich also wieder, Bruder Cadfael! Tut mir leid, daß ich keinen Haftbefehl für dich habe. Ich bin gekommen, um den jungen Burschen festzunehmen, der hinter dir steht – Edwin Gurney. Der bist du doch, mein Junge?«

Edwin trat vor, so weiß wie sein Hemd – aber mit tapfer vorgerecktem Kinn und einem Blick, der einer gezückten Lanze glich. Er hatte viel gelernt in den letzten Tagen. »Ja, so heiße ich.«

»Dann verhafte ich dich unter dem Verdacht des Mordes an Gervase Bonel. Ich bin ermächtigt, dich nach Shrewsbury zu bringen, wo du dich verantworten sollst.«

9.

Ifor ap Morgan holte tief Atem, richtete sich zu seiner vollen Größe auf und schien um einen halben Kopf zu wachsen. Entschlossen ging er auf seinen unerwarteten Besucher zu.

»Hör einmal, du Wicht!« rief er mit seiner tiefen, durchdringenden Stimme. »Ich bin der Herr dieses Hauses, und du hast dich mir noch nicht einmal vorgestellt! Manche Gäste lade ich ein, andere kommen unerwartet und sind mir trotzdem willkommen. Dich kenne ich nicht, und dich habe ich auch nicht eingeladen. Du bist mir nicht willkommen. Sei doch so freundlich und sag mir, wer du bist – wenn du schon Geschäfte unter meinem Dach abzuwickeln hast, mit mir oder mit anderen. Ansonsten mußt du dieses Haus verlassen.«

Der Wachtmeister geriet keineswegs in Verlegenheit, da ihn sein Amt vor jeder persönlichen Erniedrigung schützte. Aber die ehrfurchtgebietende Erscheinung des alten Mannes verfehlte ihre Wirkung nicht, und so verzichtete er auf eine scharfe Entgegnung. »Soviel ich weiß, heißt du Ifor ap Morgan. Ich bin William Warden, ein Wachtmeister im Dienste Gilbert Prestcotes, des Landrats von Shropshire, und ich muß Edwin Gurney festnehmen, weil er unter Mordverdacht steht. Man hat mich beauftragt, ihn nach Shrewsbury zu bringen, wo er unter Anklage gestellt werden soll, und ich werde tun, wozu ich verpflichtet bin. Auch du bist dem Gesetz verpflichtet.«

»Aber nicht dem englischen Gesetz«, erwiderte Ifor.

»Ein Mord ist ein Mord – nach allen Gesetzen! Und in diesem Fall wurde ein Giftmord verübt, mein Herr!«

Cadfael warf einen Blick auf Edwin, der bleich und reglos dastand, eine Hand ausgestreckt, um sie flehend und tröstend auf Ifors Arm zu legen. Doch in seiner Scheu vor dem würdigen alten Mann wagte er es anscheinend nicht, die Geste zu vollenden. Cadfael tat es für ihn. Sanft griff er nach dem dünnen Handgelenk des Hausherrn. Denn was immer man jetzt sagen oder planen mochte – sie würden den Jungen mitnehmen. Drei Beamte waren in die Stube eingedrungen, zwei hatten sich hinter dem Haus postiert – wie sollte man eine fünfköpfige Truppe aufhalten? Der Wachtmeister war ein hochmütiger, selbstsicherer Mann, der womöglich kleinliche Rache für erlittene Rückschläge und unverschämte Quertreibereien üben würde. Andererseits sorgte er sich vielleicht um seine eigene Haut, da er sich vor einem charakterfesten stellvertretenden Landrat wie Beringar verantworten mußte, der seine eigenen Vorstellungen über den richtigen Umgang mit Gefangenen hatte. Jedenfalls war es besser, Warden nicht zu verärgern, wenn sich ein bißchen Vernunft und Höflichkeit viel günstiger für Edwin auswirken könnten.

»Wachtmeister, du kennst mich, und du weißt, daß ich nicht an die Schuld dieses Jungen glaube. Aber ich kenne auch dich, und ich weiß, daß du deine Pflicht zu erfüllen hast. Du mußt deinen Befehl befolgen, und wir dürfen uns nicht in deinen Weg stellen. Sag mir, war es Hugh Beringar, der dich hier hergeschickt hat mit dem Auftrag, mich aufzuspüren? Was hat dich zu diesem Haus geführt?«

Der Wachtmeister war keineswegs abgeneigt, seine klugen Schachzüge in allen Einzelheiten zu schildern. »Nein, Bruder, wir kamen gar nicht auf den Gedanken, dir nachzureiten, denn wir dachten, du würdest bald wieder in der Abtei eintreffen. Aber als Hugh Beringar mit leeren Händen von seiner verrückten Suchaktion am Fluß zurückgekehrt war und hörte, du hättest ihn sprechen wollen, ging er ins Kloster. Dort erfuhr er, du wärst in den Norden geritten, nach Rhydycroesau. Da dieser Ort in der Nähe von Bonels Landgut liegt, erwachte mein Mißtrauen, und so beschloß ich, mit einer kleinen Truppe aufzubrechen und herauszufinden, was du hier treibst. Der Gutsverwalter dachte sich nichts dabei, als ein Beamter aus Shrewsbury nach Bruder Cadfael fragte, ebensowenig wie die Dienstboten. Man gab mir bereitwillig Auskunft und erzählte, du hättest dich nach einigen Häusern auf dieser Seite der Berge erkundigt. Und hier, im zweiten Haus, haben wir dich erwischt. Ich hab's ja gleich gewußt – wenn der eine da ist, kann der andere nicht weit sein.«

Wenigstens hatte niemand mit Absicht ausgeplaudert, wo sich der Flüchtling verbarg. Diese Gewißheit würde ein schwacher Trost für Ifor sein, der sich beschämt und entehrt fühlen müßte, wenn ein Landsmann den Gast in diesem Haus verraten hätte. Für Cadfael war diese Neuigkeit aus anderen Gründen wichtig.

»Also hat dich Hugh Beringar nicht hierhergeschickt? Du sagtest, du hättest beschlossen, mit einer Truppe aufzubrechen. Was unternimmt Beringar – während du seine Arbeit erledigst?«

»Er grast wieder mal die Flußufer ab. Madog, der Totenfischer, hat ihm heute morgen einen Boten geschickt, mit der Bitte, er möge sich nach Atcham begeben. Und er machte sich hoffnungsvoll auf den Weg – obwohl nichts dabei herauskommen wird. Deshalb bin ich lieber meiner eigenen Spürnase gefolgt. Und wenn er heute abend unverrichteter Dinge zurückkehrt, kann ich ihm eine nette Überraschung präsentieren – meinen Gefangenen.«

Dies war beruhigend, da er sich offensichtlich darauf freute, seine Beute vorzuzeigen. Beglückt über seine Leistung, würde er keine Befriedigung darin suchen, den Jungen zu mißhandeln.

»Edwin, willst du auf meinen Rat hören?« fragte Cadfael.

»Ja«, entgegnete der Junge mit fester Stimme.

»Dann geh mit den Beamten und mach ihnen keine Schwierigkeiten. Du weißt, daß du nichts verbrochen hast, und deshalb kann man dich nicht schuldig sprechen. Darauf mußt du bauen. Wenn man dich Hugh Beringar überantwortet, beantworte offen und ehrlich alle seine Fragen, erzähl ihm die ganze Wahrheit. Ich verspreche dir, daß du nicht lange im Gefängnis bleiben wirst.« Gott, steh mir bei, betete Cadfael stumm, und strafe mich nicht Lügen... »Wachtmeister, wenn dir der Junge schwört, daß er dich freiwillig begleiten und keinen Fluchtversuch unternehmen wird, brauchst du ihn nicht zu fesseln. Ihr habt einen weiten Weg vor euch – und du wirst die Pferde sicher antreiben, bevor die Dunkelheit hereinbricht. Es ist beschwerlich, mit gefesselten Händen auf einem galoppierenden Pferd zu sitzen.«

»Das will ich ihm nicht zumuten«, erwiderte der Wachtmeister gleichmütig. »Die beiden Männer sind meisterliche Bogenschützen. Sollte der Junge fliehen, wird er nicht weit kommen.«

»Das werde ich nicht versuchen, darauf gebe ich dir mein Wort«, sagte Edwin. »Ich bin bereit...« Er ging zu Ifor ap Morgan und kniete vor ihm nieder. »Großvater, ich danke dir für deine Güte. Ich weiß, ich bin nicht mit dir verwandt – wenn ich auch wünschte, daß ich es wäre... Würdest du mir trotzdem einen Kuß geben?«

Der alte Mann legte ihm die Hände auf die Schultern, beugte sich hinab und küßte ihn auf die Wange. »Geh mit Gott! Und komm als freier Mann zu mir zurück.«

Edwin holte seinen Sattel und sein Zaumzeug aus einer Ecke. Mit hocherhobenem Kopf und vorgerecktem Kinn verließ er das Haus, dicht gefolgt von seinen Bewachern. Wenige Minuten später traten die beiden Männer, die zurückgeblieben waren, in die offene Tür und sahen die kleine Truppe davonziehen. Der Wachtmeister ritt an der Spitze, dahinter Edwin zwischen zwei Bewaffneten, und die beiden Bogenschützen bildeten die Nachhut. Die Luft war schon kälter geworden, obwohl es noch nicht zu dämmern begann. Sie würden Shrewsbury erst nach dem Einbruch der Nacht erreichen. Es war eine trostlose Reise, an deren Ende eine Zelle mit Steinmauern wartete, im Schloß von Shrewsbury. Bitte, lieber Gott, nicht für lange, flehte Cadfael, nur für zwei oder drei Tage, wenn alles gutgeht...

»Was soll ich meinem Enkel Meurig sagen, wenn er zurückkommt und feststellen muß, daß ich seinen Gast den Häschern überlassen habe?« fragte der alte Mann traurig.

Cadfael schloß die Tür, während Edwins brauner Kopf und die schmale Gestalt aus seinem Blickfeld verschwand. So groß er auch war – zwischen seinen kräftigen Wächtern wirkte er klein und armselig.

»Sag ihm«, antwortete er, nachdem er lange nachgedacht hatte, »daß er sich nicht um Edwin sorgen muß. Letzten Endes wird die Wahrheit ans Licht kommen, und die Wahrheit wird ihm die Freiheit wiedergeben.«

Noch einen Tag mußte er untätig überstehen, und da er im Augenblick nichts für Edwin tun konnte, beschloß er, die Wartezeit zu nutzen und gute Werke zu vollbringen. Bruder Barnabas, dessen Genesung rasche Fortschritte machte, konnte wenigstens dazu überredet werden, vorerst keine schwere Arbeit zu verrichten und noch ein

Weilchen länger in der Wärme des Hauses zu bleiben. Und Bruder Simon sollte sich heute ausruhen, denn am nächsten Tag würde er erneut auf Cadfaels Hilfe verzichten müssen. Außerdem wollten sie pünktlich die Gottesdienste abhalten, als wären sie daheim in der Abtei von St. Peter. Gott würde die geduldige Deklamation der vorgeschriebenen Texte sicher als innige Bitte um seine Hilfe auffassen.

Während Cadfael das Futter für die Hühner ausstreute, die Kuh melkte, das alte rotbraune Pferd striegelte und die Schafe auf eine neue Bergweide führte, fand er viel Zeit, um nachzudenken. Mittlerweile würde man Edwin ins Gefängnis gebracht haben, aber erst – wie Cadfael hoffte – nach einem langen, beruhigenden Gespräch mit Hugh Beringar. Hatte Martin Bellecote schon von der Festnahme des Jungen erfahren? Wußte Edwy, daß sein tapferer Ritt vergeblich gewesen war? Und Richildis ... Hatte Beringar es als seine Pflicht betrachtet, sie aufzusuchen und über die Verhaftung ihres Sohnes zu informieren? Er würde es ihr so schonend wie möglich beibringen – doch wie könnte er ihren Schmerz lindern?

Cadfaels Gedanken wanderten auch zu dem alten Ifor ap Morgan, der nun wieder allein war nach der kurzen Begegnung mit einem vertrauensvollen jungen Menschen, der ihn an die eigene Jugend erinnert haben mußte. Das heftige Ungestüm, das Edwin zur Rebellion und zum verbissenen Kampf gegen Gervase Bonel verleitet hatte, war von Ifor ap Morgan in kluge Einsicht und Pflichtbewußtsein verwandelt worden. Wir alle sind sowohl die Opfer als auch die Erben unserer Mitmenschen ...

»Morgen muß ich mich früh auf den Weg machen«, sagte Cadfael beim Abendessen, während die Kohlenpfanne über harzigem Brennholz zischte und blaue, zitternde Rauchschwaden aufsteigen ließ, so wohlriechend wie in seinem Gartenschuppen hinter den Klostermauern. Das Bezirksgericht würde zusammentreten, sobald der Tag heraufgedämmert war, damit alle, die an der Sitzung teilnahmen, noch vor dem Abend heimkehren konnten. »Ich werde versuchen, rechtzeitig zurückzukommen und die Schafe in den Pferch zu bringen, bevor es dunkel wird. Übrigens – ihr habt mich gar nicht gefragt, wohin ich morgen reite.«

»Nein, Bruder«, bestätigte Simon sanft. »Wir haben dir angesehen, daß du Sorgen hast, und wollten dich nicht mit unserer Neugier belästigen. Wenn du es wünschst, wirst du uns einweihen.«

Aber es war eine lange Geschichte, und hier, in der stillen, ungestörten Einsamkeit, hatten sie nicht einmal erfahren, wie alles begonnen hatte. Es war wohl besser, wenn er schwieg.

Er stand vor dem Morgengrauen auf, sattelte das Pferd und nahm denselben Weg, den er vor zwei Tagen geritten war. An der Furt, wo er den Nebenfluß durchquert hatte, um zu Ifors Haus zu gelangen, bog er diesmal nicht nach rechts, sondern lenkte den Rotbraunen weiter ins Tal des Cynllaith. Eine Holzbrücke führte ihn ans andere Flußufer. Von hier aus brauchte er nur noch eine Meile bis Llansilin zurückzulegen. Die Sonne war aufgegangen – von Dunstschleiern verhüllt, aber hell genug. Das Dorf war längst erwacht. Zahlreiche Leute eilten zur Holzkirche. Jedes Haus in der Nachbarschaft mußte Freunden und Verwandten aus anderen Teilen des Bezirks Obhut gewährt haben, denn die normale Einwohnerzahl dieses Dorfes konnte höchstens ein Zehntel der Menge betragen, die sich an diesem Tag eingefunden hatte. Cadfael führte sein Pferd auf die Weide neben dem Friedhof, wo ein Wassertrog stand. Dort würde es friedlich grasen und seinen Durst stillen. Er schloß sich der Prozession an, die langsam in die Kirche zog. Auf der Straße war er in seiner schwarzen Benediktinerkutte aufgefallen, denn Mönche verirrten sich nur selten hierher. Aber nun konnte er sich in eine dunkle Ecke des Kirchenschiffs zurückziehen. Er wollte nicht vorzeitig entdeckt werden.

Cadfael war froh, daß sich Ifor ap Morgan nicht zu den Leuten gesellte die hierherkamen, um das Walten der Gerechtigkeit zu beobachten. Dies war die Pflicht all jener, die das Land und die Menschen kannten, die sich um Grenzsteine stritten. Die Aussagen dieser allseits bekannten und geachteten Männer würden schwerer wiegen als die Argumente der Anwälte, obwohl auch diese zahlreich vertreten sein würden. Cynfrith ap Rhys sah er erst, nachdem die drei Richter auf ihrer Bank Platz genommen hatten.

Der Kläger trat vor, begleitet von seinen zwei Gewährsmännern. In einem dieser beiden erkannte Cadfael Cynfrith, den vermutlich älteren Bruder Owains. Die Familienähnlichkeit fiel ihm sofort ins Auge. Hywel Fychan, der Beklagte, war ein schlanker, dunkelhaariger Mann mit kampflustiger Miene, der seine eigenen Zeugen hinter seinem Rücken versammelt hatte.

Der vorsitzende Richter verkündete das Urteil. Man hatte die zwei strittigen Grundstücke angesehen, Messungen vorgenommen und mit alten Urkunden verglichen. Auf diese Weise hatte man festgestellt, daß Hywel Fychan tatsächlich den Grenzstein versetzt hatte, um seinem Nachbarn ein paar Yards abzuluchsen. Doch es war ebenso ruchbar geworden, daß Owain ap Rhys – viel diskreter und zugegebenermaßen, erst nach der Tat des Beklagten – einen ganzen Zaun um einen Yard verschoben und sich für seinen Verlust entschädigt hatte. Deshalb bestimmte das Gericht, daß sowohl der Grenzstein als auch der Zaun wieder an ihre ursprünglichen Standorte gebracht werden mußten, und belegte beide Parteien mit einer geringfügigen Geldstrafe. Wie erwartet, akzeptierten Owain und Hywel das Urteil und schüttelten sich freundschaftlich die Hände. Wahrscheinlich hatten sie angenommen, daß sie viel mehr bezahlen müßten, und würden später die überschüssige Summe in trauter Eintracht vertrinken. Im nächsten Jahr würde das Spiel von neuem beginnen. Cadfael kannte sich aus mit diesen nationalen

Gebräuchen. Nun wurden zwei weitere, ähnlich gelagerte Fälle abgeschlossen. Der Richter verkündete die Urteile. Das erste fand bei beiden Parteien Zustimmung, während das zweite den erbitterten Zorn des Verlierers weckte, aber dennoch hingenommen wurde. Danach beanspruchte eine Witwe ein Stück Land, das ihr die Verwandtschaft des verstorbenen Gatten nicht gönnte, und gewann die Verhandlung aufgrund der Aussagen von nicht weniger als sieben Nachbarn. Der Vormittag schleppte sich dahin. Cadfael blickte immer wieder über die Schulter zur Tür und begann sich zu fragen, ob er sich geirrt und die Zeichen mißdeutet hatte. Dann müßte er noch einmal von vorn anfangen, und Edwin schwebte in ernster Gefahr. Seine letzte Hoffnung war Hugh Beringar, und dessen Herrschaft würde zu Ende gehen, wenn Gilbert nach dem königlichen Weihnachtsfest heimkehrte.

Die dankbare Witwe zog sich gerade mit ihren Zeugen zurück, als die Kirchentür weit geöffnet wurde. Das Tageslicht fiel auf die dichtgedrängte Menge, während mehrere Leute eintraten. Cadfael drehte sich um, ebenso wie die halbe Versammlung, und sah, wie Meurig im Mittelgang stehenblieb. Hinter ihm postierten sich sieben Männer mit ernsten Mienen.

Wie Cadfael bemerkte, trug Meurig dieselbe Kleidung, in der er ihn immer gesehen hatte – ein schlichtes Wams und lange Hosen. Zweifellos war dies sein bester Staat, in dem er Gerichtssitzungen und das Hospital in der Abtei besuchte. Die einzigen anderen Kleider, die er besaß, würde er vermutlich anziehen, wenn er arbeitete. Ein Leinenbeutel hing an Lederschnüren von seinem Gürtel herab. Das Säckchen war Cadfael bereits im Hospital aufgefallen, wo Meurig – gewiß nicht aus Gewinnsucht, sondern aus reiner Freundlichkeit – den alten Rhys eingeölt hatte, um dessen Schmerzen zu lindern. Solche Beutel kosteten Geld und überdauerten viele Jahre. Es war unwahrscheinlich, daß Meurig noch einen zweiten hatte.

Er sah keineswegs ungewöhnlich aus, der kräftig gebaute, schwarzhaarige junge Bursche, und er hätte jedermanns Sohn oder Bruder sein können. Aber es war ungewöhnlich, wie er jetzt im Mittelgang der Kirche stand, breitbeinig, die Arme leicht erhoben, als hielte er in jeder Hand eine Waffe, obwohl er sicher nichts weiter bei sich hatte als ein Jagdmesser – an diesem Ort, der gleichzeitig Kirche und Gerichtsaal, und deshalb doppelt heilig war. Er war glattrasiert und sauber gewaschen, und das gedämpfte Licht im Kirchenschiff zeichnete reliefartig die Linien seines kantigen Gesichtes nach, die Umrisse eines Schädels, der kaum von Fleisch bedeckt war. Seine Augen glühten wie flackernde Lampen in tiefen Höhlen. Er wirkte mitleiderregend jung und uralt – und so hungrig, als wäre er dem Tode nah.

»Das Gericht möge mir erlauben«, seine Stimme klang hoch und klar, »ein Anliegen vorzutragen, das nicht warten kann.«

»Wir wollten die Sitzung gerade schließen«, entgegnete der vorsitzende Richter sanft. »Aber wir sind hier, um dem Volk zu dienen – also stell dich vor und sag, was du zu sagen hast.«

»Ich bin Meurig, der Sohn Angharads, der Tochter von Ifor ap Morgan, den alle Anwesenden kennen. Mein Vater war Gervase Bonel, der zu seinen Lebzeiten das Gut Mallilie bewirtschaftete. Ich bin hier, um dieses Anwesen zu beanspruchen, das mir zusteht aufgrund meiner Herkunft, als dem einzigen Kind des Gervase Bonel. Und ich bin hier, um zu bezeugen, daß dieses Land walisisches Land und walisischen Gesetzen unterworfen ist – und daß ich jenes Mannes Sohn bin, das einzige Kind, das er jemals in die Welt gesetzt hat. Nach walisischem Recht beanspruche ich Mallilie – denn nach den walisischen Gesetzen ist ein Sohn ein Sohn, mag er nun ehelich geboren sein oder nicht – vorausgesetzt, der Vater hat ihn anerkannt.« Er holte tief Atem, und die innere Anspannung verschärfte seine stark ausgeprägten Gesichtszüge noch. »Wird das Gericht mich anhören?«

Das Gemurmel, das durch die Kirchenbänke flutete, ließ die dunklen Holzwände erzittern. Die drei Richter wechselten unbehagliche Blicke, bewahrten aber ihre Ruhe. »Wir müssen und wollen jeden anhören, der ein dringendes Anliegen vorzutragen hat«, sagte der Vorsitzende in beherrschtem Ton, »mag sein Rechtsberater an seiner Seite stehen oder nicht. Aber der Fall muß vielleicht vertagt werden, damit wir ihn auf richtige Weise behandeln können. Unter dieser Voraussetzung darfst du sprechen.«

»Was Bonels Landgut angeht, so haben mich vier geachtete, allgemein bekannte Männer begleitet, deren Ländereien an neun Zehntel des Grund und Bodens von Mallilie grenzen. Nur das letzte Zehntel liegt auf englischem Boden. Das übrige Land befindet sich auf der walisischen Seite der Grenze, wie jedermann weiß. Ich bitte meine Zeugen, für mich zu sprechen.«

»Das Haus Mallilie steht auf walisischer Erde«, begann der Älteste, »und ich habe miterlebt, daß zwei Rechtsfälle, die damit zusammenhingen, nach walisischem Gesetz behandelt wurden, obwohl der Besitz in englischer Hand war. Sicher, manche Fälle wurden auch nach englischem Recht und von englischen Gerichten geregelt, aber Gervase Bonel zog es zweimal vor, vor dieses Gericht zu gehen und auf die walisischen Gesetze zu bauen. Ich sage, das walisische Recht hat in keinem Teil dieser Ländereien seine Berechtigung verloren, denn wer immer es auch besaß, es gehört zum Besitz Cynllaith.«

»Der Meinung sind wir auch«, fügte ein zweiter Zeuge hinzu.

»Vertretet ihr alle diesen Standpunkt?« fragte der Richter.

»Ja.«

»Ist jemand anwesend, der zu widersprechen wünscht?«

Im Gegenteil – mehrere Männer erhoben sich, um die Zeugenaussagen zu bestätigen. Ein Bauer berichtete von einem Rechtsstreit mit Bonel. Dabei war es um Rinder gegangen, die sich verlaufen hatten, und der Fall war vom Gericht in Llansilin behandelt. Einer der Richter, die jetzt auf der Bank saßen, hatte damals zusammen mit zwei anderen das Urteil gefällt. Der betreffende Richter konnte sich noch gut an jene Verhandlung erinnern.

»Das Gericht stimmt den Aussagen der Nachbarn zu«, verkündete der Vorsitzende, nachdem er seine Kollegen mit einem kurzen Seitenblick konsultiert hatte. »Die Ländereien liegen zweifellos auf walisischem Grund und Boden, und jeder Kläger, der Anspruch darauf erhebt, kann sich auf walisisches Recht stützen. Sprich weiter!«

Meurig fuhr sich erregt mit der Zunge über die trockenen Lippen. »Zweitens erkläre ich, daß ich Gervase Bonels Sohn bin – sein einziges Kind. Ich ersuche diese sieben Männer, die mich von Geburt an kennen, meine Herkunft zu bezeugen, und bitte alle um Hilfe, die genau wissen, daß ich die Wahrheit sage.«

Diesmal standen noch mehr Leute auf als zuvor, um den Zeugen recht zu geben: Meurig, der Sohn Angharads, der Tochter von Ifor ap Morgan, war auf Mallilie geboren worden, wo seine Mutter als Dienstmagd gearbeitet hatte. Schon vor der Geburt hatten alle gewußt, daß Gervase Bonel der Vater war. Das hatte er nie geheimgehalten, und er war stets für den Lebensunterhalt des Jungen aufgekommen.

»Da gibt es eine Schwierigkeit«, meinte der vorsitzende Richter. »Es genügt nicht, daß die Allgemeinheit überzeugt ist, ein gewisser Mann wäre der Vater. Denn die Allgemeinheit kann sich irren. Nicht einmal die Tatsache, daß Bonel sich dazu verpflichtet fühlte, für den Jungen zu sorgen, gilt als schlüssiger Beweis für die Anerkennung der Vaterschaft. Es müßte eindeutig festgestellt werden, ob der Vater das Kind als sein Fleisch und Blut anerkannt hat. Nur dann kann ein junger Mann in seine Rechte eingesetzt werden und den Besitz des Vaters erben.«

»Diese Schwierigkeit besteht nicht«, erwiderte Meurig

stolz und zog ein zusammengerolltes Pergament aus einer Innentasche seines Wamses. »Ich bitte das Gericht, dieses Dokument zu prüfen. Es ist ein Lehrvertrag, in dem Gervase Bonel geschrieben hat, daß ich sein Sohn bin, der sein Siegel trägt.« Er trat vor und händigte das Pergament dem Gerichtsschreiber aus, der es aufmerksam studierte.

»Ja, das stimmt. Dies ist eine Vereinbarung zwischen Martin Bellecote, einem Zimmermannsmeister aus Shrewsbury, und Gervase Bonel. Hier steht, daß der junge Meurig bei Bellecote das Zimmermannshandwerk und die Holzschnitzerei erlernen soll. Der Meister erhielt eine gewisse Summe für die Verpflegung des Lehrlings, und dieser sollte ein Gehalt bekommen. Das Siegel ist in Ordnung, und der junge Mann wird als ›mein Sohn‹ bezeichnet. Damit hat Bonel ihn zweifelsohne als seinen Sohn anerkannt.«

Meurig atmete auf und wartete. Die Richter berieten sich im Flüsterton, mit ernsthaften Gesichtern.

»Wir haben übereinstimmend festgestellt, daß dieser Beweis unwiderlegbar ist«, sagte der Vorsitzende. »Du bist also Gervase Bonels Sohn und hast einen Anspruch auf das Landgut. Andererseits wissen wir, daß eine Vereinbarung mit der Abtei von Shrewsbury getroffen wurde. Mallilie sollte dem Kloster übertragen werden. Dieses Schriftstück wurde allerdings nicht gesiegelt. Aufgrund dieses Abkommens hat die Abtei noch vor Bonels unglückseligem Tod einen Verwalter nach Mallilie geschickt. Der Anspruch eines Sohnes ist unter diesen Umständen durchaus berechtigt, sollte aber angesichts der soeben erwähnten Komplikationen auf dem Rechtsweg erhoben werden. Man muß den englischen Oberlehnsherrn berücksichtigen, auch die Ansprüche, die das Kloster stellen wird, mit der Begründung, Bonel hätte seine Absichten klar zum Ausdruck gebracht – auch wenn die Vereinbarung nicht gesiegelt wurde. Du mußt also einen formellen Prozeß anstrengen, Meurig, und wir raten dir, einen Anwalt zu konsultieren.«

»Mit Verlaub«, entgegnete Meurig, bleicher und erregter denn je, die Hände geballt, als wären sie bereits mit dem ersehnten Erdreich gefüllt, »es gibt im walisischen Gesetz eine Bestimmung, derzufolge ich den Besitz schon jetzt übernehmen kann – bevor der Prozeß geführt wird. Nur der Sohn darf das tun – und ich bin der Sohn des Toten. Ich beanspruche das Recht von *dadanhudd* – das Recht, das Heim meines Vaters zu bewohnen. Wenn es das Gericht gestattet, so werde ich jetzt mit meinen Zeugen gehen und das Haus betreten, das rechtmäßig mir gehört.«

Bruder Cadfael war so gefesselt von der verzehrenden Leidenschaft, die den jungen Mann erfüllte, daß er einen wichtigen Augenblick beinahe ungenützt verstreichen ließ. Sein walisisches Blut wallte auf in hilflosem Mitleid mit dieser heißen Liebe zu dem Land, das Meurig aufgrund seiner Herkunft in Besitz nehmen dürfte, das ihm aber nach englisch-normannischem Recht verweigert wurde. In dieser Stunde strahlte der junge Mann eine fast majestätische Kraft aus, und die zwingende Macht seiner Sehnsucht zog Richter, Zeugen und sogar Cadfael in ihren Bann.

»Das Gericht befindet, daß dein Anspruch berechtigt ist«, sagte der Vorsitzende, »und niemand kann dir verwehren, in das Haus zu ziehen. Der Form halber müssen wir die Zuhörerschaft befragen, nachdem der Fall vor dieser Sitzung nicht bekanntgegeben wurde. Wenn jemand hier ist, der Einwände erheben will, so soll er jetzt vortreten.«

»Ja...« Mühsam löste sich Cadfael aus seiner Verzauberung. »Ich habe etwas vorzubringen, bevor das Gericht den Antrag genehmigt. Da gibt es nämlich noch ein Hindernis.«

Alle Köpfe wandten sich zu ihm, alle Augen starrten ihn an. Die Richter reckten sich empor, um nach dem Besitzer der lauten Stimme Ausschau zu halten, denn Cadfael war nicht größer als die meisten anderen Landsleute, und viele Halbglatzen glichen seiner Tonsur. Meurig hatte sich abrupt umgedreht, mit unbewegtem Gesicht und ausdruckslosem Blick. Die Stimme hatte ihn wie ein Messer durchdrungen, aber er erkannte sie nicht, und er war sekundenlang so benommen, daß er nicht einmal die Bewegung in der Menge wahrnahm, während sich Cadfael einen Weg bahnte.

»Du bist vom Benediktinerorden?« fragte der Vorsitzende verwirrt, als die kräftige Gestalt im schwarzen Habit vor ihm auftauchte. »Ein Mönch aus Shrewsbury? Bist du hier, um für deine Abtei zu sprechen?«

»Nein.« Cadfael stand nur wenige Schritte von Meurig entfernt. Nun wich der Schleier des ungläubigen Entsetzens von den glänzenden schwarzen Augen. Der junge Mann erkannte ihn – kannte ihn nur zu gut. »Nein, ich spreche für Gervase Bonel.«

Meurigs Hals krampfte sich zusammen, er wollte sprechen, brachte aber kein Wort über die Lippen.

»Ich verstehe dich nicht, Bruder«, entgegnete der Richter geduldig. »Erkläre mir, was du meinst. Du hast ein Hindernis erwähnt.«

»Ich bin Waliser«, begann Cadfael, »und billige das walisische Gesetz, das besagt, daß ein Sohn ein Sohn ist, mag er ehelich geboren sein oder nicht, und dieselben Rechte besitzt wie ein legitimer Sohn – obwohl das englische Gesetz ihn als Bastard bezeichnet. Ja, ein Sohn, der unehelich geboren wurde, kann seinen Vater beerben, aber nicht, wenn er seinen Vater ermordet hat, so wie dieser Mann.«

Er hatte erwartet, daß ein Tumult ausbrechen würde. Statt dessen herrschte Grabesstille in der Kirche. Die drei Richter saßen wie versteinert auf ihrer Bank, alle Anwesenden schienen den Atem anzuhalten. Und als sie aus ihrer Betäubung erwachten und verstohlen, fast angstvoll auf Meurig blickten, hatte er seine Fassung mühsam wiedergewonnen. Schweißperlen glitzerten auf seiner Stirn und den hohen Wangenknochen, und seine Halsmuskeln waren angespannt wie Bogensehnen. Doch er hatte sich in der Gewalt, er konnte seinem Ankläger ins Gesicht sehen, konnte sich sogar würdevoll von ihm abwenden, die Richter anschauen, wobei seine Miene erkennen ließ, daß er nicht mit Worten gegen eine solche Beschuldigung protestieren wollte, sondern mit schweigender Verachtung. Sicher werden manche glauben, daß ich ein Abgesandter meines Ordens bin, dachte Cadfael bedrückt, daß ich die Übergabe Mallilies an den rechtmäßigen Besitzer verhindern oder zumindest hinauszögern soll, mit allen Mitteln. Und daß ich nicht einmal davor zurückschrecke, einen ehrbaren Mann des Mordes zu bezichtigen.

»Dies ist eine schwerwiegende Anklage«, sagte der Vorsitzende mit gefurchter Stirn. »Wenn du es ernst meinst, mußt du Beweise vorlegen. Und wenn du das nicht kannst, zieh dich zurück.«

»Ich habe Beweise. Mein Name ist Cadfael, und ich bin ein Mönch aus Shrewsbury. Ich habe das Öl hergestellt, mit dem Gervase Bonel vergiftet wurde. Deshalb war ich es meiner Ehre schuldig, die Wahrheit zu ergründen. Eine Arznei, die kranken Menschen helfen soll, darf nicht als Mordwerkzeug benutzt werden. Man hat mich zu dem Sterbenden gerufen, und jetzt stehe ich hier, um in seinem Namen Gerechtigkeit zu fordern. Erlaubt mir zu berichten, wie er getötet wurde.«

In knappen Worten erzählte er die ganze Geschichte und erwähnte, alle, die am Sterbebett gestanden hatten. Damals hätte es so ausgesehen, als wäre der Stiefsohn der einzige, dem Bonels Tod Vorteile bringen könnte.

»Wir alle dachten, Meurig hätte nichts gewinnen können. Aber nun wissen wir alle, daß für ihn sehr viel auf dem Spiel stand. Die Vereinbarung mit meiner Abtei war nicht gesiegelt, und nach dem walisischen Gesetz – von dem wir damals nicht ahnten, daß es in diesem Fall angewendet werden kann – ist er der Erbe. Laßt mich die Ereignisse schildern, wie ich sie sehe. Seit er zum Mann heranwuchs wußte er, daß seine Position als Bonels Erbe nach walisischem Recht unantastbar war, und er begnügte sich wie jeder andere Sohn damit, auf den Tod des Vaters zu warten, und dann sein Erbe zu beanspruchen. Nicht einmal das Testament, in dem Gervase Bonel nach seiner zweiten Hochzeit den Stiefsohn zum Erben einsetzte, beunruhigte Meurig, denn wie könnte eine solche Bestimmung seine Rechte als leiblicher Sohn bedrohen? Doch die Vereinbarung mit dem Kloster war eine andere Sache. Bonel wollte Mallilie dem Benediktinerorden übertragen. Dafür sollte ihm die Abtei ein Haus auf ihrem Grundstück zur Verfügung stellen und ihn bis an sein Lebensende versorgen. Wäre die Vereinbarung sofort gesiegelt worden, hätte dieser Mann seinen Verlust mittlerweile überwunden und keinen Mord begangen. Aber mein Abt wurde nach London berufen und hatte allen Grund zu der Annahme, daß man ihn seines Amtes entheben würde. Deshalb wollte er die Urkunde nicht siegeln. Diese Verzögerung weckte neue Hoffnung in Meurig. Verzweifelt suchte er nach Mitteln und Wegen, um die Ratifizierung des Dokuments zu verhindern. Sobald die Schenkung an die Abtei rechtskräftig gewesen wäre, hätte Meurig keine Ansprüche mehr anmelden können. Wie hätte er gegen die Abtei von Shrewsbury kämpfen sollen? Der Orden hätte seinen Einfluß geltend gemacht, um eine Verhandlung vor einem englischen Gericht zu erwirken. Und nach dem englischen Gesetz sind uneheliche Kinder – so sehr ich das auch beklage – nicht erbberechtigt. Es war ein reiner Zufall, herbeigeführt von einem guten Werk des jungen Mannes, der ihm ein Mordwerkzeug in die Hände spielte und ihn dazu verleitete, es anzuwenden. Das ist bedauerlich, denn er war nicht zum Mörder geschaffen. Nun steht er hier in seiner Schuld, und wir dürfen nicht zulassen, daß er die Früchte seines Verbrechens genießt.«

Der Vorsitzende lehnte sich mit einem tiefen Seufzer zurück und sah Meurig an, der Cadfael mit ausdrucksloser Miene zugehört hatte. »Was hast du dazu zu sagen?«

»Das ist völlig aus der Luft gegriffen«, entgegnete Meurig, ohne sich seine Verzweiflung anmerken zu lassen. »Ja, ich war im Haus meines Vaters, seine Frau, ihr Sohn und die beiden Diener waren ebenfalls anwesend – das ist alles. Ja, ich war zufällig im Hospital und wußte von diesem Öl. Aber wie kann man mir deshalb einen Mord vorwerfen? Genausogut könnte ich alle anderen beschuldigen, die meinen Vater sterben sahen. Doch das werde ich nicht tun. Die Beamten des Landrates waren von Anfang an der Meinung, daß der Stiefsohn meines Vaters die Tat verübt hat. Ich sage nicht, daß das stimmt – ich sage nur, daß es gegen mich genauso wenige Beweise gibt wie gegen die anderen.«

»Doch«, erwiderte Cadfael. »Ich habe einen Beweis, der dieses Verbrechen um so bedauerlicher erscheinen läßt – denn er zeigt uns, daß es nicht impulsiv geschah, in einer zornigen Aufwallung, die später bereut wurde. Wer immer mein Eisenhutöl aus dem Hospital entwendete, muß ein Fläschchen mitgebracht haben, um es hineinzufüllen. Das Fläschchen mußte er nach der Tat einstecken, um es später, in einem unbeobachteten Augenblick, wegzuwerfen. Und der Ort, wo es weggeworfen wurde, beweist uns, daß Edwin Gurney nicht der Mörder ist. Alle anderen, die im Haus waren, könnten es sein – aber nicht dieser Junge. Er rannte geradewegs von der Küchentür zur Brücke, was mehrere Leute bezeugen können.«

»Das sind nichts als Worte – trügerische Worte«, wandte Meurig ein, von neuer Zuversicht erfüllt. »Diese Flasche wurde nicht gefunden, sonst hätten wir das von den Beamten des Landrats erfahren. Bruder Cadfael hat sich diese ganze Geschichte nur ausgedacht, um das Gericht gegen mich einzunehmen.«

Natürlich wußte er es nicht. Nicht einmal Edwin und Hugh Beringar wußten Bescheid, nur Cadfael und Bruder Mark. Ein Glück, daß Bruder Mark die Fundstelle gekennzeichnet hatte und nicht als korrumpierter Repräsentant des Klosters hingestellt werden konnte...

Cadfael nahm die fleckige grüne Phiole aus seinem Ranzen und wickelte sie sorgfältig aus dem weißen Tuch. »Doch, die Flasche wurde gefunden. Hier ist sie!« Mit ausgestrecktem Arm hielt er sie dem leichenblassen Meurig unter die Nase.

Der Angeklagte hatte seine Unsicherheit sofort wieder überwunden, aber Cadfael hatte ihn scharf beobachtet. Nun waren seine letzten Zweifel geschwunden. Tiefe Trauer stieg in ihm auf, denn er hatte den jungen Waliser gemocht.

Cadfael wandte sich wieder zur Richterbank. »Nicht ich habe dieses Fläschchen gefunden. Ein junger Novize hat es mir gebracht, der wenig über diesen Fall weiß und nichts zu gewinnen hat, wenn er lügt. Er hat den Fundort markiert. Die Phiole lag im Eis am Ufer des Mühlenteichs, vor dem Fenster von Bonels Wohnzimmer. Edwin Gurney war nicht einmal für eine Sekunde allein in diesem Raum und konnte sie nicht aus dem Fenster geworfen haben. Seht euch das Fläschchen an – aber vorsichtig, denn an der Außenseite befindet sich eine getrocknete Ölspur, und der Rest, der darin klebt, kann immer noch identifiziert werden.«

Meurig beobachtete, wie die Richter das Fläschchen inspizierten, das Cadfael ihnen mitsamt dem Tuch übergeben hatten, und sagte gelassen: »Selbst wenn wir das alles glauben – obwohl der Finder nicht hier ist und nicht für sich selbst sprechen kann, können vier Leute im weiteren Verlauf des Tages zu jenem Fenster gegangen sein, um das Fläschchen hinauszuwerfen. Ich war der einzige, der gegangen ist, denn ich mußte in die Werkstatt meines Meisters zurückkehren. Die anderen sind im Haus geblieben.«

Trotzdem – aus der Anklage hatte sich ein Prozeß entwickelt. Und bei aller bewundernswerten und beängstigenden Tapferkeit gelang es Meurig nicht zu verhindern, daß sich ein verzweifelter Unterton in seine Stimme schlich. Er wußte es selbst, und er begann sich zu sorgen – nicht um seine Haut, sondern um das Land, das er liebte, auf dem er geboren war. Bruder Cadfael fühlte sich innerlich zerrissen. Damit hatte er nicht gerechnet, und sein Kummer veranlaßte ihn zu einer Maßnahme, die zu Erfolg oder Mißerfolg führen konnte. Denn er ertrug diese inneren Kämpfe nicht mehr, und Edwin saß im Gefängnis, was nicht einmal Meurig wußte. Wäre es ihm mitgeteilt worden, hätte es ihn ermutigt und vielleicht gleichzeitig bedrückt. Während des langen Verhörs an Bonels Todestag hatte er kein einzigesmal versucht, den Verdacht auf Edwin zu lenken – nicht einmal, als die Ermittlungen des Wachtmeisters in diese Richtung gewiesen hatten.

»Zieht den Stöpsel heraus!« drängte Cadfael die Richter. »Der Geruch ist immer noch ziemlich stark. Ihr müßt mir glauben, daß Bonel mit diesem Öl vergiftet wurde. Ihr seht, daß es außen an der Flasche herabgeronnen ist, denn nach der Tat wurde es hastig und unzureichend verschlossen. Der Täter trug die Phiole eine Zeitlang bei sich, während die Beamten kamen und gingen. Das Öl muß einen Fleck verursacht haben, der sich nicht entfernen ließ und stark duftet... Ja, ich sehe, ihr habt das Aroma wahrgenommen...« Cadfael wandte sich blitzschnell zu Meurig und zeigte auf den Leinenbeutel, der am Gürtel des jungen Mannes hing. »Ich erinnere mich, daß du dieses Säckchen auch an jenem Tag getragen hast. Gib es den Richtern – damit sie feststellen können, ob die Phiole ein oder zwei Stunden, vielleicht auch länger, darin gelegen und ihre Spuren hinterlassen hat. Komm, Meurig, mach den Beutel von deinem Gürtel los!«

Die Hand des jungen Mannes näherte sich tatsächlich dem Gürtel, als wollte er in seiner Verwirrung unwillkürlich gehorchen. Cadfael wußte, daß der Beutel möglicherweise unbefleckt war – wenn er auch nicht mehr bezweifelte, daß sich die Flasche an jenem langen, unglückseligen Nachmittag nach Bonels Tod darin befunden hatte. Es bedurfte nur kühner Hartgesottenheit – und der Beweis gegen Meurig würde zerplatzen wie eine Seifenblase. Dann würde nur der Schatten eines Verdachts zurückbleiben, so belanglos wie die Feuchtigkeit geborstener Seifenblasen auf einer Handfläche. Doch Meurig konnte nicht sicher sein – und wenn man keine Flecken in dem Beutel fand, sprach ihn das noch nicht frei von jeder Schuld. Aber wenn der Beutel Ölspuren aufwies, war er verloren. Die Finger, die beinahe die Schnüre des Beutels gelöst hätten, ballten sich zur Faust.

»Nein!« stieß Meurig hervor. »Warum sollte ich mich einer so würdelosen Prüfung unterziehen? Die Abtei hat diesen Mann hierhergeschickt, um meinen Erbanspruch anzufechten!«

»Sein Ansinnen ist nicht unbillig«, entgegnete der vorsitzende Richter streng. »Du mußt das Säckchen dem Gericht übergeben. Uns kann niemand verdächtigen, daß wir dich fälschlich beschuldigen, denn wir haben nichts zu gewinnen. Also fordern wir dich auf, das Beweisstück dem Gerichtsschreiber auszuhändigen.«

Der Schreiber war es gewohnt, daß die Anordnungen der Richter ohne Zögern befolgt wurden. Mit ausgestreckter Hand ging er auf Meurig zu. Doch der junge Mann ließ sich nicht auf dieses Wagnis ein. Plötzlich wirbelte er herum, stürmte zur offenen Tür und stieß die Zeugen beiseite, die ihn begleitet hatten. Wenige Sekunden später rannte er durch das bleiche Winterlicht des Morgens. Hinter ihm brach ein Aufruhr aus. Die Hälfte der Versammelten verließ die Kirche, um dem Flüchtling zu folgen – wenn sie ihm auch nur halbherzig nachliefen, nachdem der erste Impuls verebbt war. Sie sahen, wie Meurig über die Steinmauer des Friedhofs sprang und auf den bewaldeten Hang zusteuerte, der dahinter anstieg. Bald war er zwischen den Bäumen verschwunden.

Schweigen erfüllte die halbleere Kirche. Meurigs Zeugen schauten sich hilflos an. Sie hatten sich nicht an der Verfolgungsjagd beteiligt. Nach einer Weile begannen die Richter leise zu beratschlagen. Eine bleierne Müdigkeit hatte Cadfael befallen, die ihn aller Kräfte und Gedanken zu berauben schien – bis er tief Atem holte und aufblickte.

»Dies ist kein Geständnis, und es wurde auch keine offizielle Anklage gegen ihn erhoben. Aber Meurigs Verhalten mag als Beweis für die Unschuld des Jungen dienen, der nun im Gefängnis von Shrewsbury sitzt und des Mordes an Gervase Bonel verdächtigt wird. Zu Meurigs Ehrenrettung muß ich euch sagen, daß er nichts von Edwin Gurneys Verhaftung weiß, dessen bin ich sicher.«

»Wir haben keine andere Wahl, als ihn zu verfolgen«, sagte der Vorsitzende, »und das wird geschehen. Natürlich müssen wir das Protokoll dieser Sitzung dem Landrat in Shrewsbury schicken. Das gebietet allein schon die Höflichkeit. Bist du damit zufrieden?«

»Mehr verlange ich nicht. Bitte, schick ihm auch die Phiole. Ein Novize namens Mark kann alle erforderlichen Angaben machen, denn er hat sie gefunden. Schick alles an Hugh Beringar, den stellvertretenden Landrat, der das Amt zur Zeit leitet, und sorge dafür, daß ihm der Bericht und das Beweisstück persönlich übergeben werden. Ich würde gern selbst nach Shrewsbury zu reiten, aber ich habe hier noch eine Pflicht zu erfüllen.«

»Es wird ein paar Stunden dauern, bis man die nötigen Abschriften angefertigt und beglaubigt hat. Spätestens morgen abend wird der Stellvertreter des Landrats den Bericht in Händen haben. Ich denke, dein Gefangener hat nichts mehr zu befürchten.«

Bruder Cadfael bedankte sich, verließ die Kirche und betrat die Straße, wo sich eine erregte Menge eingefunden hatte. Die Neuigkeit hatte sich in Windeseile herumgesprochen und verbreitete sich vermutlich schon hinter allen Bergen von Cynllaith. Aber nicht einmal die Gerüchte liefen so schnell wie Meurig, denn er wurde an diesem Tag nicht mehr gesehen. Cadfael holte sein Pferd von der Weide, stieg auf und ritt davon. Die Müdigkeit, die ihn fast überwältigt hatte, als seine Bemühungen plötzlich überflüssig geworden waren, ging allmählich in tiefe Trauer über und dann in stille Dankbarkeit. Er ritt langsam zurück, denn er brauchte Zeit zum Nachdenken – und vor allem Zeit für einen anderen, der es noch viel nötiger hatte, gründlich zu überlegen. Mit einem wehmütigen Seitenblick passierte er Mallilie. Das Ende würde nicht hier stattfinden.

Er wußte sehr gut, daß es noch nicht vorüber war.

»Du kommst früh zurück, Bruder«, meinte Simon und legte frisches Brennholz unter die Kohlenpfanne. »Was immer du erledigen mußtest – ich nehme an, daß Gott dir geholfen hat.«

»Ja, das hat er getan«, bestätigte Cadfael. »Und jetzt ruh dich wieder aus und überlaß mir die restliche Arbeit. Ich habe das Pferd bereits gestriegelt und gefüttert. Es ist nicht müde, denn ich habe es nicht überanstrengt. Nach dem Abendessen werde ich den Hühnerstall schließen und die Kuh versorgen. Und es ist immer noch früh genug, um die Mutterschafe in ihren Stall zu bringen, denn ich glaube, die Nacht wird kalt. Seltsam – in diesen Bergen ist es eine gute halbe Stunde länger hell als in der Stadt.«

»Deine walisischen Augen gewinnen allmählich ihre Sehkraft wieder, Bruder. Hier gibt es wenige Nächte, wo ein Mann nicht über die Berge reiten kann, ohne Gefahren befürchten zu müssen – vorausgesetzt, er kennt das Land. Nur in den Wäldern ist es richtig dunkel. Einmal unterhielt ich mich mit einem Wanderbruder aus dem Norden, einem rothaarigen Rauhbein, dessen Sprache ich kaum verstand. Er war Schotte, und er erzählte mir, in seiner fernen Heimat gäbe es Nächte, wo die Sonne schon wieder aufgeht, kaum daß sie gesunken ist, und in ihrem Widerschein könnte man auch in den finstersten Stunden alle Wege finden.« Bruder Simon seufzte verträumt. »Aber wer weiß? Vielleicht war er ein verrückter Schwärmer. Jedenfalls habe ich so etwas nie erlebt, denn ich bin nie über Chester hinausgekommen.«

Bruder Cadfael verzichtete darauf, seine Reisen zu erwähnen, an die er sich nun mit der staunenden Zufriedenheit eines Mannes erinnerte, der zur Ruhe gekommen war. Um der Wahrheit die Ehre zu geben – er hatte die Stürme ebenso genossen wie die jetzige Flaute – falls man von einer Flaute sprechen konnte. Nun – alles zu seiner Zeit und am rechten Ort...

»Ich bin froh, daß ich bei euch war«, sagte er wahrheitsgemäß. »Hier riecht es wie in Gwynedd, hier kann ich walisisch reden, und das ist ein Gewinn, denn in Shrewsbury finde ich kaum Gelegenheit dazu.«

Bruder Barnabas tischte das Essen auf, sein gutes, selbstgebackenes Brot, Gerstensuppe, Schafskäse und getrocknete Äpfel. Das Atmen bereitete ihm keine Schwierigkeiten mehr, und er eilte tatendurstig umher. »Du siehst, ich bin wieder arbeitsfähig, Bruder, dank deiner Heilkünste. Ich könnte die Schafe heute selbst in den Stall bringen.«

»Das wirst du bleiben lassen!« erwiderte Cadfael energisch. »Denn das ist meine Aufgabe, nachdem ich den ganzen Tag gefaulenzt habe. Schau uns zu, wie uns dein Brot schmeckt, und gib dich damit zufrieden. Die Kunst des Bäckers ist mir fremd, aber ich weiß sie zu schätzen und bin stets dankbar für die Errungenschaften anderer Leute.«

Man speiste früh in Rhydycroesau, nachdem man den ganzen Tag, seit dem frühen Morgen, an der frischen Luft gearbeitet hatte. Ein schwaches Dämmerlicht lag über den Bergen, im Osten dunkle Bläue, im Westen ein blasser Schein, als Cadfael den Hang hinaufstieg, um die trächtigen Mutterschafe zum Stall zu führen. Die Abtei besaß nur wenige solche Tiere, und sie waren kostbar. Manchmal gebaren sie sogar Zwillinge, die beide überlebten, wenn man sie gewissenhaft versorgte. Cadfael erkannte, daß die Pflichten eines Schäfers tiefe Befriedigung schenkten. Die Kinder seiner Einsamkeit fanden nur selten den Tod, starben nur an Krankheiten, Verletzungen oder Altersschwäche, oder wenn man sie in schlimmen Wintermonaten nicht durchfüttern konnte. Ihre Wolle und ihre

Milch waren wertvoller als ihr Fleisch. Und falls man sie notschlachten mußte, konnte man immer noch ihre Häute verwerten. So führten sie ein nützliches Leben, wurden ihren Betreuern lieb und vertraut, wurden verstanden, und man gab ihnen sogar Namen. Ein Schäfer hatte seine eigene Gemeinde, bevölkert von sanften, eigenwilligen, stillen Gefährten, die weder mordeten noch stahlen, keine Gesetze verletzten, keine Beschwerden vorbrachten und keine Revolten anzettelten.

Trotzdem, dachte er, während er mit langen, mühelosen Schritten bergauf stieg, ich könnte nicht allzu lange Schäfer sein. Ich würde all die Dinge vermissen, die ich beklage, das Trachten der Menschen nach Gut und Böse. Und dieser Gedanke erinnerte ihn wieder an die Kämpfe, Siege und Opfer des vergangenen Tages.

Am Grat des Berges blieb er stehen, um den Einbruch der Nacht zu beobachten. Er wußte, daß man ihn im Umkreis von vielen Meilen sehen konnte. Sterne begannen am tiefblauen Himmel zu blinken, so schwach und undeutlich, daß man es nur aus den Augenwinkeln wahrnahm und daß sie sofort erloschen, wenn man sie direkt anschaute.

Er blickte auf die eingefriedeten Hürden, die dunklen Gebäude und war sich nicht sicher, ob er an der Stallecke eine Bewegung gesehen hatte. Die Mutterschafe, an eine bevorzugte Behandlung gewöhnt, umringten ihn freiwillig, um in den warmen, nach Fell duftenden Stall zu gehen und dort die Nacht zu verbringen. Träge schaukelten ihre runden Bäuche hin und her, während sie herankamen. In der Dunkelheit blitzten ihre gelben Augen nur hin und wieder auf.

Als Cadfael langsam hinabstieg, folgten sie ihm auf ihren kleinen, beweglichen Füßen, eng aneinandergedrängt, umgeben vom Duft ihrer weichen Wolle, der sie wie eine Wolke einhüllte. Er zählte sie, rief leise zwei Nachzügler zu sich, junge Tiere, die zum erstenmal lammen würden und noch keine Verantwortung kannten. Eilig schlossen sie sich den anderen an. Nun hatte er sie alle beisammen.

Nur Cadfael und seine kleine Herde schienen in der stillen, leeren Nacht zu existieren. Oder war da unten jemand zwischen den Gebäuden aufgetaucht, um sich sofort wieder zurückzuziehen? Ein Glück, daß Bruder Simon und Bruder Barnabas seinen Rat befolgt hatten und in der warmen Hütte geblieben waren ... Wahrscheinlich dösten sie vor der Kohlenpfanne.

Er brachte seine Schützlinge zu dem großen Stall hinab, der zur Hälfte leergeräumt war und den Schafen als Quartier dienen sollte, bis sie lammten. Die breite Tür ging nach innen auf. Er öffnete sie und scheuchte seine Herde hinein. Eine volle Futterkrippe und ein Wassertrog standen bereit. Die Schafe brauchten kein Licht, um ihren Weg zu finden. Vage Schatten erfüllten den Raum, der nach getrocknetem Heu und Klee und Schaffell roch. Die Bergschafe hatten nicht das langhaarige, krause Fell ihrer Artgenossen, die im Tiefland grasten, aber ein dichtes, kurzes Vlies, das fast ebensoviel Wolle von minderer Qualität ergab, und sie nutzten die Weideflächen, die ihre verwöhnten Vettern verschmähten. Allein schon der Käse, den die Bergschafe spendeten, lohnte ihre Haltung.

Cadfael trieb den letzten und eigensinnigsten seiner Schutzbefohlenen in den Stall, dann trat er selbst in das Dunkel. Sekundenlang war er fast blind, aber er spürte die Anwesenheit des Mannes. Er rührte sich nicht, auch die eiskalte Klinge, die plötzlich seinen Hals berührte, rief keine Bewegung hervor. Er hatte oft genug ein Messer an der Kehle gespürt und war nicht so dumm, sich davon in Panik versetzen oder zu einer unbedachten Handlung hinreißen zu lassen – schon gar nicht, wenn er vorgewarnt war.

Ein Arm umfaßte ihn von hinten, preßte ihm die Ellbogen gegen die Rippen. Er leistete keinen Widerstand, zuckte nicht einmal zusammen. »Als du mich vernichtet hast«, keuchte eine halberstickte Stimme dicht an seinem

Ohr, »dachtest du da wirklich, ich würde allein ins Dunkel gehen, Bruder?«

»Ich habe dich erwartet, Meurig«, erwiderte Bruder Cadfael gelassen. »Mach die Tür zu! Keine Angst – ich rühre mich nicht von der Stelle. Wir beide brauchen keine Zeugen.«

10.

»Nein!« zischte ihm die Stimme ins Ohr. »Wir brauchen keine Zeugen. Ich habe nur mit dir zu tun, Mönch, und es wird nicht lange dauern.« Der Arm ließ Cadfael los, die schwere Tür schloß sich mit einem hohlen Geräusch und sperrte das Licht der Sterne aus, die – aus dem schwarzen Dunkel des Stalls betrachtet – heller denn je gefunkelt hatten.

Cadfael stand reglos da und hörte das leise Rascheln von Kleidern, als sich Meurig an die Tür lehnte. Der junge Mann holte tief Atem, genoß die Vorfreude auf seine Rache. Es gab keinen zweiten Ausgang, und er wußte, daß sich sein Opfer nicht bewegt hatte.

»Du hast mich als Mörder gebrandmarkt. Warum sollte ich jetzt vor einem Mord zurückschrecken? Du hast mein Leben zerstört und mich beschämt. Deinetwegen hassen mich meine Verwandten und Freunde. Du hast mir mein Geburtsrecht genommen, mein Land, meinen guten Namen – alles, was mein Leben lebenswert machte, und dafür wirst du mit *deinem* Leben bezahlen. Ich kann jetzt nicht mehr leben – und kann nicht einmal sterben, bevor ich dich getötet, habe, Bruder Cadfael.«

Seltsam – die schlichte Tatsache, daß er seinem Opfer einen Namen gegeben hatte, war wie ein erster Lichtstrahl. Noch mehr Licht konnte die Veränderung beschleunigen.

»Neben der Tür hängt eine Lampe«, sagte Cadfael mit ruhiger Stimme, »und an einem anderen Nagel findest du einen Beutel mit Flintstein, Stahl und Zunder. Es wäre besser, wenn wir uns sehen würden. Paß auf, daß keine Funken umherfliegen! Die Schafe haben dir nichts getan, und ein Feuer würde meine Brüder anlocken. Du kannst die Laterne da drüben auf ein Regal stellen.«

»Und du wirst versuchen, deine Haut zu retten...«

»Ich werde mich nicht rühren«, entgegnete Cadfael geduldig. »Was glaubst du, warum ich die letzte Arbeit dieses Tages übernommen habe? Sagte ich nicht, daß ich dich erwartet hätte? Ich bin unbewaffnet. Selbst wenn ich eine Waffe trüge, würde ich sie nicht benutzen. Damit bin ich schon seit Jahren fertig.«

Eine lange Pause entstand. Cadfael fügte seinen Worten nichts hinzu, obwohl er spürte, daß Meurig darauf wartete. Endlich hörte er das Poltern der Laterne, als die tastende Hand des jungen Mannes dagegen stieß. Das kleine Türchen wurde geöffnet, suchende Finger glitten über das Regal, dann wurde die Lampe darauf gestellt.

Der Flintstein und das Stahlstück prallten mehrmals aufeinander, Funken sprühten und erloschen wieder, dann fing eine Ecke des versengten Stoffstreifens Feuer. Meurigs Gesicht neigte sich geisterhaft darüber, er blies auf die schwache Glut, bis eine Flamme aus dem Docht loderte. Diffuses gelbes Licht fiel auf die Futterkrippe, den Trog, das Netzwerk der Deckenbalken und die stillen, gleichmütigen Mutterschafe. Cadfael und Meurig standen voreinander.

»Nun kannst du wenigstens sehen, wie du dein Vorhaben verwirklichst«, sagte Cadfael und setzte sich auf eine Kante der Futterkrippe.

Mit langen Schritten kam Meurig auf ihn zu, über die Spreu und die Strohhalme, die den Boden bedeckten. Sein Gesicht war aschfahl, die Augen lagen tief in den Höhlen und glühten in wildem Schmerz. Er blieb vor Cadfael stehen, so dicht, daß sich ihre Knie berührten. Langsam hob er das Messer, bis die Spitze den Hals des Klosterbruders streifte. Sie sahen sich an, über den acht Zoll langen Stahl hinweg.

»Hast du keine Angst vor dem Tod?« flüsterte Meurig.

»Ich habe ihm schon oft ins Auge geschaut. Wir respektieren uns. Für immer kann man ihm nicht ausweichen, Meurig, wir alle müssen einmal sterben. Gervase Bonel – du – ich. Früher oder später sind wir alle des Todes. Wir beide haben eine Entscheidung getroffen – du erst vor einer Woche, ich vor vielen Jahren, als ich nach dem Schwert griff. Nun, hier bin ich. Tu, was du dir vorgenommen hast.«

Unverwandt erwiderte er Meurigs Blick, aber er sah aus den Augenwinkeln, wie die starken braunen Finger den Messergriff fester umklammerten, daß sich die Muskeln am Handgelenk anspannten, um ihm den tödlichen Streich zu versetzen. Plötzlich verkrampfte sich Meurigs ganzer Körper, in einem verzweifelten Versuch, die Klinge in Cadfaels Hals zu stoßen. Doch er brachte es nicht fertig. Er wich zurück, ein tierisches Ächzen rang sich aus seiner Kehle, er warf das Messer weg. Die Spitze bohrte sich in den Boden, zitternd reckte sich der Griff empor. Meurig preßte beide Hände an die Schläfen, als könnte er trotz seiner geballten Körper- und Willenskräfte den Schmerz nicht eindämmen, der ihn zu überwältigen drohte. Seine Knie gaben nach, er sank zu Cadfaels Füßen nieder, vergrub das Gesicht in den Armen, die er auf die Futterkrippe gestützt hatte.

Runde gelbe Augen über gemächlich kauenden Mäulern beobachteten in milder Überraschung die sonderbaren Verhaltensweisen des Menschengeschlechts.

»O Gott, könnte ich dem Tod nur so gefaßt gegenübertreten wie du«, stieß Meurig mit brüchiger Stimme hervor. »Denn ich habe den Tod verdient. Und ich wage nicht, für meine Tat zu bezahlen. Wenn ich doch unschuldig wäre...« Gequält stöhnte er auf. »O Mallilie...«

»Ja«, sagte Cadfael leise, »ein schönes Landgut. Aber es gibt auch eine andere Welt.«

»Nicht für mich, nicht für mich... Ich bin verloren. Hilf mir... Hilf mir, den Tod zu ertragen...« Plötzlich hob er den Kopf, sah zu Cadfael auf und umfaßte die Falten der schwarzen Kutte. »Bruder, was du heute über mich sagtest – daß ich nicht zum Mörder geschaffen bin...«

»Habe ich es nicht bewiesen? Ich lebe – und es war keine Angst, die deine Hand lähmte.«

»Du sagtest, der Zufall hätte mich verleitet, im selben Augenblick, wo ich ein gutes Werk vollbrachte. Du sagtest, das sei bedauerlich. Hast du das alles ernst gemeint, Bruder? Bedauerst du mich? Gibt es trotz allem Mitleid?«

»Ich habe es ernst gemeint – jedes einzelne Wort. Und ich bedaure tatsächlich, daß du dich so weit von deinem wahren Wesen entfernt und dich selbst ebenso vergiftet hast wie deinen Vater. Sag mir, Meurig – du warst in den letzten Tagen nicht mehr im Haus deines Großvaters und hast auch nichts von ihm gehört?«

»Nein«, flüsterte Meurig und erschauerte beim Gedanken an den würdevollen alten Mann, den er ins Unglück gestürzt hatte.

»Dann weißt du nicht, daß Edwin verhaftet und ins Gefängnis von Shrewsbury gebracht wurde.«

Nein, er hatte es nicht gewußt. Entsetzt starrte er Cadfael an. »Nein, davon hatte ich keine Ahnung – das schwöre ich. Die Versuchung war zwar groß – trotzdem brachte ich es einfach nicht übers Herz, ihn zu beschuldigen. Ich konnte nicht verhindern, daß man ihn verdächtigte, aber ich habe ihn nicht verraten. Ich schickte ihn ins Haus meines Großvaters und wollte ihn retten... Ich weiß, ich habe zu wenig für ihn getan, aber bitte – wirf mir seine Festnahme nicht auch noch vor! Gott weiß, daß ich den Jungen liebe!«

»Ich weiß es auch«, sagte Cadfael, »und ich weiß, daß du den Wachtmeister nicht informiert hast. Niemand hat Edwin wissentlich verraten. Trotzdem wurde er gefangengenommen. Morgen wird man ihn wieder freilassen. Nun wird zumindest Edwins Leidensweg ein gutes Ende nehmen – auch wenn sonst nichts mehr gutgemacht werden kann.«

Meurig legte die verkrampften Hände mit den angespannten Knöcheln, die weiß hervortraten, auf Cadfaels Knie und hob sein gequältes Gesicht in den sanften Laternenschein.

»Bruder, du warst schon oft das Gewissen anderer Menschen. Um Gottes willen, hilf auch mir, denn ich bin krank und zermalmt, bin nicht mehr ich selbst. Du sagtest, du hättest Mitleid mit mir... Hör mich an, laß dir erzählen, was ich verbrochen habe...«

»Mein Sohn...« Erschüttert legte Cadfael seine Hand auf die starren Fäuste, die sich eiskalt anfühlten. »Ich bin kein Priester, ich kann dir keine Absolution erteilen und dir keine Buße auferlegen...«

»Doch, du kannst es – nur du, der mich entlarvt hat. Höre mein Geständnis, dann werde ich gewappnet sein, wenn du mich dem Gesetz auslieferst. Ich werde nicht klagen.«

»Sprich, wenn es dich erleichtert«, sagte Cadfael seufzend und hielt die Hände des jungen Mannes fest, der seine Tat schilderte in einem heftigen Wortschwall, der aus ihm hervorbrach wie Blut aus einer offenen Wunde. Er berichtete, wie er arglos ins Hospital gegangen war, um einem alten Mann Freude zu machen, das Öl in seine Schultern gerieben und dabei zufällig von dessen tödlicher Eigenschaft erfahren hatte. Erst in diesem Augenblick wäre der Mordplan in seinem Kopf entstanden. Er hätte noch eine Gnadenfrist von wenigen Wochen vor sich gehabt, dann wäre ihm Mallilie endgültig entrissen worden, und nun hatte er plötzlich ein Mittel gefunden, das zu verhindern.

»Immer öfter drängte sich der Gedanke auf, daß es mir nicht schwerfallen würde – und als ich zum zweitenmal ins Hospital ging, nahm ich das Fläschchen mit und füllte es mit dem Öl. Doch da war das alles noch ein verrückter Traum. Trotzdem steckte ich das Fläschchen an jenem Tag ein und dachte mir, es wäre ein leichtes, das Öl in seinen Met oder seinen Glühwein zu gießen. Ich nahm mir vor, das zu tun, ich wünschte es mir nur – und das allein war schon eine Sünde. Als ich ins Haus kam, waren sie alle im Wohnzimmer, und ich hörte Aldith sagen, der Prior hätte meinem Vater eine Speise aus seiner eigenen Küche geschickt, um ihm eine Freude zu bereiten. Die Sauce des Rebhuhns brodelte leise über der Kohlenpfanne – wenn man ein paar Tropfen hineinschüttete... Es war vollbracht, bevor ich mir bewußt wurde, daß ich es tun wollte... Und da hörte ich, wie sich Aelfric und Aldith vom Eßtisch entfernten. Ich hatte gerade noch Zeit, aus der Küche zu schlüpfen und so zu tun, als hätte ich die Tür eben erst geöffnet. Als sie eintraten, streifte ich gerade die Schuhsohlen auf der Schwelle ab. Natürlich mußten sie glauben, ich wäre gerade gekommen. Gott weiß, wie oft ich mir in der nächsten Stunde wünschte, ich hätte es nicht getan. Aber solche Dinge kann man nicht ungeschehen machen, und jetzt bin ich verdammt... Was konnte ich anderes tun, als den Weg weiterzugehen, den ich eingeschlagen hatte – als es kein Zurück mehr gab?«

Ja, was hätte er tun sollen? Das, was er jetzt tat – und das war ihm aufgezwungen worden. Doch er war nicht hierhergekommen, um zu töten – was immer er auch geglaubt hatte.

»Und so kämpfte ich um die Frucht meiner Sünde, um Mallilie, so gut ich konnte. Ich habe meinen Vater nie gehaßt – aber Mallilie habe ich stets geliebt, und es gehörte mir – mir... Wenn ich es doch reinen Herzens errungen hätte! Aber weil die Gerechtigkeit walten mußte, habe ich Mallilie verloren, und ich darf nicht klagen. Bring mich jetzt zum Wachtmeister und laß mich für den Tod meines Vaters mit dem meinen bezahlen, so wie ich es verdient habe. Ich werde widerstandslos mit dir gehen, wenn du meine Seele dem Herrn empfiehlst.«

Er ließ die Stirn auf Cadfaels Hand sinken, seufzte tief auf und verstummte. Nach langen Minuten legte Cadfael die andere Hand auf das dichte, schwarze Haar. Er war kein Priester, und er konnte dem Sünder keine Absolution erteilen. Trotzdem war er in eine schreckliche Situation geraten, mußte Richter und zugleich Beichtvater sein. Gift war die Waffe eines niederträchtigen Mörders – einen Dolchstoß hätte er eher akzeptiert, und doch ... War denn an Meurig selbst kein Unrecht geschehen? Die Natur hatte ihm Freundlichkeit und Herzenswärme in die Wiege gelegt, und die Umstände hatten ihn so verbildet, daß er sich gegen sein eigenes Wesen gewandt hatte. Er kannte seine tödliche Krankheit nur zu gut. Aber ein Tod genügte – was würde ein weiterer bringen? Gott hatte andere Mittel und Wege, um das Gleichgewicht wiederherzustellen.

»Du hast mich gebeten, dir eine Buße aufzuerlegen«, sagte Cadfael nach einer langen Pause. »Willst du das immer noch? Wirst du diese Buße ertragen und nicht verzweifeln, so gräßlich sie auch sein mag?«

Der Kopf, der schwer auf der Hand des Mönches lag, bewegte sich, und Meurig flüsterte: »Ja, ich möchte es – und ich werde dir dankbar sein.«

»Du willst keine milde Strafe?«

»Bestraf mich so, wie ich es verdiene. Wie könnte ich sonst Ruhe finden?«

»Also gut – du hast dich mir freiwillig anvertraut. Meurig, du bist hierhergekommen, um mir das Leben zu nehmen, doch du warst außerstande, die Klinge in meinen Hals zu stechen. Nun legst du dein Leben in meine Hände, und ich kann es dir auch nicht nehmen, denn das wäre falsch. Was würde die Welt gewinnen, wenn ich dein Blut fließen ließe? Aber deine Hände, deine Kraft, dein Wille, die Tugend, die immer noch in dir ist, könnten der Welt eine ganze Menge schenken. Du willst für deine Schuld zahlen – gut, dann zahle! Ich werde dich mit einer lebenslangen Strafe belegen, und ich verfüge, daß du dein Leben zu Ende leben sollst – möge es lange dauern! Begleiche deine Schuld, indem du den Menschen dienst, die diese Welt mit dir bewohnen. Deine guten Werke sollen deine bösen tausendfach ausgleichen. Dies ist die Strafe, die ich dir auferlege.«

Langsam und verwundert hob Meurig den Kopf, weder erleichtert noch froh, nur maßlos verwirrt. »Meinst du es ernst? Das soll ich tun?«

»Das mußt du tun. Lebe weiter, mach deine Sünden wieder gut, und wenn du einem Sünder begegnest, denk an dein eigenes Vergehen. Und wenn du mit Unschuldigen zu tun hast, achte sie und setz deine ganze Kraft ein, um ihnen zu dienen. Tu Gutes nach bestem Wissen und Gewissen und überlaß Gott alles andere. Könnten Heilige noch mehr vollbringen?«

»Sie werden mich suchen«, erwiderte Meurig zweifelnd. »Du wirst mir nicht vorwerfen, ich hätte dich enttäuscht, wenn sie mich festnehmen und aufhängen?«

»Sie werden dich nicht fangen. Morgen wirst du weit weg sein. Im Stall nebenan steht ein Pferd – das Tier, das ich heute geritten habe. In dieser Gegend kann man leicht Pferde stehlen, das ist ein uraltes Spiel. Aber dieses wirst du nicht stehlen, ich schenke es dir und übernehme die Verantwortung dafür. Auf dem Rücken eines Pferdes läßt sich die ganze Welt erobern, wenn ein reuiger Sünder Schritt für Schritt durchs Leben geht, auf dem Weg zur ewigen Gnade. An deiner Stelle würde ich noch vor Tagesanbruch so weit wie möglich in den Westen reiten. Dann wende dich nach Norden, nach Gwynedd, denn dort kennt man dich nicht. In diesen Bergen hier findest du dich besser zurecht als ich.«

»O ja, hier bin ich zu Hause.« Kindliches Staunen hatte das Leid in Meurigs Augen verdrängt. »Und das ist alles, was du von mir verlangst?«

»Du wirst bald merken, daß es sehr viel ist, aber eins muß ich noch fordern. Wenn du in Sicherheit bist, mußt du einem Priester beichten, was du getan hast. Bitte ihn, dein Geständnis aufzuschreiben und dem Landrat von Shrewsbury zu schicken. Nach dem, was heute in Llansilin geschehen ist, wird man Edwin freilassen – aber ich möchte, daß auch der letzte Zweifel an seiner Unschuld ausgeräumt wird.«

»Das will ich auch. Ich werde tun, was du verlangst.«

»Dann komm, du hast eine lange Pilgerfahrt vor dir. Steck ein Messer ein«, fügte Cadfael lächelnd hinzu. »Du brauchst es, um dein Brot zu schneiden und das Fleisch des Wildbrets, das du erlegen wirst.«

Es war ein seltsames Ende. Meurig erhob sich wie im Traum, erschöpft und zugleich von neuer Kraft erfüllt, als wäre ein Regen vom Himmel gefallen, um allen Kummer aus seiner Seele zu spülen, um einen Halbertrunkenen neu zu beleben und völlig zu verwandeln. Cadfael löschte die Lampe, nahm ihn bei der Hand und führte ihn in die Nacht hinaus. Draußen war es still und sternenhell, weißer Frost bedeckte die Wiesen. Cadfael sattelte das Pferd.

»Gönn ihm erst eine Ruhepause, wenn du in Sicherheit bist. Heute hat er mich zwar getragen, aber es war keine weite Reise. Ich würde dir das Maultier geben, weil es frisch und munter ist, aber es ist langsam, und es würde auffallen, wenn ein Waliser auf einem Maultier reitet. So, jetzt steig in den Sattel und mach dich auf den Weg. Gott sei mit dir!«

Meurig erschauerte bei diesen Worten, doch das strahlende Licht in seinen Augen erlosch nicht. Nachdem er seinen Fuß in den Steigbügel geschoben hatte, bat er demütig: »Gib mir deinen Segen. Ich werde in deiner Schuld stehen, solange ich lebe.«

Er war den Hang hinaufgeritten, auf Wegen, die er besser kannte als der Mann, der ihm die Freiheit geschenkt hatte, auf Wegen, die ihn zurückführen würden in die Welt der Lebenden. Cadfael sah ihm nur ein paar Sekunden lang nach, bevor er sich zum Haus wandte. Und während er auf die erleuchteten Fenster zuging, flüsterte er: »Nun, wenn die Wirkung deiner Läuterung verfliegt, sobald du in Sicherheit bist, so ist das mein Fehler...« Doch er befürchtete nicht, daß er sich in Meurig getäuscht hatte, und je länger er die Entscheidung überdachte, die er getroffen hatte, desto deutlicher spürte er die tiefe Zufriedenheit, die sein Herz erfüllte.

»Du warst lange weg, Bruder«, sagte Simon, der ihn in der abendlichen Wärme des Hauses willkommen hieß. »Wir haben uns schon gefragt, was du treibst.«

»Ich bin ein wenig bei den Schafen geblieben, um zu meditieren«, antwortete Bruder Cadfael. »Diese Tiere sind so beruhigend. Und die Nacht ist so schön.«

11.

Das Weihnachtsfest war wunderbar. Nie zuvor hatte er das Kerzenlicht so zauberhaft und heiter gefunden. Das schlichte Tagewerk an der frischen Luft war ein Segen nach all den aufregenden Wochen, und er hätte es um nichts auf der Welt gegen das glanzvollere Zeremoniell in der Abtei eintauschen mögen. Bevor der erste Schnee die Reisenden entmutigte, trafen Neuigkeiten aus der Stadt ein und schienen wie Sphärenklänge über der schlichten Weihnachtsmusik der drei Mönche zu schweben, die mit ungeschulten, aber eifrigen Stimmen und aus übervollen Herzen sangen. Hugh Beringar ließ Cadfael mitteilen, er hätte nicht nur den Bericht aus Llansilin erhalten, sondern inzwischen wäre auch Edwins Versöhnungsgeschenk aus den Untiefen bei Atcham aufgetaucht – stark beschädigt und trotzdem erkennbar. Der Junge war zu seiner liebevollen Mutter zurückgekehrt, der Bonel-Haushalt konnte wieder aufatmen, nachdem die Wahrheit endlich ans Licht gekommen war. Den entschuldigenden Bericht, daß das Pferd, das zu den Rhydycroesau-Schafhürden gehörte, vermißt wurde, nachdem Bruder Cadfael die Stalltür zu schließen vergessen hatte, war im Kapitelsaal von St. Peter mit der gebührenden Mißbilligung aufgenommen worden. Bei seiner Rückkehr mußte er mit einer angemessenen Strafe rechnen.

Der Flüchtling Meurig, wegen Mordes gesucht und in ganz Powys ausgerufen, ließ sich nirgends blicken, und seine Spur wurde allmählich kalt. Nicht einmal die Niederschrift seines freiwilligen Geständnisses, die ein Priester aus einer Einsiedelei in Penllyn schickte, konnte den Jägern neue Witterung geben, denn der Mann war längst aus Penllyn verschwunden und niemand wußte, wohin. Außerdem war nicht anzunehmen, daß Owain Gwynedd auf seinem Grund und Boden die Jagd nach einem Verbrecher gutheißen würde, der ihm nichts getan hatte und dem Gesetz von Anfang an nicht hätte durch die Finger schlüpfen dürfen.

Nun hatte also alles ein gutes Ende gefunden. Cadfael lebte glücklich bei den Schafen und verschloß seine Ohren vor der Außenwelt. Er fand, daß er es verdient hatte, sich für einige Tage in die Stille zurückzuziehen, und er bedauerte nur, daß der erste heftige Schneefall einen Besuch bei Ifor ap Morgan verhinderte, dem er einen Trost schuldete. So schwach dieser Trost auch sein mochte – Ifor würde ihn zu schätzen wissen.

Drei Weihnachtslämmer waren geboren worden – Zwillinge und ein Einzeltier. Die drei Mönche brachten sie mitsamt den Mutterschafen ins Haus und verwöhnten sie, denn diese unschuldigen Tiere teilten ihren Geburtstag mit dem Christkind. Bruder Barnabas, inzwischen völlig genesen, hielt die Lämmchen auf seinem Schoß und war so stolz auf sie, als hätte er sie eigenhändig erschaffen. Sie feierten ein stilles, heiteres Fest, bevor Bruder Cadfael nach Shrewsbury zurückkehrte. Sein Patient strotzte inzwischen von Gesundheit, und nun brauchte man keinen Heilkundigen mehr in Rhydycroesau.

Es taute vorübergehend, als Cadfael drei Tage nach dem Fest auf sein Maultier stieg und nach Süden ritt.

Es war eine lange Reise, denn er nahm nicht den direkten Weg nach Oswestry, sondern suchte Ifor ap Morgan auf. Bevor er sich von Croesau Bach aus nach Osten wandte, um im Süden der Stadt auf die Hauptstraße zu stoßen. Was er Ifor zu sagen hatte und was der alte Mann entgegnete, vertraute weder der eine noch der andere einem dritten an. Und als Cadfael wieder im Sattel saß, war ihm leichter ums Herz als am Morgen bei seinem Aufbruch, und Ifor blieb leichteren Herzens allein zurück.

Wegen dieses Umwegs begann es schon zu dämmern, als Cadfaels Maultier über die Waliser Brücke nach Shrewsbury trabte und durch die bergigen Straßen, wo nach den Feiertagen wieder geschäftiges Leben und Treiben herrschte. Jetzt hatte er keine Zeit, um in der Wyle-Straße anzuhalten, und sich von der klugen kleinen Hausfrau namens Alys ins Haus bitten zu lassen und die Freude der Familie Bellecote mitzuerleben. Das würde er an einem anderen Tag nachholen. Zweifellos war Edwy längst von seinem Versprechen entbunden worden, daheim zu bleiben, und machte mit seinem Onkel wieder die ganze Stadt unsicher. Die Zukunft von Mallilie war immer noch in der Schwebe, und es blieb zu hoffen, daß die Honorare der Anwälte das Landgut nicht an den Rand des Ruins bringen würden, bevor sich die Besitzverhältnisse klären ließen.

Hinter der letzten Biegung der Wyle-Straße sah er den Fluß schimmern. Hier, im offenen Land, schien das erlöschende Tageslicht heller als in den engen Straßen der Stadt. Er ritt durch das Tor und über die Zugbrücke. Hier hatte Edwin das Geschenk für seinen Stiefvater weggeworfen, dort führte die Straße zu dem Haus, wo Richildis immer noch wohnen mußte. Der Mühlenteich war eine mattglänzende Silberfläche im Dämmerschein. Dann tauchte die Westmauer der Abtei vor ihm auf, das Gemeindetor der großen Kirche, und zu seiner Rechten lag das Pförtnerhaus.

Erstaunt blickte er auf die Versammlung im Hof. Der Pförtner stand in seiner Tür, mit rotem Gesicht, ordentlich gekämmt und mit wichtiger Miene, als würde er den Besuch eines Bischofs erwarten. Brüder, Laienbrüder und

Beamte rannten geschäftig umher und hatten sich zu kleinen, aufgeregten Gruppen zusammengefunden, um durcheinanderzureden und sich eifrig zu allen Leuten umzudrehen, die durch das Tor hereinkamen. Auch Cadfaels Ankunft erweckte gespannte Aufmerksamkeit, die aber sofort und auf unschmeichelhafte Weise wieder nachließ, als er erkannt wurde. Sogar die Schuljungen trieben sich tuschelnd an der Mauer des Pförtnerhauses herum. In der Tür zur Gästehalle drängten sich Reisende, Bruder Jerome hatte sich neben dem Aufsteigeblock postiert, erteilte Befehle nach allen Seiten und schaute zwischendurch immer wieder zur Pforte. Anscheinend war er während der Abwesenheit Cadfaels noch selbstbewußter und offiziöser geworden.

Cadfael stieg ab und überlegte, ob er sein Reittier in den Stall führen sollte oder ob die Maultiere immer noch im Stall am Pferdemarkt untergebracht waren. Plötzlich klang ein Freudenschrei in der erregten Menge auf, und Bruder Mark rannte auf ihn zu.

»O Cadfael, wie schön, daß du wieder da bist! Hier ist ja soviel los! Und ich dachte schon, du würdest alles versäumen. Dabei warst du immer mitten im Geschehen. Wir haben gehört, was sich im Gerichtshof von Llansilin abgespielt hat! O Cadfael – du bist hochwillkommen!«

»Das sehe ich«, erwiderte Cadfael, »falls dieser ehrenvolle Empfang für mich bestimmt ist...«

»*Ich* heiße dich jedenfalls herzlich willkommen«, versicherte Mark. »Aber dieser Tumult... Natürlich, du hast es noch nicht gehört. Wir warten auf Abt Heribert. Vor einer Weile war ein Fuhrmann draußen in St. Giles, und da sah er sie alle. Sie besuchten gerade das Hospital. Er kam zurück und verständigte uns. Bruder Jerome hat im Hof Stellung bezogen, um sofort zum Prior zu laufen, wenn sie durch die Pforte reiten. Sie müssen jeden Augenblick eintreffen.«

»Und was gibt's für Neuigkeiten? Ist Heribert immer noch unser Abt?«

»Das wissen wir noch nicht... Alle haben Angst, Bruder Petrus murmelt schreckliche Verwünschungen in seine Töpfe und schwört, daß er aus dem Kloster austreten wird. Und Jerome ist einfach unerträglich!«

Er wandte sich ab, um einen bösen Blick auf den Schreiber zu werfen – sofern sein sanftes Gesicht überhaupt böse dreinblicken konnte, aber Bruder Jerome hatte den Aufsteigeblock verlassen und eilte zur Wohnung des Abtes.

»Oh, sie kommen! Schau – der Prior!«

Robert rauschte majestätisch in seiner makellosen Kutte herbei und überragte alle hochgereckten Köpfe. Mit gütiger, frommer Miene stellte er sich in Positur, um seinen alten Vorgesetzten in heuchlerischer Ehrerbietung zu empfangen und sein früheres Amt voller Demut wieder anzutreten. Das alles würde er zweifellos in vollendeter Form und edler Würde absolvieren.

Und da erschien Heribert in der Pforte, ein kleiner, rundlicher, sanfter, unscheinbarer Greis, der wie ein Sack auf seinem weißen Maultier klebte, müde und schmutzig von der Reise. Sein resigniertes Gesicht schien auszudrücken, daß man ihn des Amtes enthoben hatte. Trotzdem sah er zufrieden aus, wie ein Mann, der eine schwere Bürde abgelegt hatte und sich nun aufrichtete, um Atem zu holen. Von Natur aus bescheiden, war Heribert unzerstörbar. Sein Schreiber und die Reitknechte folgten ihm in respektvollem Abstand, aber an seiner Seite ritt ein großer, hagerer, sehniger Benediktiner mit verwitterten Gesichtszügen und intelligenten blauen Augen, der sein Pferd dem langsamen Trab des weißen Maultiers anpaßte und Heribert – wie Cadfael zu erkennen glaubte – mit zurückhaltender Zuneigung betrachtete. Vielleicht ein neuer Bruder...

Prior Robert bahnte sich einen Weg durch das Gedränge der aufgeregten, wispernden Mönche, wie ein Prunkschiff, das wilde Sturzwellen durchpflügt, und streckte Heribert, sobald dessen Fuß den Boden berührt hatte, beide Hände entgegen. »Vater! Sei uns herzlich willkommen! Hier steht keiner, der nicht froh wäre, dich wiederzusehen, und ich hoffe sehr, daß man dich in deinem Amt bestätigt hat – daß du unser Herr bist wie zuvor.«

Man muß ihm zugutehalten, daß er nur selten so unverschämt lügt, dachte Cadfael kritisch, und vielleicht ist ihm seine Unaufrichtigkeit nicht einmal bewußt. Und um ehrlich zu sein – was kann ein Mann in dieser Situation schon von sich geben, während er heimlich über seine Beförderung jubelt, die ihm so gut wie sicher erscheint? Man kann einem Vorgesetzten kaum ins Gesicht sagen, daß man sehnlichst auf seinen Rücktritt gewartet hat und daß er sein Amt schon längst hätte niederlegen sollen.

»Auch ich bin froh, daß ich wieder bei euch bin, Robert«, erwiderte Heribert strahlend. »Aber ich muß euch allen mitteilen, daß ich nicht mehr euer Abt bin, nur euer Bruder. Man hat mit gutem Grund beschlossen, daß ein anderer meinen Posten übernehmen soll, und ich beuge mich diesem Urteil und bin zurückgekommen, um dem Allmächtigen als schlichter Mönch zu dienen, unter deiner Herrschaft.«

»O nein!« flüsterte Bruder Mark entsetzt. »O Cadfael, schau nur – er wird noch größer.«

Und Prior Roberts Silberhaupt schien sich tatsächlich emporzuheben, als wäre es von einer Mitra gekrönt. Doch dann tauchte ein anderer Kopf neben ihm auf, ebenso hoch erhoben und stolz. Der Fremde war gemächlich und fast unbemerkt vom Pferd gestiegen und stand nun an Heriberts Seite. Das dichte, glatte schwarze Haar rings um die Tonsur war nur von wenigen grauen Strähnen durchzogen, doch er mußte mindestens so alt sein wie Robert, und sein kluges, schmales Gesicht war ebenso eindrucksvoll wie die Züge des Priors, wenn auch nicht so schön.

»Darf ich euch Vater Radulfus vorstellen?« Heribert warf einen fast liebevollen Blick auf seinen Begleiter. »Das Konzil hat bestimmt, daß er von heute an in dieser Abtei regieren soll. Begrüßt euren neuen Abt und erweist ihm hohe Ehren, was ich, Bruder Heribert von St. Peter, bereits getan habe.«

Grabesstille erfüllte den Klosterhof, dann glitt ein vielstimmiger Seufzer wie eine große Welle durch die Menge, und ein Lächeln erhellte alle Gesichter. Bruder Mark umklammerte Cadfaels Arm und erstickte einen Laut, der ansonsten zu einem Freudengeheul ausgeartet wäre, an der Schulter seines Lehrmeisters. Bruder Jerome sank in sich zusammen wie eine angestochene Seifenblase, und sein Gesicht färbte sich schlammgrau. Irgendwo im Hintergrund ertönte ein Gackern, als wollte ein Wildhahn seine reiche Beute feiern, verstummte aber sofort wieder, und niemand konnte feststellen, wer es ausgestoßen hatte. Es mochte Bruder Petrus gewesen sein, der in seine Küche zurückstürmte, um hingebungsvoll alle Töpfe und Pfannen für den Neuankömmling zu schrubben, der Robert eins auf die aristokratische Nase gegeben hatte – gerade in dem Augenblick, wo der Prior dem Ziel seiner sehnlichsten Wünsche so nahe gewesen war.

Und Robert selbst? Er hatte weder die Figur noch die Körperhaltung, um zusammenzuschrumpfen wie sein Schreiber, auch nicht die Gesichtsfarbe, die erbleichen konnte. Über seine Reaktion kursierten später verschiedene Gerüchte. Bruder Denis, der Hospitalvorstand, behauptete, der Prior hätte sich ganz plötzlich auf die Fersen gestellt, und man müßte es als Wunder bezeichnen, daß er nicht flach auf den Rücken gefallen war. Der Pförtner berichtete, Prior Robert hätte heftig geblinzelt und danach minutenlang glasige Augen gehabt. Die Novizen verglichen ihre Notizen und erklärten übereinstimmend, wenn Blicke töten könnten, hätten sie einen Todesfall zu beklagen. Das Opfer wäre nicht der neue Abt gewesen, sondern der alte, der erklärt hatte, er würde als schlichter Mönch unter der Herrschaft des Priors dienen, um dann im nächsten Augenblick die schönsten Hoffnungen zu vereiteln. Bruder Mark sagte wahrheitsgemäß, nur eine sekundenlange Erstarrung des Marmorantlitzes und ein lebhaft hüpfender Adamsapfel hätten die Emotionen des Priors verraten. Immerhin war er gezwungen worden, sich blitzschnell von seinem Schrecken zu erholen, denn Heribert hatte mit gütigem Lächeln weitergesprochen. »Und nun will ich dich mit Bruder Robert Pennant bekannt machen, Vater Abt, unserem Prior, der mir stets eine große Hilfe war. Ich bin sicher, daß er dir mit der gleichen selbstlosen Ergebenheit dienen wird wie einst mir.«

»Es war ja so schön!« rief Bruder Mark später im Gartenschuppen, wo Bruder Cadfael die Leistungen seines jungen, leicht befangenen Vertreters begutachtet und diesen dann mit einem hohen Lob erfreut hatte. »Aber jetzt schäme ich mich. Man darf nicht jubeln, wenn jemand ins Unglück gestürzt wird.«

»Ach, was!« entgegnete Cadfael geistesabwesend, packte seinen Ranzen aus und stellte die Töpfchen und Flaschen, die er auf die Schafhürde mitgenommen hatte, wieder ins Regal. Nach einer Weile fügte er hinzu: »In so jungen Jahren brauchst du noch nicht nach einem Heiligenschein zu greifen. Du hast noch genug Zeit, um dein Leben zu genießen und manchmal sogar ein bißchen Schadenfreude zu empfinden, bevor du dich zum Heiligen entwickelst. Es war wirklich schön, und alle hatten ihren Spaß dran. Wir wollen doch keine Heuchler sein.«

Bruder Mark beschloß, einen Teil seiner Skrupel zu vergessen, und verstieg sich sogar zu einem Grinsen. »Trotzdem – wenn Vater Heribert imstande war, so freundlich auf ihn zuzugehen, ohne jede Bosheit...«

»Bruder Heribert! Und sei nicht so streng zu dir selbst«, riet Cadfael liebevoll. »Du bist immer noch ein schrecklich grüner, wenn auch sehr netter Junge. Glaubst du, diese wohlgesetzten Worte kamen rein zufällig über seine Lippen. ›Ich bin zurückgekommen, um dem Allmächtigen als schlichter Mönch zu dienen, unter deiner Herrschaft...‹ Genausogut hätte er sagen können: ›... in eurer Mitte.‹ Und dann die ›selbstlose Ergebenheit‹, mit der Robert ihm gedient haben soll! Nun ja – wenn ich mir unseren neuen Abt so anschaue... Ich fürchte, Robert wird ziemlich lange auf die ersehnte Beförderung warten müssen.«

Bruder Mark ließ seine Beine von der Bank baumeln und starrte Cadfael entgeistert an. »Du meinst – Bruder Heribert hat das alles absichtlich gesagt?«

»Er hätte schon einen Tag früher einen Reitknecht ins Kloster gesandt, wenn es sein Wunsch gewesen wäre, den Prior vorzuwarnen. Zumindest hätte er einen Mann von St. Giles aus losschicken können, um Robert schonend vorzubereiten. Er hat lange an den Unzulänglichkeiten dieser Welt gelitten – und heute hat er seine harmlose kleine Rache genossen.« Marks bestürztes Gesicht rührte Cadfael. »Schau nicht so entsetzt drein! Du wirst nie ein Heiliger werden, wenn du deine bösartigen Wesenszüge bekämpfst. Und bedenk doch, was er für Roberts Seelenheil getan hat.«

»Indem er ihm vor Augen führte, wie nichtig sein eitler Ehrgeiz ist?« fragte Mark zweifelnd.

»Indem er ihm beibrachte, daß man das Fell des Bären nicht verkaufen darf, ehe man ihn hat. So, und jetzt ab mit dir in die Wärmestube? Hör dir alle neuen Klatschgeschichten an! Ich komme später nach, wenn ich mit Hugh Beringar gesprochen habe.«

»Nun – jetzt ist alles vorbei, und die Sache hat ein gutes Ende gefunden«, sagte Beringar, der es sich neben der Kohlenpfanne bequem gemacht hatte, einen Becher Glühwein aus Cadfaels Vorratslager in der Hand. »Der Fall wurde zu den Akten gelegt, und es hätte Edwin viel schlimmer erwischen können. Übrigens, deine Richildis ist eine wunderbare Frau, und es war mir ein Vergnügen, den Jungen zu ihr zurückzubringen. Wahrscheinlich wird er zu dir kommen, sobald er von deiner Heimkehr erfahren hat – was demnächst geschehen wird, denn ich will die beiden besuchen, bevor ich in die Stadt gehe.«

Sie hatten sich nur wenige direkte Fragen gestellt und ebenso wenige, eher ausweichende Antworten erhalten.

Das Gespräch war so unaufrichtig, wie ihre Beziehung zueinander offen und ehrlich war, aber sie verstanden sich sehr gut.

»Wie ich höre, ist dir oben im Grenzland ein Pferd abhanden gekommen«, bemerkte Beringar.

»Mea culpa!« gestand Cadfael. »Ich habe die Stalltür offen gelassen.«

»Etwa um die gleiche Zeit, als im Gerichtshof von Llansilin ein Mann abhanden kam«, warf Hugh ein.

»Dafür kannst du mich nicht verantwortlich machen. Ich habe den Täter gefunden, und sie waren außerstande, ihn festzunehmen.«

»Vermutlich wird man Schadenersatz von dir verlangen – für das Pferd.«

»Die Sache wird morgen bei der Kapitelsitzung zweifellos zur Sprache kommen. Doch das spielt keine Rolle – solange niemand auf die Idee verfällt, daß ich Schadenersatz für den verschwundenen Mann leisten soll.«

»Das könnte bei einer anderen Sitzung beschlossen werden – und dann müßtest du einen hohen Preis zahlen.« Hughs scharfgeschnittenes, gebräuntes Gesicht lächelte hinter den zitternden Dämpfen, die von der Kohlenpfanne aufstiegen. »Ich habe Neuigkeiten für dich, mein Freund. Jeden Tag geschehen Wunder in Wales! Erst gestern erfuhr ich aus Chester, daß ein Reiter, der seinen Namen nicht nannte, das Kloster von Beddgelert aufsuchte und dort sein Pferd zurückließ. Er bat die Brüder, das Tier in ihrem Stall zu versorgen, bis es den Brüdern auf der Schafhürde von Rhydycroesau wiedergegeben werden könnte, wo er es ausgeliehen hätte. In Rhydycroesau weiß man noch nichts davon, denn oben in Arfon hat es früher geschneit als hier, und man konnte keinen Boten über die Berge schicken. Ich glaube, das ist auch jetzt noch nicht möglich. Jedenfalls ist das Pferd in Sicherheit. Wer immer der Fremde war«, fuhr Hugh unschuldig fort, »er muß das Pferd zwei Tage nachdem unser verschwundener Übeltäter in Penllyn sein Geständnis ablegte, ins Kloster gebracht haben. Die Nachricht erreichte uns über Bangor, als man die Wege noch benutzen konnte, und wurde dann übers Meer nach Chester weitergeleitet, mittels eines Küstenbootes. Jedenfalls wird man dir keine allzugroße Strafe wegen des entlaufenen Pferdes aufbrummen.«

»Beddgelert«, murmelte Cadfael nachdenklich. »Offenbar ist der Mann von dort zu Fuß weitergegangen. Was glaubst du wohl, wohin er sich wenden wird, Hugh? Nach Clynnog oder Caegybi – oder fährt er übers Meer nach Irland?«

»Wie wär's mit den Mönchszellen von Beddgelert?« schlug Hugh vor und blickte grinsend in seinen Wein. »Nachdem du dich in der Welt herumgetrieben hast, bist du in einen ähnlichen Hafen geflohen.«

Gedankenverloren strich sich Cadfael übers Kinn. »Nein, das nicht – noch nicht. Er glaubt sicher, daß er noch nicht genug bezahlt hat.«

Hugh lachte schallend, stellte seinen Becher auf den Tisch, erhob sich und schlug Cadfael freundschaftlich auf die Schulter. »Ich gehe jetzt lieber. Immer, wenn ich mit dir zusammen sitze, habe ich das Gefühl, an einer Schurkerei beteiligt zu werden.«

»Aber eines Tages könnte es so enden«, meinte der Mönch ernsthaft.

»Mit einer Schurkerei?« Hugh drehte sich an der Tür noch einmal um, immer noch lachend.

»Mit einer Berufung. Viele Männer sind vom einen bis zum anderen Ende gegangen, Hugh, und haben dazwischen Gutes getan.«

Am nächsten Nachmittag erschienen Edwy und Edwin in der Tür des Gartenschuppens, in ihren besten Kleidern, ordentlich gekämmt und ungewöhnlich sittsam – zumindest am Anfang. Durch dieses gedämpfte Temperament glichen sie einander so sehr, daß Cadfael erst einmal nach dunkelbraunen und haselnußbraunen Augen suchen mußte, um sie unterscheiden zu können. Herzlich bedankten sie sich für seine Hilfe. In ihrem Glück hatten sie Frieden miteinander geschlossen, wenigstens vorläufig.

Cadfael musterte sie von oben bis unten. »Diesen zeremoniellen Staat habt ihr doch sicher nicht mir zu Ehren angelegt.«

»Der Vater Abt hat nach mir geschickt«, erklärte Edwin mit ehrfürchtiger Miene. »Meine Mutter hat gesagt, ich soll meine besten Sachen anziehen. *Er* kommt nur aus Neugier mit. Er ist nicht eingeladen.«

»Und *er* ist in der Tür über seine eigenen Füße gefallen und wurde rot wie ein Kardinalskäppchen«, konterte Edwy prompt.

»Das ist nicht wahr!«

»Doch! Jetzt wirst du ja auch ganz rot!«

Und das Blut stieg tatsächlich in Edwins Wangen.

»Abt Radulfus hat also nach dir geschickt«, sagte Cadfael. Offenbar wollte der neue Vater die Angelegenheit zu einem raschen Ende bringen. »Und wie gefällt er euch?«

Keiner der beiden wollte zugeben, daß sie beeindruckt waren. Sie wechselten einen nachdenklichen Blick, dann antwortete Edwy: »Er war sehr gerecht. Aber Novize möchte ich nicht hier sein.«

»Er sagte, die Angelegenheit müßte mit meiner Mutter und mit den Anwälten besprochen werden«, berichtete Edwin. »Aber das Landgut würde keinesfalls der Abtei gehören. Die Vereinbarung wäre ungültig. Wenn das Testament anerkannt und Graf von Chester, der Oberlehnsherr, seine Zustimmung geben würde, wäre ich der Besitzer von Mallilie. Bis ich großjährig bin, will die Abtei das Landgut verwalten. Und der Herr Abt will mein Vormund werden.«

»Und was hast du dazu gesagt?«

»Ich bedankte mich und erklärte, das fände ich großartig. Was hätte ich denn sonst sagen sollen? Wer kann ein Landgut besser verwalten als ein so bedeutendes Kloster? Bevor ich es selber übernehme, kann ich viel von euren

Verwaltern lernen. Meine Mutter und ich dürfen nach Mallilie ziehen, wann immer wir es wünschen – falls es nicht noch mehr schneit.« Der Glanz in Edwins Augen war zwar nicht erloschen, aber dumpfer geworden. »Bruder Cadfael, es war so schrecklich. Ich meine – Meurig ... Ich verstehe das alles nicht ...«

Ja, jungen Leuten fiel es schwer zu verzeihen, es war ihnen fast unmöglich. Aber Edwin brachte dem jungen Mann, den er einmal vertrauensvoll geliebt hatte, immer noch eine gewisse Zuneigung entgegen, die er sich nicht aus dem Herzen reißen und die seiner Abscheu vor dem Giftmörder nichts anhaben konnte.

»Ich hätte ihm Mallilie nicht kampflos überlassen«, fuhr er offen und ehrlich fort. »Aber wenn er den Kampf gewonnen hätte, wäre ich ihm nicht böse gewesen. Und wenn ich gewonnen hätte – ich weiß nicht ... Er hätte nichts mit mir geteilt oder? Jedenfalls bin ich froh, daß er entkommen ist. Das mag falsch sein – ich kann's nicht ändern, ich bin heilfroh.«

Wenn es falsch sein sollte, so zu denken, war er nicht der einzige, der diese Sünde beging. Doch das erwähnte Cadfael nicht.

»Bruder Cadfael – sobald wir wieder in Mallilie sind, möchte ich Ifor ap Morgan besuchen. Er hat mich geküßt, als ich ihn darum bat, und deshalb glaube ich, daß ich ihm den Enkel ersetzen könnte.«

Wie gut, daß ich ihm das nicht vorgeschlagen habe, dachte Cadfael erfreut. Nichts ist jungen Menschen unangenehmer, als zu einer guten Tat gedrängt zu werden, wenn sie sich bereits freiwillig dazu entschlossen haben. »Das ist schön«, entgegnete der Mönch freundlich. »Er wird sich bestimmt freuen. Und wenn du Edwy mitnimmst, erzähl Ifor, wie man euch auseinanderhalten kann, denn er hat nicht mehr so scharfe Augen wie ich.«

Die beiden Jungen grinsten, dann sagte Edwy: »Er ist mir noch einiges schuldig für die grobe Behandlung, die ich seinetwegen erdulden mußte und für die Nacht, die ich im Gefängnis verbracht habe. Und deshalb werde ich in Mallilie aufkreuzen, so oft es mir paßt.«

»Ich mußte zwei Nächte sitzen«, warf Edwin ein, »und das in einem viel schlimmeren Kerker.«

»Aber dir haben sie kein Haar gekrümmt – weil Hugh Beringar auf dich aufgepaßt hat.«

Daraufhin bohrte Edwin seinen Zeigefinger unsanft in Edwys Bauch. Edwy schlang ein Bein um das Knie seines Onkels und brachte ihn zu Fall. Beide brachen in schallendes Gelächter aus. Eine Zeitlang sah Cadfael duldsam zu, wie sie sich am Boden wälzten, dann packte er zwei dicke Lockenschöpfe und riß sie auseinander. Gehorsam standen sie auf, grinsten ihn an und sahen nicht mehr ganz so makellos aus wie zuvor.

»Ihr seid ein abscheuliches Paar, und ich wünsche Ifor ap Morgan viel Vergnügen mit euch«, sagte Cadfael mit einem wohlwollenden Lächeln. »Du bist jetzt also der Gutsherr, Edwin – das heißt, das wirst du sein, wenn du großjährig bist. Deshalb solltest du an deine Verantwortung denken. Ein Onkel muß seinem Neffen stets mit gutem Beispiel vorangehen.«

Edwin, der sich den Staub von der Hose gewischt hatte, hob den Kopf und sah Cadfael ernsthaft in die Augen. »Ich habe schon über meine Pflichten nachgedacht, wirklich. Da gibt es vieles, was ich nicht weiß und was ich noch lernen muß, aber... Ich habe es dem Abt schon gesagt, daß es mir nie gefallen hat, wie mein Stiefvater gegen den armen Aelfric prozessiert und ihn zum Leibeigenen gemacht hat – obwohl der Junge ebenso frei geboren wurde wie sein Vater. Ich habe den Abt gefragt, ob ich einen Mann schon jetzt freilassen könnte oder bis zu meiner Großjährigkeit warten muß. Da antwortete er, das könnte ich schon jetzt tun, und er würde es für mich erledigen. Aelfric wird also bald ein freier Mann sein. Und ich glaube – also, Aelfric und Aldith...«

»Ich hab' ihm erzählt, daß sich Aldith in Aelfric verguckt hat.« Edwy schüttelte den Staub ab und setzte sich dann auf die Bank. »Wenn er frei ist, werden die beiden sicher heiraten. Aelfric ist sehr gebildet und kennt Mallilie gut. Der wird ganz bestimmt einen prächtigen Verwalter abgeben, wenn Edwin seinen Besitz übernehmen kann.«

»Du hast mir das erzählt! Ich wußte schon die ganze Zeit, daß sie ihn mag, aber er wollte nicht sagen, daß er sie auch mag. Und was weißt du schon über Landgüter und Verwalter, du komischer Zimmermannslehrling?«

»Mehr, als du jemals von Holz und Schnitzereien verstehen wirst, du aufgeblasener Gutsbesitzer!«

Edwy packte Edwin am Schopf, Edwin bohrte die Finger zwischen die Rippen seines Onkels, und sie balgten sich auf der Bank, kreischend vor Vergnügen. Cadfael griff resolut nach ihren Armen und zerrte sie gewaltsam zur Tür.

»Raus mit euch! Verschwindet von diesem heiligen Grund und Boden, wo ihr bei Gott nicht hingehört, und treibt euch lieber in einer Bärenhöhle rum!« Sogar in seinen eigenen Ohren klangen diese Worte dümmlich und anmaßend.

In der Tür drehten sie sich strahlend zu ihm um. Edwin erinnerte sich an einen Auftrag, den er erhalten hatte und stieß hastig hervor: »Bruder Cadfael, würdest du meine Mutter besuchen, bevor wir abreisen? Sie bittet dich darum.«

»Gut«, antwortete Cadfael, weil er nichts anderes sagen konnte. »Natürlich.«

Er sah ihnen nach, wie sie zum großen Hof und zur Pforte gingen, Arm in Arm, wobei sie sich immer wieder freundschaftlich anrempelten. Sie waren in einem sonderbaren Alter – von heldenhafter Treue und Tapferkeit, sobald sie unter Druck standen, ernsthaft und verantwortungsbewußt, wenn es wichtige Ziele zu verfolgen galt – und wenn ihre Welt in Ordnung war, balgten sie sich wie junge Hunde.

Cadfael kehrte in seinen Schuppen zurück und verschloß die Tür, um den Rest der Welt auszusperren – sogar Bruder Mark. Es war still und dunkel in diesen vier Holzwänden, im dünnen bläulichen Rauch, der von der Kohlenpfanne hochstieg. Ein Heim innerhalb eines Heims, das ihm allein gehörte, und mehr wünschte er sich nicht. Es war vorbei, wie Hugh Beringar gesagt hatte, und niemand hatte schmerzlicher gelitten, als es nötig gewesen war. Edwin würde sein Erbe antreten. Aelfric würde seine Freiheit wiedererlangen und hatte eine sichere Zukunft vor sich. Das würde seine Zunge lockern und ihn veranlassen, Aldith einen Antrag zu machen. Und wenn er halsstarrig blieb, würde sie Mittel und Wege finden, um ihn dazu zu bringen. Mit Bruder Rhys würde Cadfael ein langes Gespräch über seine Verwandten führen, und dabei würde er ihm Cynfrith' hausgemachten Schnaps überreichen. Schleierhafte Erinnerungen würden die Lücke schließen, die ein verschwundener Großneffe hinterlassen hatte. Ifor ap Morgan würde in stiller Einsamkeit trauern und niemals davon reden, aber er konnte sich an seine Hoffnungen klammern, und in seiner Nähe würde ein Ersatzenkel wohnen. Und Meurig würde durch die Welt ziehen, um Buße zu tun, und die Gebete anderer Menschen brauchen. Cadfaels Gebete waren ihm jedenfalls ganz sicher.

Er ließ sich auf der Bank nieder, wo die beiden Jungen eben noch lachend gerauft hatten und legte die Beine hoch. Versonnen fragte er sich, ob er immer noch behaupten konnte, daß er die Enklave nicht verlassen dürfte – zumindest so lange, bis Richildis nach Mallilie gezogen war. Dann entschied er, daß das feige wäre – nachdem er bereits beschlossen hatte, seinen auferlegten Hausarrest zu vergessen.

Immerhin war sie eine sehr anziehende Frau, auch jetzt noch, und er freute sich auf ihre Dankbarkeit. Und die Aussicht auf eine Unterhaltung, die mit den Worten ›Weißt du noch ...‹ beginnen würde, war mehr als verlokkend. Ja, er wollte zu ihr gehen. Es geschah nicht allzuoft, daß er einen Menschen traf, mit dem er in gemeinsamen Erinnerungen schwelgen konnte.

In ein oder zwei Wochen würde der ganze Haushalt nach Mallilie übersiedeln, dann würde Richildis in sicherer Entfernung leben, und er würde sie nur mehr selten sehen. Bruder Cadfael stieß einen tiefen Seufzer des Bedauerns aus, oder der Erleichterung?

Ja, vielleicht war es so für alle am besten...